主编　南豫见　漯河作家精品文库

# 我的职务该咋填

WO DE ZHIWU GAI ZATIAN

柴全伟 / 著

河南人民出版社

**图书在版编目(CIP)数据**

我的职务该咋填 / 柴全伟著. — 郑州 : 河南人民出版社, 2014. 12
(漯河作家精品文库 / 南豫见主编)
ISBN 978 - 7 - 215 - 09148 - 1

Ⅰ. ①我… Ⅱ. ①柴… Ⅲ. ①小小说 - 小说集 - 中国 - 当代 Ⅳ. ①I247. 8

中国版本图书馆 CIP 数据核字(2015)第 003129 号

河南人民出版社出版发行
(地址:郑州市经五路 66 号　邮政编码:450002　电话:65788068)
新华书店经销　　河南省瑞光印务股份有限公司印刷
开本 680 毫米×960 毫米　1/16　印张 16. 5
字数 256 千字　　印数 1 - 10 000 册
2015 年 8 月第 1 版　　2015 年 8 月第 1 次印刷

定价 : 35. 00 元

# 漯河文学新高度

韶　华

我一次又一次打开各种有关漯河的史册，正史、野史、民间杂记，均觅不到或汉赋或唐诗或宋词或元曲或明小说或清散文的记载。截止到新中国之前的文学典籍上，没有小说、散文、诗歌的有关传承。偶有只首片句，聊以宽慰，多属官员的打油诗，远离民生疾苦，与文学不搭界。中原腹地，贾湖骨笛、字圣许慎的故乡，与建安文学的发祥地许昌毗邻，漯河的文人墨客都哪里去了？漯河史上没有文学，没有作家、诗人。如此结果匪夷所思，令人忧伤。

漯河文学经历了漫长的空白带。淘尽千古诗文弄者，这就是历史，破灭了多少人名垂青史的梦想。在此期间，沙澧河是哭泣的，流淌着兵燹战乱、饥馑贫困、民不聊生，而文学需要一张安静的书桌。

五星红旗唤起了漯河文学。六十五年弹指一挥间。漯河文学在各届党政领导的支持下与时俱进，从无到有，从小到大，由弱至强。如今的漯河作家群拥有国家级会员1人，省级会员103人，市级会员近300人。他们或小说，或散文，或诗歌。这一盏盏精神的灯火，汇聚成波光潋滟的星海，为广袤的漯河涂抹上亮色与鲜活，温馨情感，慰藉人心，提升着城市的格调与品质。文学的优劣不取决于团队规模，也不取决于高规格的会员人数，而是以本地区文学作品的品质所决定。南豫见编剧的电视连续剧《日出日落》与《生死较量》，1996年与2000年分别在央视一套与八套黄金时段播出以来，一直稳居全省18地市电视剧创作的制高点；芦雅萍的长篇小说《少林方丈》获省第七届“五个一工程奖”；南豫见的长篇小说《百年恩公河》相继获得省第八届“五个一工程奖”与省五届“优秀文艺成果一等奖”，迄今十八个地市的作家无人超越；南豫见的中篇小说《皇天后土》1992年获“莽原文学奖”以来,至今仍然是十八个地市中篇小说创作的最高奖项。在诗歌领域:王志学的歌词《我爱你祖国》获河南省第四届“五个一工程”奖;南豫见歌词《热爱生命》1998年获“河南省颂中原音乐大赛二等奖”(一等奖空缺);谢安顺的《漯河赋》与《水之歌》横空出世连获省委宣传部大奖;卢子璋诗歌“月光掠过山的脊背”、“梧桐”,李景超诗歌《大师及大师的作品》、《木槿花》相继在国内获奖;在文学评论界,李兴华的评论集《阅读与欣赏》、《神奇的第六感觉》与王剑的文章在全国重要期刊频频开花绽放,多次斩获国内重要奖项;网络文学方面:孟焕军《上网成为一种生活方式》、王剑散文《读博:打量世界的优雅方式》2010年获中宣部“全国文明上网共建和谐网上征文”铜奖;李江涛散文《小毛驴返乡》、南豫见散文《漯河文学60年》、王剑散文《傍晚,漫步在城市的街道》、孟焕军《漯河广播与时代同行》同时获得2009年省委宣传部“沧桑巨变看河南”网络作品大赛文学类作品一、二、三等奖。据此可以理直气壮地说,在漯河厚重文化土壤上凸起的文学高地,已成为全省十八个地市的文学制高点之一。

市政府厚德载物,资助出版本套10册“漯河作家精品文库”。打头的《漯河文学地图》,出自南豫见之手,约50万字,图文并茂,聚焦全市作家的纷呈亮点,在“序言文萃卷”里,收录了为17位作家新著所作的序文;“作家素描卷”中,将数十年为50位作家的“画像”集中展览。星汉灿烂,若出其里。一册在手,即可浏览漯河文学的地容地貌,维度走向,风物人情,辉煌成就。此书还回顾了作者本人创作的心路历程,“从改写右派文学”(著名评论家李洁非语)的《生命原则》;到“一部中国人百年的心灵史”(香港媒体语)的《百年恩公河》;再到“中原大地隆起文学青藏高原”的《红色劳改营》(香港媒体语);再到“一部值得尊敬的精品力作”的《家族荣誉》,这几部连续重拳出击的长篇小说,代表了漯河文学蔚为壮观的辉煌成就。孟焕军的长篇小说《花红柳青》,在社会急切呼唤重拾信仰、恢复秩序的声浪中,两位在城市打拼的男女草根大学生,用他们高贵的人品,精彩地诠释了纯净拒绝污染、善良不会被绑架。这种一灯破万暗的艺术效果,当是《花红柳青》这部长篇小说值得尊敬的重要原因。张喜梅的散文集《未完成的虚构》,分九辑约20万字,以不同的篇幅不同的题材讴歌了亲情、友情、爱情,字里行间洋溢着文学的魅力,让人不忍释卷。张翠华的散文集《沙澧千秋画》,饱含对生活的热爱,表达了作者的独特的感悟,书写漯河历史文化的灿烂,对于宣传漯河,提升漯河文化软实力必将起到积极的作用。王剑的评论集《冷火焰》，收入文艺评论文章72篇。全书视角独特，笔锋犀利，全景展现了省内外的作家生态和文学思潮。马永红的散文集《我的村庄》，从一个乡下孩子的视角，以朴实无华的笔触，描摹了一幅幅黑白照片，充满浓浓的乡土气息，四季更迭，鸡鸣草长。卢子璋的长诗《忏悔，在许慎墓》，从大沙河的文化源头检索，从西周写到许慎文化园，写出了我们应遵循的精神命脉。精心打理了塑造伟大字圣许慎的浓郁平原文化，泣血拷问了大平原文化的兴盛与沦落，并呼唤大平原文化的再度振兴。李景超的诗集《贾湖骨笛》，美轮美奂，有果实的甘甜，有阳光的温暖，有苦难的挣扎，有命运的抗争。是一部贾湖人奋斗史，也是一部人类的沧桑史，是一部极具挑战性的精品力作。小小说集《我的职务该咋填?》，是柴全伟二十年创作的精品大汇总，也是作家把故事结构和小说语言溶入作品的展现，颇具趣味性、可读性和回味性。《莫红小说选》主要收集了近年来莫红发表的蚂蚁小说，小小说和中篇小说。蚂蚁小说是今年流行的小说文体，以短小、凝炼和结尾出人意料著称。

65年来，三代漯河作家殚精竭虑，呕心沥血创作的成果，前无古人，成为屹立在历史空白地带的文学高峰，被世人钦敬关注。本套"漯河作家精品文库"，作为漯河文学的优秀成果，必将成为一张炫目的文化名片，广为传播，走入寻常百姓家。她竖起的文学新标高必将载入史册，薪火传承，启迪激励后人。努力吧，漯河作家们，用你们频频亮相的精品力作，回报260万勤劳、勇敢、朴实、善良的漯河人民。

在此受漯河作协主席团的委托，代表全市近三百位作家并以我个人的名义，谨向市委、市政府及对这套精品文库做出过辛勤努力的同志由衷致谢。

是为序。

（序文作者为中国作家协会书记处原书记、著名作家）

# 目　　录

## 讽刺幽默

## 世相百态

## 笔记体小说



## 牛大头系列

# 讽刺幽默

# 单位就是有闲人

星期日那天上午，有个叫李小毛的中年男人，走进了电视台新闻部主任孙超人的办公室。他怯怯地问道："你们的领导在吗？"正在伏案审阅稿件的孙超人抬起了头："有事吗？有事你说话。""我的存款被邮政储蓄银行给扣留了！""什么？！"孙超人一听便来了火，"这邮政储蓄银行也太胆大了！"随即，兴趣十足地挥手示意对方落座："别急，你坐下慢慢说！"

李小毛坐下后就说道："我存的钱是经毛主席特批的，存在邮政储蓄银行里的，说我什么时候用什么时候就取。我现在取钱要用时，他们邮政储蓄银行却不给了！"

"毛主席特批的？"孙超人一脸的奇怪，问道："你在邮政储蓄银行存了多钱？"李小毛一本正经地说："一列车！""啥？一列车？"孙超人顿时明白过来，今天碰到的是个精神病患者。

孙超人当即冲外间喊道："小王，小王，你过来一下。"小王过来后，孙超人指着李小毛说："他的问题你帮着处理一下，我正审稿忙不过来！"

小王就把李小毛领到外间的办公室，并拿出了笔和本准备记录。李小毛仍说起了刚才说过的话："我存的钱是经毛主席特批的，存在邮政储蓄银行里的，说我什么时候用就什么时候取。我现在取钱要用时，他们邮政储蓄银行却不给了！我想让你们电视台帮我讨回我一列车的存款。"小王一听也明白过来。

这时，孙超人在里间办公室说话了："小王，你想个办法把他打发了！"小王沉思了片刻，对李小毛说道："这事其实很好办！"说着，就在一张空白的稿纸上写了起来：

"请邮政储蓄银行给李小毛解决一列车的存款问题。"

最后署上了电视台字样。

交给李小毛并说道："你拿这张字条去找邮政储蓄银行，他们就会给你解决的!”

“真的!”李小毛高兴地拿过字条,像是捡了一个宝贝似的兴冲冲地走了。

小王见李小毛走出了电视台大门,就走进里间孙超人的办公室,表功般的自夸道:“我略使小计,就把他打发了!”孙超人问用的啥小计,小王就说了,听得孙超人哈哈大笑,直夸小王谋略出众。

李小毛被打发走了,小王又和先前一样没事可做了。一张报纸让他翻来覆去不知看了多少遍,一瓶茶也让他喝得肚子胀得难受。无奈之下,他掏出笔在看过的报纸上随手涂鸦起来,给报纸上的人描个胡子、画个眼镜什么的,总之,以此来打发时间。

让孙超人和小王意想不到的是,半个小时后,李小毛又转了回来,手里还拿着一张纸。小王接过一看,只见上面写着:

“钱可以取,但请电视台协调列车。”

署名是中国邮政储蓄银行。

小王一时哭笑不得,当即又挥笔写下:

“请铁路部门抽调专列,帮助李小毛取钱。”

然后,交给了李小毛。李小毛又兴冲冲地走了,很快又转了回来,捎回了铁路部门的信:

“因李小毛家到邮政储蓄银行没铺设铁轨,建议改用汽车拉送存款。”

署名是火车站。

见此,小王犯难了,再这样无休无止地把字条写下去,何时是个头啊?这时,孙超人审完了稿子,从里间走了出来,看了看小王手中的几个条子和李小毛企盼的眼神,就批评道:“你写得太具体了!”说着,拿起笔在一张稿纸上一挥而就:

“请有关部门协助李小毛办理取款事宜。电视台。”

李小毛拿着字条就走了。半个月后,李小毛又回到电视台,说找不到有关部门。孙超人劝他认真仔细找,找到了自然存款就能取了。李小毛自这次拿着字条走了之后,再也没回过电视台。

事后,孙超人得意地说:“要找有关部门,得用一生的时间!”

# 美女同事请吃饭

那是一个星期天的中午,正在网上"斗地主"的我,突然接到同事小丽的电话,要请我吃饭。小丽说:"超人哥,我想请你吃饭,没别的意思,只是感谢你一年来对我的关心和爱护。"

我一听喜上眉梢,觉得自己的工夫总算没有白费,是到了该收获的时候了。特别是她那句甜甜的"超人哥"的喊叫,已让我神魂颠倒、心猿意马。再加上那句"我请你吃饭,没有别的意思",不能不让人感到女性羞涩的美!你想啊,哪个喜欢上男孩的女孩,会直截了当地说,我请你饭,是因为我喜欢上你了?!

于是,我精心把自己打扮了一番,还在笔挺的西装上洒上了一些香水,就急忙向她所说的地点狂奔。说真的,小丽自一年前走进我们办公室,成为我同事的那一天,我就喜欢上她了。苗条的身材,优雅的走姿,落落大方的言谈,使她常常在我梦中出现。为了给她留下好的印象,以前从不打扫卫生的我,每天早上一上班就勤快地扫地、抹桌子、擦窗户,只要有她在办公室,我总能想方设法地表现自己,以引起她的注意。

过三八妇女节,单位发了一大包洗衣粉,我二话没说,就把洗衣粉从她的自行车后架上夺下,扛上肩头一口气送到她的住处。还有那次下班时,天上下起了大雨,是我撑着一把只能挡住一个人的小雨伞送她回家,事后,我感冒发烧到42度,更有……

付出总有回报。不知道这句话是谁发明的,我咋个就觉得这句话,今天用在我身上是再合适不过了。

我兴冲冲地赶到小丽所说的聚仙楼99号包厢,发现一张大桌子旁坐满了人,而且是清一色的女人。我愣住了。请我吃饭,咋会需要这么多陪客呢?就在我愣神的瞬间,小丽看到了我,笑着说:"超人哥,你过来得挺快的,快坐吧?"

我刚坐下,就看到桌上的饭菜早已吃得所剩无几了。这时,小丽十分郑重地向在座的各位女同志介绍了我:“这位是我的同事,黑泥鳅,不,错了,是孙超人同志!”

小丽把我的绰号和正名混为一谈,她虽然及时进行了纠正,但还是引起在场人的哄堂大笑。笑够了,一个女人就关心地问我:“你想吃什么就点吧!我们可都吃饱了。”

见她们一个个茶足饭饱的模样,还目不转睛地盯着我看,我不好意思了,只好说:“我在家吃过饭了。”

“真吃过还是假吃过了?”小丽关切地问:“没吃你就点吧?”

就凭小丽这句关切的话语,我就是饿着肚子也满足了。当即,迎着他的眼神说:“我真的吃过了。”

小丽避过我含情脉脉的目光,从手提袋里抽出五张百元大钞:“你吃过饭就算了,帮我把账结一下?”

我咋能接她的钱呢?再说,我从电视上也多次看到,女人对喜欢的男人,往往通过这种方法来考验的。她把我当成我外人,我可要把她当作自己人。我当即就把她的钱挡了回去:“我兜里装着钱呢!”说着,就到吧台去结了账。

回来走到包间门口时,听见一个女人说:“小丽,这家伙真的太黑了,怪不得你叫他黑泥鳅?!”

“刚才,你们还给我抬杠,说世界上最黑的人是非洲的黑种人。”是小丽的声音,“这下你们相信了吧,比黑种人还黑的在我们单位就有。我要不把他叫过来,你们还真以为我在说瞎话呢!”

众人附和道:“这家伙真像你先前说的一样,比黑种人还黑!”

我一听,眼黑了一下。

(2012 年刊登于《沙河风》第 4 期)

# 我和儿子斗智慧

儿子自小就跟他爷爷奶奶生活，到了上学的年龄才随我进了城。因此，在他爷爷奶奶的宠爱下，他自恃聪明伶俐，常常做出一些阳奉阴违的事情来，很是让人头疼。

别的不说，就说看电视这件事吧——他小小的年纪竟戴起了眼镜，看着让我心疼。为了杜绝和避免他再看电视、损害眼睛事件的发生，今年一个寒假的时间，我和他开展了一系列的斗智斗勇。

寒假第一天，我临上班前告诫儿子："看书、学习、玩游戏都可以，绝对不能看电视！"

"老爸，你放心吧！"儿子答应得满顺畅，"我一定不会看电视！"

当我下班回来时，却发现电视插头竟插在电源插孔里，就问他："你今天又看电视了？"

他矢口否认："我一直在认真学习，没有看电视呀！"

"我有证据证明你看了电视。"

"啥证据？"儿子一脸的迷惑。

我拿起电视插头扬了扬："我上班前可是把电视插头拔下来的，可现在呢？"

儿子低头说："对不起，我还真如你所说，确实看了电视！"

见儿子十分诚实，我也没再说什么，告诉他为了眼睛的健康，不能再看电视了。

儿子虽然表面上答应得好好的，可我深知儿子的秉性。

第二天一下班，我就急忙对电视作了全面的检查，我发现电视电源插头和我走时一样，但电视频道却变化了，我问儿子："你又看电视了？"

儿子十分不满地说："我今天可真没看，你别冤枉好人呀！"

"我走时的电视节目是中央一套，现在咋变为了少儿频道呢？"

儿子再次低下了头:“爸爸,我错了!”

“知道错了,就得改正才行!”

儿子点了点头。

点头归点头,我对儿子还心存怀疑。

第三天下班回来,我检查电视机时发现,电视插头和电视频道都和我走时一样,但电视的音量却由10度减少到了5度,我就又问儿子:“今天你又看电视了?”

儿子不悦地白了我一眼:“你有啥证据证明我看电视了?”

我指着电视音量说:“这就是证据!”

儿子一时无话可说了,只得承认自己的错误。

第四天下班回来,我发现电视电源插头、电视频道、电视音量都没有变化,可电视机后盖却还有温度。于是,我问儿子:“你还是看电视了?”

有了先前的几次有力的证据,儿子这次显得有些胆怯了,只是无力地摇了摇头。

我说:“电视机后盖可是发着热的呀?你有什么可说的呢?”

儿子重重地点头承认了,然后,有些委屈地说:“老爸,我每次看电视咋都能被您及进发现,我觉得您咋就比我还聪明呢?”

“我是你老爸,我能不比你聪明吗?”我得意地笑了:“这些方法只是冰山一角,我还有头发丝放在遥控板上,电视罩上放线头等方法来检测你是否看电视了!”

“老爸呀,儿子算是服了YOU!”儿子伸出大拇指,随即十分庄重地说道:“老爸,从今天起,咱家的电视我再也不看了!若再看一次,我真愧对您的一片苦心呀!”

看着懂事的儿子,我感到十分的欣慰,觉得儿子真的长大了。

你还别说,从这次以后,我真没有发现儿子看过电视。

寒假很快过完了,明天儿子就要上学了。就在当天晚上,儿子问我:“老爸,你是不是一直觉得您比我聪明?”

我笑了:“那是再自然不过的事了!譬如,拿这件不让你看电视的事来说吧,我若不聪明,你每次不都被我捉到吗?……”

“是,这一点我承认,可我总觉得您没我聪明!”儿子说着笑了起来,“老爸,您想过没想过,咱家的电视机您可以管控住,可对门王奶奶家的电视您能管控得了?自从我不看咱的电视之后,我可是每天都到王奶奶家看电视呀！……”

我一听聪明儿子的话，差一点要晕死过去了。

# 节约之星

单位里正如火如荼地开展着节约型机关建设，我所在部室已经连续两个月被评为节约部室。看着挂在部室门口的流动红旗，心中的荣誉感和自豪感与日俱增。

也许是受单位建设节约型机关的影响，我决定在我们家也开展节约型家庭建设。当我把自己的想法一说时，老婆竟举双手赞成，大夸我是活学活用的天才。为了确保节约型家庭建设扎实有效地开展，我还向老婆建议设立“家庭每月节约之星”奖，对节约效果明显的个人，从我给老婆的集资款中抽出 500 元作为奖励。老婆听了又大加称赞，表示了认同。

在第一个月的“家庭节约之星”争夺中，我铆足了劲，有着实现节约之星“开门红”的打算和目标。于是，我把吸了 20 多年的香烟给戒了。对于老烟民来说，戒烟是十分残酷的事，对我这个经常靠写稿挣外快的人来说，无疑是苦上加苦。但为了心中的目标，为了给家庭成员起到表率作用，我义无反顾忍受了大半个月的折磨，最终把烟给戒了。

我作为一个视烟如命的人，从前每天要吸三包烟，每天要花费 30 元钱。而现在，不吸烟了，每天自然就节约了 30 元，一月下来就是 900 元。自己心中暗喜——第一个月的“家庭节约之星”非我莫属了。

月底，吃过饭后，我建议对本月“家庭节约之星”进行评选。老婆却一把拉住我说：“咱们到超市去看看，回来之后再评选也不迟。”

我们小区门前就有一个大型超市，里面的物品非常的齐全。老婆领着我在超市转了一圈又一圈，最终在成衣柜前站住了。老婆相中了一件连衣裙，我一看价格是 1500 元，不由得心中暗喜，便催促道：“你要是喜欢就买下吧？”其实，我心中自然有着小九九呢，若老婆买了这个 1500 元的连衣裙，本月这个“家庭节约之星”自然与她无缘了呀！我的目的自然而然地就达到了。

谁知，老婆任服务员把嘴说破了天，把价格一降再降，最后甚至降到了1000 元，老婆还是摇着头带着我回了家。

回到家，我把这月自己的节约款项向老婆及时作了通报，并经过合计之后得出结论，我本月节约 900 元，建议本人荣获“家庭节约之星”。

老婆白了我一眼：“节约 900 元还想当‘家庭节约之星’啊？刚才你没看到，一套连衣裙，我都节约了 1000 元！谁是‘家庭节约之星’，你看不出来吗？”

我一时无语。

第二个月，我把酒也戒了。心想“开门红”没有实现，次月争创个“家庭节约之星”也不错。可没想到，对家庭节约一直没有重大举措的老婆临近月底时，竟给我打来了电话，说要买辆轿车。买套连衣裙我可以答应，买一辆轿车我无法容忍。于是，我苦口婆心地进行了三番五次的劝阻。最终，老婆点头同意了，不过，她认为本月的“家庭节约之星”依旧是她，理由是一辆30 多万元的轿车可抵上我戒 30 年的烟，戒 50 年的酒！

第三个月，老婆突发奇想，说要买下市政府 18 层的办公大楼。我义正词严地大声斥责她：“你是不是疯了，市政府的大楼是我们能买得起的？再说，即使买得起，市长会同意买？别异想天开了！”

老婆一听“扑哧”地笑了：“市政府大楼不买可以，但这月的‘家庭节约之星’还是我的！因为，据人家估计，市政府 18 层的办公大楼，少说也得一个亿。我本月为咱家节约了一个亿呀！”

我又一次无语了。

# 改 路 名

幸福县辖区最北边有两个乡镇，一个叫大熊乡，一个叫阴阳李镇。因地理位置偏僻，这两个乡镇之间，从建立乡镇到现在一直没有修上柏油路。为此,可愁坏了两乡镇的新任乡镇长。你想啊,别的乡镇都在修村村通、户户连了,他们这儿连一条像样的乡道也没有,咋能不让人着急!

大熊乡的朱乡长就动员阴阳李镇的杨镇长:“要不,咱找一找王县长,让他到咱这俩乡镇看一看?说不定修路的事很快就能解决了!”

“你说让王县长来看,他就看吗?”杨镇长反问道。

“我昨天晚上看新闻,王县长说要开展‘百日进百村’活动。”朱乡长蛮有把握地说,“咱何不利用这机会先请他来我们的乡镇看一看?”

杨镇长的眼光亮了起来。

原来,王县长刚调到幸福县不到一周的时间,为了及时了解和掌握全县群众的生产、生活情况,就在县电视台做了电视讲话,他决定开展“百日进百村”活动,尽自己的力量帮助群众解决困难和问题。

当朱乡长和杨镇长兴冲冲地闯进了王县长的办公室,说明来意之后,王县长当即就表态:“现在就出发!”

于是,县长车队浩浩荡荡向城北出发了。刚进入大熊乡境,因为前几天刚下过雨,路上泥泞不堪,最前边的警车就陷入了公路上的泥潭内,油门压到了底,车轮在泥窝里飞速地转动,可车就是出不来。王县长见此,就亲自下了车,号召随行人员一齐推车。车子被推了出来,王县长也被车轮带起来的泥溅了一身。

王县长车队过了大熊乡,进入阴阳李镇时,一辆车又陷住了,车队上的人全用上了,仍无法把车推出来。王县长火了:“你们这两个乡镇是咋搞的?乡道都修不起吗?”两位镇乡长忙道出乡镇的贫困情况。

王县长听了更火了:“乡镇修不起路,县交通局天天干什么吃的?把交通局长给我叫过来!”

交通局长被训了一顿后,随即表示半年内一定修好这条路。

朱乡长和杨镇长见此,会心地笑了。

半年后,道路修好了,两位乡镇长商量了一下,按照惯例就以两镇的名字的前一个字为路名,并专门把王县长请来为道路通车剪彩。面对县电视台的摄像机,王县长扯着嗓子吼:“我宣布,大阴道现在正式通车!”

现场的人听了,愣怔了一下后,又纷纷地鼓起了掌。

事后,朱乡长和杨镇长后悔当初的草率了,可解铃还须系铃人。路名的事还得请王县长来解决了。

那天,幸福县召开政府全会,县里已提前进行了通知。可到了开会时间，王县长一直没见到朱乡长和杨镇长的影子。就打电话给朱乡长："你现在在哪？会议就要开始了！"

朱乡长躲在会议室外的厕所内，说："我在大阴道，马上就过去了。"

王县长没有在意，又给杨镇长打电话。杨镇长站在会议室外说："我正在大阴道……"

王县长一听，有些恼了："这两个乡镇长之所以迟到，竟和女人的裤裆里的东西分不开！监察部门给我好好查一查！"

事情调查清楚之后，王县长哭笑不得，决定帮他们改一下路名，用什么呢？王县长想两个乡镇的第一个字组合着不能用，就反过来用，就叫阴大道，可一读觉得这个还没那个好。遂决定用两个乡镇的第二个字，熊和阳，可他一念，觉得像是"熊样"的读音，觉得这样也不合适。

正当王县长愁眉不展时，他的秘书来了，说："就用两个镇乡长的姓来命名吧？"

王县长觉得有道理，就一锤子定音："就用'朱杨道'。"

道路改了新名后，附近的不少群众都说，走过"大阴道"，再走"猪羊道"，还差点走上"阴大道"和"熊样道"，我们算是倒霉透了！

## 谁也不是狗

我是有着 11 年驾车经验的驾驶员，在我 11 年的驾车生涯中，碰到过形形色色的人和各种各样的事，而让我一直无法忘记，且能记忆犹新的就是去年春天发生的一件小事。

那是一天上午，我像往常一样开车去乡下接人，所不同的是，那天我的心情糟糕到了极点，因一件小事大清早和老婆吵了一架，当时心中有种想发泄的欲望。

正在这时，一辆与我驾驶的一模一样的松花江面包车迎面而来，这让我不由得想看一看那车的牌照，因为近段时间，报刊、电台等新闻媒体不断地曝光套牌车辆，这让我不能不防。可是，我还没看清楚那辆车的牌照，那辆车就从我身边飞驰而过。同时，那辆车的车主从驾驶室里伸着手，指着我大叫道："狗！狗——"

他的咒骂对于正想无事生非的我，无疑是火上浇油，当即就冲他大骂起来："狗！你才是狗！"

而当我痛快地骂罢，转过头来时，竟真的看到了狗，而且还是两条站在路中央，刚干过传宗接代的事正气喘吁吁着呢！两条狗看到我的车直冲过去，便慌了，一条向南一条向北想逃，可两条狗中间的部分却被牢牢地粘在了一起，怎么用力也逃不开。而此时的我想踩刹车已来不及了，只能眼睁睁看着两个车轮，一个车轮轧着一条狗的脖子，另一个车轮轧着另一条狗的脖子驶过。

当我把1000元现金递到狗的主人手里时，我才想起那位司机是在善意地提醒我——前面有狗，而我却误会了——唉，其实谁也不是狗呀！

（2004年刊登于《沙河风》第11期）

# 怪　事

由于门卫怕得罪人，不够负责任，一个月的时间，幸福镇酒厂就接二连三地丢了数千瓶成品酒，经济损失万余元。为此，厂长大为光火，当即辞退了门卫。

新上任的门卫是酒厂面向社会公开招聘，经过层层筛选才招来的，姓牛，是个年轻的小伙子，大家就叫他小牛，据说是刚退伍的武警战士。

小牛对工作极其认真，一丝不苟，不到一周时间就逮到了三名"内鬼"。一时间，小牛名声大振，偷酒者自然有些收敛。可也有人心中不服，依然存在着侥幸心理。

这不，这天晚上10点多钟，一位身穿黄大衣的人双手捂着腹部急匆匆向大门外走，小牛见了，就大声问道：“干啥去？”

“外出。”黄大衣满不在乎地说，“我有急事！”

“有请假条吗？”

“请什么假？我去去就来了！”黄大衣不耐烦地说。

“没请假条，我不会让你出去的！”小牛说着迎面挡住了他的去路。

黄大衣见此便火了：“你小子胆子不小呀，竟敢拦我？你也不打听打听我是谁？”

小牛没作声。

黄大衣以为小牛被吓住了，就又说道：“也许你刚来，还不清楚我的身份，这次我就不怪罪你了，下次再这样，我可不饶你！实话告诉你，现任酒厂的牛厂长，就是我爸！”说着就要夺路而出。这时小牛却火了：“既然你爸是厂长，你就更应该遵守厂规厂纪！”说着一把拉住了黄大衣，黄大衣却硬要挣脱。小牛火气更大了：“就算厂长是你爷，今个儿你也别想迈出大门一步！”

黄大衣见小牛怒目圆睁双手紧握，知道这样僵持下去，对自己没有多大好处，只好妥协。他灰溜溜地往回走时，却又被小牛叫住了：“把怀里的酒放下再走……”

第二天，厂里召开了全体职工大会，厂长在会上说：“昨天晚上，我厂发生了一件怪事，大伙也许不知道，在我们厂当门卫的我唯一的儿子小牛，昨晚上拦住了我另一个偷酒喝的儿子，而我这两个儿子却互不认识，同志们啊，你们说这事怪不怪呀！”

职工们一听，顿时明白过来了，会场上笑成了一团。

从这天起，幸福镇酒厂再也没有出现过丢酒事件。

（2006 年 4 月 21 日刊登于《漯河日报》）

# 实　话

王丽收拾着脏衣服，准备去洗，电话铃响了。她拿起电话，里面立刻传来一个男人恶狠狠的声音："告诉你男人刘成，限他三天之内把借我的三万块钱给我送来，否则，我要了他的狗命！……"顿时，娇小柔弱的王丽被吓坏了，露出满脸的恐惧。她转念一想，自己的丈夫不叫刘成呀，而且也没听他说过借了别人的钱，一定是对方打错了电话。

王丽想到这儿，正想告诉那个男人打错了电话时，丈夫推门进来了，推门进来的丈夫看到王丽脸上的紧张表情，也看到她手中紧握着的是电话听筒，脸上瞬间就落了一层厚厚的冰霜。他疾步过去，从王丽手中夺过电话听筒，一听，竟是电话挂断后的"嘟嘟"声。

丈夫就问王丽："谁打来的电话？"

王丽如实相告："是一个男人打错了电话，向一个叫刘成的人催要欠款的！"

丈夫死盯着王丽的脸："是真的吗？"

"真的！"

"是真的？"丈夫仍不相信，"那么，电话早不挂晚不挂，为啥我一进门就挂了呢？"

王丽听出了丈夫的言外之意，就气了："你不相信我？"

"骗三岁孩童的话，任何人都不会相信！"丈夫气呼呼地夺门而去。

冷战的第七天，王丽去了丈夫的单位，她知道丈夫这几天一直吃住在自己的办公室。丈夫见了王丽，一脸冷冰冰的霜。

王丽说："咱们回家吧！"

丈夫面无表情："要让我回去，除非你给我讲实话。"

"啥实话？"

"那天的电话是谁打的？"

“我不是告诉你了吗，是一个男人打错了电话……”王丽说着委屈地哭了。

“既然你说的是实话，你哭什么？”丈夫无动于衷地盯着王丽挂满泪水的脸，面无表情地说，“一定是你心里有鬼吧？”

王丽一听，便止住了哭声，可自己又不知如何是好。最终，王丽无功而返。

又过了七天，王丽又去了丈夫的单位。见了面，丈夫仍是那句老话：“你告诉了我实话，我立马就回去！”

王丽见自己拗不过丈夫，便说：“你想听实话，我就实话实说了，那天打来电话的是我高中时的同学，在校时他曾追求过我。后来，我们因考上了不同的大学，便失去了联系。直到不久前，他从别人口中得知了咱家的电话号码，就打了过来，谁知，我们还没说上两句话，你就下班回来了，我怕你起疑心，就编了有人打错电话的谎言来骗你……”

丈夫听后得意地笑了，并宽容地说道：“那次的电话我早已察觉到你们之间的不正常，我也预感到了并不像你说的打错电话那么简单！今天一经证实，果然不出我所料，既然你说出了实情，我就既往不咎了，走，咱们回家去！”

王丽听了丈夫的话，想哭，却又不敢哭，生怕又引起丈夫的其他想法。

（2003 年 12 月 5 日刊登于《漯河日报》）

## 温暖送给谁

一年一度的新年前“送温暖”活动开始了，幸福镇为保证 2007 年“送温暖”活动有声有色，特意召开了动员会，要求各村切实做好贫困户排查、登记、上报工作，从而确保把幸福镇党委和政府的关心爱护送到贫困户家里，保证贫困户安全过冬。镇党委王书记还专门在会议上点了幸福村的名，说他要亲自为该村贫困户送温暖。

会后，幸福村村主任王二歪不敢怠慢，生怕再次发去年“送温暖”时造成的意外。一进村委大院，王二歪就急忙问文书要本村贫困户人员名单。当文书把贫困户名单递到王二歪的手里时，他只看了一眼，二话没说拿起笔就把仇富贵的名字给划掉了。文书一见就急了：“主任，你咋把仇富贵给划掉了呀？他可是咱村最穷的一家呀！”王二歪没好气地说：“他家穷不穷你知道啊！他家存着钱还给你说呀！”文书一听乐了：“仇富贵的老婆是出了名的药罐子，长年卧床不起，他的两个儿子一个上小学，一个上初中，这些你也知道；他一家人全靠仇富贵一个人打零工度日，他家咋能存上钱呢？”

王二歪瞪了文书一眼：“把这几个贫困户上报镇里，其余的事，你管那么多干啥！”

文书还想说什么，但见王二歪不容置疑的样子，只好作罢。

“送温暖”活动说来就来了。那天，天空下着鹅毛大雪，镇党委王书记一行数十人，提面的提面，拎油的拎油，抱棉被的抱棉被，队伍最后还跟着扛着摄像机和照相机的两位记者。因为村子里还没修公路，他们踩着没足深的积雪，深一脚浅一脚地走了二里多地才进了幸福村。

村主任王二歪早就在村口等了多时了，一见王书记来了，就领着他们先去了李二根家里。李二根家里盖着二层楼房。

王书记一进门，就拉着李二根的手说：“我代表镇党委和政府来看你们来了！祝你们过个祥和、愉快的新年！”说话的时间，随行人员就把米、面、油、棉被等物品放到了李二根屋里。李二根一见，激动地对王书记说：“感谢镇党委、感谢镇政府，没有镇党委和镇政府的关怀，我李二根咋能会有今天！说着眼圈就红了起来。”记者们见此，对着王书记和李二根拍个不停。

王书记要走，李二根刚送到大门口就被记者重新叫回了院子，要让他对着镜头说几句话，李二根没有推辞。李二根说：“王书记待俺不是亲人胜似亲人！没有王书记的关心和爱护，就没有我李二根今天的好日子，感谢上级党委为我们幸福镇培养了这样优秀的好干部！”记者听着李二根的话不由得伸出大拇指，直夸他讲得好。

在王二歪的指引下，王书记一行又来了孙大头家里。送上物品、送上祝福后，记者又让孙大头对着镜头讲话。孙大头对着镜头竟哭了起来，他泣不成声地说：“感谢王书记，是他把俺的疾苦记在了心间，让俺能过上一个快乐的春节！”一席话说得在场的人都大受感动。

王书记进的第三家是牛砖家，牛砖也对着镜头激动地说王书记是想群众所想、急群众所急，是孔繁森式的好干部……

当天晚上，县电视台新闻栏目就对幸福镇王书记“送温暖”活动作了报道，画面上显现了李二根激动的模样、孙大头泣不成声的话语和牛砖那感激的神情，还有王书记嘘寒问暖、平易近人的表情……

新闻刚结束，幸福镇宣传委员就给王二歪打来了电话，说镇王书记对幸福村的“送温暖”活动高度重视，对村里组织得力大加赞赏。随后，又谈到王书记对去年给仇富贵“送温暖”时，仇富贵对着镜头竟一句话也说不出来大为光火之事。王二歪听后得意地说：“就是因为怕仇富贵再一次出现对着镜头说不出话来，今年才不让王书记去他家了！”

宣传委员听了连连称道，直夸王二歪聪明。

“送温暖”活动结束没几天，就过新年了。然而，新年初二一大早，仇富贵家里就传出了撕心裂肺的哭叫声……

## 福利主要看对象

单位的老局长退休了，上级任命了一位新局长。新局长姓孙，名超人，孙超人很年轻，是个新生代的“80 后”，据说还没有找对象。

新局长和老局长的工作作风和工作方式截然不同，别的不说，就拿发放福利这方面来说吧，老局长倡导的是发放“米面油盐”之类的生活必需品，并根据节日的特点，也有所侧重；而新局长一上任，正逢上过三八节，他二话不说，竟让办公室购买了每人两提的铁观音茶叶。

有职工不乐意了，特别是女职工纷纷找到孙超人，说：“‘三八节’是妇女的节日，应该发卫生纸之类的东西才对，咋能发茶叶呢？”

孙超人不以为然，反问道：“你们知道这两提茶叶值多少钱吗？”

众人无语，孙超人接着说：“两提茶叶整整是 500 元，若是换成两提卫生纸的话，200 多元就打发了！你们呀！你们呀！真的想为单位节省资金吗?”

众人一听,都不好说什么,自然离去了。

过了三八节,就是五一国际劳动节。这次,单位发放的福利没有了茶叶,而是每人发放了两提蜂蜜。

孙超人还专门召开了全体人员大会,对发放蜂蜜的原因作了说明,他说:“蜂蜜是一种营养丰富的食品,服用蜂蜜对于肺病、眼病、痢疾、神经系统疾病、胃病等都有良好的辅助医疗作用。外用还可以治疗烫伤、滋润皮肤和防治冻伤。因此,希望大家能够理解我的一片良苦用心!”

话音一落,干部职工大为感动,都报以热烈的掌声。

五一节一过,中秋节来临。这次孙超人又改变了福利的种类,改为每人发放500元的购物券。

单位干部职工都觉得孙超人最了解干部职工的心,都兴冲冲地去了万利来超市,随心所欲地购买自己所需的用品。

一晃春节来临了。孙超人这次却一反常态,既没有物品,也没有购物券,单位竟然什么福利也没有发。

干部职工不愿意了,就纷纷找孙超人讨说法。孙超人一脸苦相,说:“单位今年的支出超了,账面上已经没有一分钱了,想发福利却没钱,希望大家能理解单位的难处!”

面对这种情况,众人很无奈。

过了春节之后,孙超人外出考察了,这次他没带司机。

因为孙超人没在家,孙超人的司机就有意放松一下自己,没想到竟喝酒喝高了。

喝高后就向人透露:“下次再发福利,孙局长一定会为大家发金条!”

有人不信。

孙超人的司机就有些急了,说:“你们没看出来了,三八节,我们发的福利是茶叶,当时孙局长谈的对象是卖茶叶的。五一节,我们发的福利是蜂蜜,孙局长谈对象的父母是养蜂的。中秋节,我们发的福利是购物券,孙局长谈的对象是超市老板的女儿。而春节因为孙局长没有恋爱的对象,所以什么也没发。这次,他和金店老板的女儿谈起了恋爱,你说再发福利不发金条发什么?”

人们听了都点头称是。随后,便是望眼欲穿的期盼,期盼着下一个节日尽快地到来。

# 送锦旗

那是一个星期天，本想陪儿子外出游玩的我，却接到了朋友张庆国打来的电话。他说他准备给市公交公司送一面锦旗，让我这个在电视台当记者的给报道一下。作为新闻从业者，弘扬社会正气是自己义不容辞的责任，这样的好新闻我自然不愿放过，就满口应允下来。

张庆国是我半年前认识的，长期以来，他一直在我家门前的市场内卖蔬菜。有段时间，妻子外出学习，从来是“饭来张口，衣来伸手”的我，只好自己动手“丰衣足食”了。有一次，在张庆国的摊位前称了几斤白菜后，却发现自己忘了带钱，张庆国见了二话没说就让我提菜走人。因为这件事，我觉得张庆国是个实在人，就和他成了朋友。

当我扛着摄像机赶到市公交公司门口时，张庆国和女儿早已赶到，正在和公交公司领导交谈。为把电视画面拍摄丰富，我对锦旗交接现场进行了具体策划。让张庆国和女儿抬着锦旗缓缓走向市公交公司，市公交公司领导在门前急忙迎接，双方交接锦旗时，还要紧紧握住对方的手不放，以方便我拍摄握手的特写……

当拍摄完毕这一组画面后，我对张庆国进行了采访，让他谈谈为什么给市公交公司送一面写有“公交司机品格高、提醒乘客挽损失”的锦旗。张庆国就说了，说他在7月24日上午在乘坐公交车时，自己的钱包被邻座的小偷给偷了。当时，他根本没发觉，是公交司机通过观后镜发情况后，及时提醒他，他才追回了钱包。所以，为了表示对公交司机的感谢，特意制作了一面锦旗给公交公司送来了。

对于司机的善举，市公交公司领导也接受了采访。他侃侃而谈，说他们的公交司机能在关键时刻及时提醒乘客，挽回损失，这是他们公交公司平时十分重视司乘人员素质教育和职业道德培训的结果。近年来，为了提高公交司乘人员素质，他们公交公司每月都要对司乘人员举办3到5次素质培训班,因此,这次事件的出现,不是偶然的而是必然的!

画面也拍摄了,对当时人也采访了,我感到这次采访很成功,就和张庆国以及他的女儿向市公交公司领导告别。在乘出租车返回途中,我猛然想起这次采访时疏忽了一个细节,那就是张庆国的钱包里的钱数有多少。

当即,我就问张庆国:“你丢的钱包里装着多少钱?”

张庆国支吾道:“不到50块钱。”

我愣怔了片刻又问:“你制作锦旗花了多少钱?”

“也是50元。”

挽回损失不到50元,而制作锦旗又花费了50元,我好生困惑:“你又何必呢?”

张庆国苦笑了一下:“是公交公司接二连三打电话,要让我制作一面锦旗,说是年底前市里要对他们的服务质量进行考核,若送一面锦旗可以增加他们的分数。因为我不同意,他们又做了我女儿的工作,若送了锦旗就让她到公交公司去上班。女儿下学也一年多了,天天和我一起卖菜也不是常法……”

我从事电视新闻工作已经五个年头了,对于这样的新闻是否播发,一时间也没了主意。

## 捡来的金项链

孙超人与李小青约会之前,是向他老婆请了假的,他说单位里要加班,晚上要回去晚些。老婆当时虽然有些不高兴,但一再叮嘱他早些回家,免得被儿子挂念。孙超人满口答应后就喜滋滋地去了有缘人快餐店。

孙超人与李小青先后赶到快餐店,刚上了几个菜,李小青看到邻座一位漂亮女士脖子上的金项链。她就试探着说:“你啥时间也给我买个金项链戴戴?”孙超人没有作声。李小青又追问了一句:“你说话呀!你啥时给我买个金项链?”孙超人又迟疑住了。李小青见此火了:“我跟你好上快一年了，难道我在你眼里就不值一条金项链吗?”孙超人听了想解释什么，但嘴张了几张却没说出来。李小青见此，直起身拂袖而去。孙超人想拦，却见不少就餐者的目光全转向了他们这一桌。他当即忍着没动，任李小青离去。

李小青离去后，孙超人看着满桌子的饭菜却没了胃口。孙超人郁闷着回到家时，老婆正对着穿衣镜试戴一条金项链。老婆一见孙超人回来，就欢喜地拉他到穿衣镜前高兴地说:“你看我戴这条金项链好看不好看?”孙超人看了一眼，说:“好看，好看，非常好看!”说完，就转身坐到了一旁的沙发上。老婆见了，知道孙超人在敷衍自己，再次把他拉到镜前说:“你说真的，好看不好看?”孙超人只好说:“这条项链配上你白皙的脖子非常好看，我不骗你!”老婆听了雀跃着说:“不少人都这么说啊!”

老婆又对着镜子照了照，问道:“你知道这条价值5000多元的项链是咋得来的吗?”

孙超人说:“不知道!”

老婆说:“你猜猜看!”

孙超人说:“除了买的还能咋得来?”

老婆说:“就凭咱俩的工资，每月除去按揭的房款，猴年马月也积攒不了一条项链钱！我能买得起啊?”

“是朋友送的?”

“朋友送的?”老婆嘴一撇，“这么贵重的物品，我哪有这么大方的朋友呢?”

孙超人仍心不在焉地说:“我猜不出来，你说，这条项链是咋来的?”

老婆顿时开心得像小孩子一样，得意地说:“这是我今天在天祥珠宝店门前捡来的！你想不到吧?”

孙超人有些不相信地看了老婆一眼。

“你不相信吧?”老婆手舞足蹈地说:“也不知哪个粗心鬼，把刚买的金项链掉到了珠宝店门前，我刚好走到那里，就随手捡了起来。没想到一问，价值5000多元呢!”

孙超人若有所思地说:“咋不让我也捡一条金项链呢?”

“你捡?”老婆并没听出孙超人的弦外之音，更加高兴地说:“这是运气问题！你呀，永远也不会有我这么好的运气!”

孙超人一时无言。

因为金项链一事，李小青一个多月没有理会孙超人，让孙超人很是苦恼。直到年底时单位里发了 5000 元奖金，孙超人买了一条金项链准备送给李小青时，李小青才答应在有缘人快餐店见面。

一见面，孙超人把金项链递到李小青的手里时，李小青才转怒为喜地责怪道："你早给我买了金项链，还会惹我生这么大的气吗？"

孙超人说："我当时不是没钱吗！"

李小青说："有钱没钱是你自己的事！给我买不买项链才能看出你对我真不真心！"

"给你买了金项链，可以看出我对你的真心不变了吧！"孙超人说着，突然又想起了什么，急问："我给你买了项链，你丈夫知道了你咋办？"

"咋办？"李小青满不在乎地说："我说这条金项链是我捡来的不就得啦！"

"你捡来的？"孙超人又反问了一句。

"对呀！我对丈夫说这条金项链是我捡来的！"李小青认真地说："回家见到我丈夫时，我装着很开心的样子，说今天下午在天祥珠宝店门前捡来了一条金项链。而且，为了使他相信，我还要挖苦他几句，说他长这么大连个一元的硬币都没捡过，而我一下子就捡到了一条金项链！"说完，李小青得意洋洋地张嘴大笑不止。

孙超人听着感觉到头晕得十分难受。

(2008 年刊登于《民间文学》第 7 月、2008 年 9 月 25 日刊登于《古今故事报》，先后被 2009 年 4 月《喜剧世界》、《极品故事》、2009 年 1 月《新智慧·故事精》转载，并被 2008 年 9 月 26 日《讽刺与幽默》改编成漫画发表)

# 我替局长去考试

局长出外旅游刚走，县委办公室就打来了电话，说县里明天组织全县正科级干部进行法律知识考试，要求参考人员不得缺考，更不准找人顶替。

接了通知，我当即就给局长去了电话，把考试的事向他说了，他听后说："你还替我去考吧！"我忙说："县里对这次考试非常重视，严禁让人顶替的呀！"局长仍不在乎地说："让你去你就去，啰唆什么！"我见局长生气了，只好应承下来。

说真的，每年县里都要对正科级干部组织几次这样那样的考试，每次局长都让我替他去考试，因为我每次总会给局长带回一份优秀的成绩。再说，县里组织的这些考试，我总能提前搞到答案，因此这些考试对我来说已经是轻车熟路了。而这次与以往不同的是，明天是星期天，我和妻儿约好了要回乡下老家去看母亲的，这下又要泡汤了。

我很无奈，一遍一遍地咒骂那可恶的组织者，早不考晚不考，偏偏选在星期天来考。

正在这时，战友打来了电话，约我去喝酒，我正烦，二话没说就去了。战友是个酒鬼，据说能装一斤半白酒不醉，而我呢，最多也就是五两酒。也许是心里不舒畅，没出半个小时的时间，我就醉得不省人事了。

第二天，也就是替局长考试的那天，我一觉睡到上午 10 点多钟，要不是妻子催我回老家，真不知要睡到何时。我醒来一看表，顿时慌了，急忙穿上衣服连脸也没顾上洗，就打的去了我所在的考点——县实验高中。

当我来到考点时，却见大门紧闭，很久也没见一个人，直到我扯着喉咙喊了数十声，看门的老人才从后院赶了过来，我问今天不是考试吗，他说早就考过了。我听后顿时吓得六神无主，要知道，没参加考试的人员县里将要进行通报批评。这下，我们局长的面子无处放，我可就惨了。

我失魂落魄地向家里走去，走着走着，我想起在县委办公室工作的老同学牛大头，便慌忙给他打了一个电话，焦急地向他说明了情况。他听后二话没说，就一口应承下来，保证不对我局进行通报，还能给我们局长填个高分，但有一个条件，就是让我请他的客，必须现在就请。事已至此，我还能说什么呢？于是，我就在县城里最豪华的酒店安排了一桌酒菜，本来说好只有我俩的事，可他竟一同带去了五六个同事。对此我心里老大不乐意，但毕竟是有求于人，我也只好赔笑装欢了。

我知道牛大头能喝，但没想到他领的几个人比他更能喝，一场下来，白酒就喝了两件多。结账时差点把我吓晕过去，2600 元呀！这可足足顶我半年的工资呀！可心疼又能怎么样呢？只好通知妻子带钱赶来付了账。但令我略感安慰的是，牛大头一个劲地拍着胸脯表态："你放心吧，我一定把这事给你处理好的！骗你我不是人养的……”听着这些话，总比局长批评我强，我也就知足了。

一周后，县委办公室下发了正科级法律知识考试成绩单，我们局长考了98分。当时，我不敢相信自己的眼睛，直到我看得双眼发酸，才明白这是千真万确的。当即我就给牛大头打去了电话，电话刚通，不等我说话，牛大头就一个劲地检讨：“真对不起！你托我办的事，由于忙于工作，我竟然给忘记了，真对不起了呀！”

我一听他愧疚的语言顿时感到奇怪，就问：“什么事呀？”

“上一次，你让我帮你改你们局长分数的事呀！”

我一听，更加迷惑：“你真的没帮我改分数吗？”

“没有呀！怎么啦？”

我说：“没什么，没什么！”随即就挂了电话。

事后得知，县里负责批改考卷的人员嫌考卷多，为了省事，就随意地填了分数，自然，我没替局长考试的事，他们根本不知道。

我后悔得三天没吃饭，2600 元的饭钱，可是我半年的工资啊！

（2007 年 1 月 31 日刊登于《漯河广播电视报》）

# 如何才能不受骗

因为我的满脸胡子长得十分的旺盛，人们都称我为大胡子。为了保持自己脸面的干净和整洁，我特意购买了一个电动剃须刀。

这个电动剃须刀小巧玲珑，只有手掌大小，很是方便拿捏；它也十分的卡通，头圆圆的，身子扁扁的，看着就让人爱不释手。然而，就是这个电动剃须刀，那天早上却罢了工，任我如何拍打，依旧“沉默不语”。无奈之下，只好翻找出长时间不用的刀片，草草地刮了胡子向单位出发了。

中午下班一回家，妻子就炫耀似的把我的电动剃须刀打开了开关，听着

"磁磁磁"的飞速旋转声,我高兴地问:"你把它修好了!"

"我哪有那本事!"妻子说,"是电器修理店修的。"

我拿过电动剃须刀试了试,感觉不错,就问:"花了多少钱?"

"120 元,不贵吧?"妻子得意地说,"修理师傅说,你这样的电动剃须刀买新的得 1000 多元呢! 花 100 多元修一下,是十分值得的!"

我一听,便有种头晕的感觉。要知道,这个电动剃须刀是我花 50 元买来的,没想到修理一下竟花了 120 元!

我说:"我下午找他算账去!"

妻子劝道:"这是周瑜打黄盖,一个愿打一个愿挨的事,找他们也不会起什么作用的呀!"

我一听,觉得妻子的话十分有道理,也只能忍气吞声,告诫妻子和自己,以后决不能再上当受骗了。

时间没过多久,家里的床头电风扇坏了。本来,家里有空调,电风扇是可用可不用的物件。但妻子执意要让我修理一下,说她怕吹空调时间长了,容易得空调综合征,还是吹电扇好些。我对空调综合征没有概念,但对妻子的指示一定是坚决执行的。

为了避免再次上当,我把电风扇拿到修理店时,就对修理人员声明在先,说这个电扇不值钱,若修理费要得贵的话,就不再修理了。

修理人员一边检查一边很和气地问道:"这个电扇不值 500 元?"我摇了摇头。

他又问:"不值 400 元吗?"

我说:"差不多吧!"

其实,这个电风扇是我和妻子结婚时,好朋友孙超人送给我们的结婚礼物,具体多少钱,我真的一无所知,只是随口答言罢了。

没想到,修理人员听了我的话之后,说:"这个电扇是电机烧坏了,换电机得 180 元!"

我说:"能少一点吗?"

修理人员摇头道:"买一个电扇得 400 元,我帮你修一下,只需要花 180 元,这一下就帮你省去了 220 元,你要嫌贵就没办法了!"

我一听,觉得他说的话很有道理,就答应让他修理了。

晚上,刚把修好的电扇提回家,好朋友孙超人就来家里串门,当他得知修理电扇花了 180 元时,就骂道:"这些人真的好可恶,买一个电扇才 120

元,修理一下竟要180元!"

又一次的上当受骗,让我再一次傻了眼。

然而,这件让人生气的事情刚过去一个月的时间,家里的电冰箱不再制冷了。在这个"烧烤模式"的夏天,为了让妻子每天能喝上冷饮,我还是决定把过了保修期的冰箱趁早进行修理。

这一次,我改变了以往的修理方式,不是冷不丁地把冰箱送到修理店,而是找熟人来修理。我这次找的熟人是单位的同事,牛大头。牛大头以前是修理家电的,后来,托人找关系就到我们单位上班了,他上班之后,虽然不修理家电了,但他在家电修理圈内还是有许多熟识的人。

牛大头对我的请求很是热情,还帮我搬拉冰箱到了一个修理部,并保证是全市最低价格。我对此,深信无疑,觉得终于找对了人了。可没想到,一直不说价格的修理人员,等修理之后,说出的价格竟与购买新冰箱的价格一样。

碍于同事的情面,我只好认了。事后,别提我多后悔了。

再后来,我家的电视机坏了。这次,为了不再上当受骗,我可是下了大功夫的。在我们的楼道里,找了五六个牛皮癣广告的电话,一个接一个地给他们联系。

第一家,修理费要价800元,我拒绝了。第二家修理费要价780元,我也拒绝了。第三家要价600元,我还是拒绝了。第四家,只要价为300元,我同意了。

我觉得自己终于找到了一个不会上当受骗的好办法。谁人做梦也没有想到的是,第四家把电视机拉走之后,他们的手机再也没法接通了。我真可谓是哭天无泪呀!

我们一而再、再而三地上当受骗,我和妻子痛苦极了。据妻子自己说,她整整一周的时间都没睡好觉。为了避免再一次上当受骗,她最终想出一个让我拍手叫好的办法。就是让我们的儿子学家用电器修理,这样,再修理家电时,我们就永远也不会上当受骗了。

我觉得很有必要给我们的儿子通个气,于是,我俯下身子,把脸贴到了妻子已经微微隆起的肚子上:"儿子,长大后,咱学家用电器修理如何?……"

# 篡权夺位

在我们家里，我老婆绝对是家庭权威，家里的大小事务，全都由她一个人说了算，我只有遵照执行的份了。

造成这样的局面，主要在于“不是我无能，因为‘共’军太狡猾”的原因——结婚伊始，老婆就提出由她担任家庭财政部长一职。当时，我犹豫不决，老婆就开导我，财政部长一职是干具体工作的职务，没有实权。就像一个国家一样，财政部长还得听国家领导人的，你呀就是咱家的领导人！

老婆一席话我说得我心花怒放，当即就点头同意了。谁知道，国家是国家，家庭就是家庭，根本无法相提并论的。我想请朋友吃顿饭，她不同意，就请不了。我想买包好烟吸，她不点头，也吸不成。

为此，我发动了两次篡权夺位的斗争。第一次，我以失败告终。老婆一连一周不回家，饭没有人做，衣服没有人洗，搞得我苦不堪言。我这才知道，我聪明的老婆一直在培养我对他的依赖性。过惯了衣来伸手、饭来张口的日子我，忍受不了，只好请她回家主持大局。

第二次的篡权夺位的斗争，是由我精心准备才发起的。在准备发起斗争的那段时间，我学会了做饭，学会了洗衣，也学会了忍辱负重。可斗争刚刚发起，我发现我又失败了。因为，老婆竟丢下了不满一岁的女儿，像风一样地飘走了。

女儿整夜撕心裂肺“找妈妈”的哭叫声，又让我怎么承受得了呢？无奈，第二天一大早，我百般的赔礼道歉，才把老婆请了回来。

从此，我再也没有篡老婆的权、夺老婆的位的想法了。

可老婆的独断与专权，让我的颜面全无。在同事面前、在朋友面前丢人现眼，我倒不在乎，因为我已经习惯了，关键是，她竟让我在岳父岳母面前丢了丑。

那次，临近中午时，岳父岳母来我家里。我十万火急地给老婆打电话，可老婆偏偏这时候关了机。无奈之下，我只好硬着头皮领着他们去了小区门前的餐馆。心想吃过饭，再给老婆打电话，让她带钱来结账。

吃过饭，我再给老婆打电话时，她仍关机。我一子蒙了，汗珠子顺着脸颊不停地往下流。虽说饭馆在我们小区门前的，但在老婆“深挖洞，广积粮，备战备荒”思想的指导下，我可是第一次在这家饭馆吃饭，老板能不能赊账，我心里没有底。

我越急，脸上的汗珠子就流得越多，而汗珠子流得越多，我也越发着急。就在这时，岳父仿佛看出了什么，起身把账结了。唉，别提当时我那窘迫的模样了。

在回家的路上，岳父笑着问我：“小青是你们家的财政部长吧？”岳父说的小青就是我老婆。

我点了点头。

岳父接着说：“要想获得财政大权，你就得多想办法呀。”

岳母当即就瞪了岳父一眼。

岳父一见就笑：“这孩子也够可怜的，连我们俩吃饭的钱都出不起！我们得帮帮他！”

岳母不再言语。

岳父接着说：“夫妻之间，硬的不行，就来软的，软的不行，就来半硬半软的，我想困难总比办法多……”

第二天上午，我专门请了半天假，直接去了老婆上班的医药超市。一进门就大声喊道：“老婆，你早上给我买烟的五块钱我给弄丢了，你再给我五块钱吧，要不我今天可没烟吸了！”

我的喊叫声引得众人争相观看。老婆急忙掏出五块钱递到我手里，厉声道：“你快走吧，别给我丢人现眼的！”

我接钱就转身走了，刚走出大门，又转回来叫道：“我平时吸的五元钱的烟，现在涨到七元了，你还得再给我二元！”

老婆狠狠地瞪了我一眼，又给了我二元钱。我看得出，老婆的脸变得铁青铁青的。

没过多久，我又转了回来，声音比上两次还要大：“现在七块的烟也卖完了，最低也得十元钱呀，你还得再给我三元……”

老婆看了看医药超市里如潮水般的人，再也无法控制自己的情绪，把钱包摔到我面前，恼怒道：“你想买什么烟就买什么烟！别再来烦我！”

老婆一下班，就把家里的现金、存折全交给了我，说她这个财政部长再也不干了，原因很简单，我当着那么多人的面向她讨要小钱，她丢不起那个脸面……

当我给岳父打电话，说我篡权夺位成功时，岳父哈哈大笑，笑罢说道："这可是我与你岳母几十年来篡权夺位争斗后总结出来的最有效的方法啊！"

最后，岳父还一再地叮嘱我："切不可外传啊！"

## 我的职务该咋填

儿子上小学六年级了。上六年级的儿子开学的第一天，像往届一样拿回一张表格让我来填，是学生家长联系通讯录。

表格上有家长姓名，联系电话，更有家长职务一栏，表格下面还有备注：

尊敬的学生家长！为了使您孩子的学业有成，我们校委会决定在所有学生家长中开展联系制度，以便老师与家长及时沟通和联系，促进学生学习。请您认真填写。

落款是儿子的学校。

看着这份学生家长联系通讯录，我犯了难。姓名可以填，联系电话也可以填，唯有职务一栏让我真的不知道如何填写了。

记得儿子上小学一年级时，他的老师就让他拿回来这样一个表格让我填写，当时我毫不犹豫地就写了，姓名：柴全伟，联系电话：1332395×××，职务：电视台记者。

没过多久，儿子的老师真的打来了电话，先说了儿子的学习情况，说他学习如何刻苦，脑子如何聪明，成绩如何好，让我高兴得手舞足蹈。最后，儿子的老师把话锋一转，言归正传："我表妹明天要结婚，你能帮着录个像吗？"

"行，没问题！"我满口答应了。儿子老师的请求，我认为我除了答应外,没有别的选择。

从此以后,儿子的老师每隔一段时间就会给我打来请求电话,要么是她的亲戚结婚要录像,要么是他的亲属去世要保存一些珍贵的资料。总之,儿子上小学一年级的那一年,我忙得不亦乐乎。

儿子上二年级时,再填写学生家长联系通讯录时,因我有了以往的教训,写了姓名和电话后,在职务一栏没填写真实职务,而是随意地写下了"作家"两个字。这下可好了,儿子的老师天天找我写材料,什么教学总结、教学计划、教学论文。特别是教学论文,不仅要写而且还要保证在报刊上发表,以便她评职称用。儿子上二年级的那一年,我熬了无数个无眠的夜。

儿子上三年级了,为了不再被他的老师利用,我在学生家长联系通讯录一栏里写上了"收废品的"。我为自己出人意料的填写还没得意多久,儿子的老师就打来了电话,说他家每隔一段时间都有旧书旧报纸要卖,让我每隔一周去她家收取。更主要是,她的老公是个酒鬼,一喝醉就摔东西,如摔酒瓶,摔锅碗,摔电视机……这些,在儿子老师的眼里都是废品。为了及时让我把废品收走,她老公半夜摔的"废品",她就半夜给我打电话让我收取,折腾得我苦不堪言。

儿子上四年级,又要填写学生家长联系通讯录时,我经过深思熟虑后,在职务一栏写上了"无业"二字。即使这样,我也没能幸免。那是个星期天,儿子的老师这次没打电话,而是直接找到我,对我无业的处境表示了同情之后,才说出了她的意图,说她的表弟开了个夜市摊,因人手不够,想让我帮忙。报酬是管饭,管吃饱。那一年,我白天上班,晚上还要帮工,累得我够呛。

儿子上五年级,在学生家长联系通讯录上,我什么也没填,儿子问我咋给老师交代。我说,父亲死了,母亲嫁了不就得了。我和妻子离婚多年了,这是真的,我死了是假的。可自上五年级,儿子几乎每天都泪流满面地回家,说一些同学嘲笑他是个孤儿,给老师汇报了,老师也不管,说同学说的是实情,没什么错。这一年,儿子受了不少委屈。

对于儿子六年级的学生家长联系通讯录,为了不让儿子受委屈,我觉得必须填写。填什么呢?我却想不出个所以然来。这时,朋友小王打来电话,请我去陪客喝酒,我正犯难,自然不愿去。小王问起了原因,我就说了,小王听罢哈哈大笑,说:"你还作家呢?是狗屁作家!这么简单的问题都解决不了呀!你来帮我陪客,我就能给你一个十分满意的'职务'!"

晚上回来时,我喝醉了,可我十分满意小王给我的“职务”。

第二天中午,儿子放学回来,把学生家长通讯录丢到我面前,不悦地说:“爸爸,老师让你把职务一栏重新填写。”

“为什么呢?”

“老师说是假的!”

“你每一年的老师都不是同一个人,他咋知道我的职务是假的呢?”

儿子白了我一眼,十分不高兴地说道:“你以为我们老师是傻瓜呀! 我们老师说了,我们班50个学生,三分之二的学生家长的职务都是殡葬员,哪有那么多殡葬员,我们又不是殡葬馆开的学校? 不是假的是什么?”……

(2010年7月22日刊登于《古今故事报》第1143期、2012年刊登于《微型小说月报》第8期、2013年刊登于《笑林》第20期、2014年刊登于《晚报文萃》第2期)

# 如此夫妻

张三的老婆又一次向张三提出了离婚要求,这已经是第108次了。以往,张三和老婆常常因鸡毛蒜皮的小事争吵,每每吵闹之后,老婆就扬言要离婚。张三听了,瞬间就蔫了,便摆出一副痛心疾首、改邪归正的样子,委曲求全地向老婆认错、忏悔,以求得谅解。当然,张三之所以这样做,他主要考虑到正上幼儿园的儿子,怕离婚给儿子幼小的心灵带来伤害。但认错、忏悔的次数多了,张三的心里就愤愤不平起来,当时电视台正播放《水浒传》,受其影响,张三就暗自发誓,若老婆向自己提出108次离婚要求,自己就同意离婚。

那天的争吵之后,张三真的听到老婆的第108次离婚请求——老婆说:“日子没法过了,咱们离婚吧?”

张三一咬牙:“行!”

老婆睁大了眼睛，满脸惊奇地说："走吧！"

张三又说："走！"

老婆又说："你磨蹭个啥呀？走呀！"

张三便有些委屈："我已走到了门口，你还站在屋里，咋能说我磨蹭呢？"

老婆瞪了张三一眼，没再言语。

张三的家离镇民政所很近，也就200米远。张三往前头走，老婆在后面跟，出门没走够50米远，张三听到了老婆"哎哟"的叫声，忙回头问："咋了？"

老婆一副痛苦状，搓揉着脚腕说："脚崴了。"

张三二话没说，背起老婆向卫生院跑去。刚要进大门时，老婆却从张三的背上跳了下来，嬉笑着说道："嘿，一闻到刺鼻的药品味，我这脚竟好了。"

张三白了老婆一眼，没好气地说："脚好了，咱们去办正事！"

老婆顿时沉下了脸，生气道："走，走呀！"

未到民政局，老婆又捂住了肚子，说肚子疼得难受，张三又劝她去卫生院。老婆说："肚子疼，想去厕所。"说着快步往家赶，张三急了，就喊："民政所也有厕所！"老婆头也不回地说道："我回去解了手就立马回来，你稍等一下！"

张三就站在原地等，半个小时、一个小时过去了，仍没见到老婆的影子，张三气呼呼地回到家，却见老婆正兴致勃勃地看电视。他的火气更大了："你咋能这样呢？"说着便拉起老婆的手，要去民政所办离婚手续。

老婆说啥也不去，并泪流满面地向张三认错，忏悔了一番。

但从此以后，张三和老婆每每再争吵之后，张三便向老婆提出离婚的请求。这时，老婆立马就蔫了……其实，张三的老婆也暗自发了誓言，等张三向她提出离婚的要求达到108次时，她就同意去离婚。

（2003年刊登于《当代民生》第7期）

# 倒霉遭遇

张三一见人就诉冤，没休没止地说起自己遇到的倒霉事。

那是2002年4月20日的晚上，张三刻骨铭心地记得，他下夜班回家，走到一个十字路口时，隐约听到一丝微弱的痛苦呻吟声。闻声望去，他看到一位五六十岁的老人，浑身是血地躺在路边。

他急忙刹住摩托车，掏出手机拨打了急救电话。120来后，张三又随伤者去了医院，并为老人垫付了医药费。

随后，张三根据老人衣袋里的通讯录，联系到了老人的亲属。老人的亲属来后，对张三的雷锋行为很是感激，并说他们家一辈子也忘不了张三的恩情。可片刻之后老人的亲属们对张三的态度来了个180度的大转弯，竟对他凶巴巴起来，还呵斥着让他回家拿钱去。张三对此莫名其妙，直到他听到老人断断续续地说“就……就……就……是……是他把我撞伤”的话时，才明白过来。

张三欲哭无泪，因为他拿不出证据，证明自己是见义勇为，自己也别提洗刷嫌疑了。无奈之中，悔恨之余，张三所做的也只能是承担老人的一切医疗费用。

从那时起，张三逢人就讲起自己的倒霉经历，他大呼其冤的同时，又一而再、再而三地叮咛、告诫他人：“若今后碰到我这种情况，你们最好来个视而不见，以免重走我张三的旧路……”

人们听到张三的自述，都很同情，就一传十、十传百地流传开了……最终弄到了家喻户晓、人人皆知的地步。

一年后，也就是2003年4月20日晚上，仍是下夜班的时间，还是同一个十字路口。张三骑着摩托，因车速太快，一不留神，他竟一头撞到了路边的电线杆上，顿时头上血流如注。好半天，他才睁开被鲜血糊住的眼，伸出手向路上的车辆、行人求救。但是，摩托车、汽车一辆接一辆地从张三的身旁驶过，也只是稍微停顿一下，但都又很快地离开了。夜更深了，车辆和行人更少了。这时有一对热恋的情侣向他走来。张三艰难地睁开眼，向他们打招呼。二人大吃一惊，随即，男的就掏出手机要拨。女的一把夺过手机："你没听过张三倒霉遭遇的故事吗？你想做第二个张三吗？……"俩人像躲瘟神似的急匆匆走了。

（2003年4月28日刊登于《河南法制报》）

# 王镇长

王镇长刚放下电话，投递员小王就闯进办公室："王镇长，有一个特快专递，你签收一下吧！"

"去，去，去！"王镇长似乎余火未消，连连摆手，"这种小事，也让我来管？"

"那……那找谁？"小王怯怯地问。

"该找谁找谁！"王镇长仍没好气。

小王只好悻悻地走了。镇政府的收发员是小张，他不在。明天是星期天，要休息，小王怕延误收件人的接收时限，就走进了镇办公楼唯一一间敞开的办公室，没想到竟被镇长训斥了一顿。

小王就站在镇政府大门口等，等小张，等镇里第二个工作人员。5分钟、10分钟、半个小时过去了，仍未见到人。小王想走时，收发员小张却骑着摩托车带着刚认识的女朋友回来了。小王高兴地拦住了他。

小张接过特快专递看了一眼，说："王从志？镇里没这个人，退回吧！"

小王追上一步："真的没有？"

小张已显得不耐烦了："没有就是没有，还要我给你做个王从志不成？"

特快专递被退回了原址，上面被注明：查无此人。

星期一，小王给镇里送报纸时，王镇长问："我有一封信咋还不到？"

"你叫王……"

"王从志。"镇长声如洪钟。

"那天我让你签收，你让我该找谁找谁。我找小张，小张说镇里没这个人，所以……"

"这个小张，咋连我的名字都不知道？"王镇长很生气。

小王也很迷惑，后来问了镇里许多人，都说不知道王镇长叫王从志，还以为王镇长本来姓王叫镇长哩！

（2002 年 5 月 24 日刊登于《漯河内陆特区报》）

# 称　谓

老胡五十开外，乃一村之长，因其在村上辈分极低，连 3 岁幼儿他都要叫爷唤叔，村人只好以其职务称呼。

镇里领导均称其老胡，而二十多岁的郑镇长或许不是本地人之故，或故意逗笑取乐，竟直呼其"老虎"。其先，人们大笑，随后习以为常，也模仿镇长声调唤之。

老胡对此泰然处之。名字乃一个人的外号，叫老虎，叫老胡，只要分清与人之别就行，因而也乐意任人喊叫，并不反驳。因此，老胡所到之处，叫"老虎"之声此起彼伏。

一日，镇里召开村干部会议，通知要求 8 点到位，否则罚款 50 元。8 点 10 分，副镇长点名，点到"老虎"时，无人应声。郑镇长侧脸低语道："他今日有事，请假了。"

不料，话音刚落，老胡推门而入，边找座位边抱歉道："车子走到半路放了炮，来晚了！"

郑镇长一改往日严肃的面容，轻声轻语道："老胡叔，这么重要的会议咋能迟到，下次注意呀！”然后，示意老胡落座。

众人大惊。郑镇长原来能念出“老胡”两字的正确读音，且又第一次听他尊称老胡为“叔”。

老胡因何成了长辈，众人迷惑不解。

会后不久，收看本县新闻，看到新当选的县长胡来特像老胡，众人才明白事情缘由。自此，“老虎”无人再叫。

（2002 年 7 月 19 日刊登于《漯河内陆特区报》）

## 字　条

上午上班不久，乡下的表弟就心急火燎地找到我，说他因没驾驶证，摩托车被交警队扣了，想让我去交警队帮他把摩托车讨出来。

我在交警队没熟人，去了也是白去，表弟的要求着实让我为难。但看着他一副着急无助的样子，我不由想起了朋友阿成。

阿成社交广，熟人多，我想他一定会有办法的。于是，我提笔写了一个字条：

> 阿成兄：
>
> 今有亲戚的摩托车被交警扣了，请务必想方法把他的摩托车讨回。
>
> 弟　全伟
>
> 2002 年 12 月 20 日

写罢，把字条递给表弟，告诉他找到阿成就行了。

几个小时过去了，表弟还没回来，我想一定是阿成帮他推出了摩托车后他不辞而别了。

中午临下班时，却见表弟垂头丧气地赶了回来。我问：“还没把摩托车推出来?”

“别提了!”表弟白了我一眼说,“你的字条让我白跑了整整一个上午!”

我忙问:“咋回事?”

“我拿着你写的字条找到了阿成,阿成看后又给我一个字条,让我找某局的姜涛。我找到了姜涛,他也给我写了一个字条,让我去找某饭店的孙强……最后,找到某单位的赵辉,他还是给我写了一个字条。这下总算是找到家了!”表弟气呼呼地说,“给,你自己看吧!”

我接过字条,只见上面写着:

全伟兄:

今有亲戚的摩托车被交警扣了,请务必想方法把他的摩托车讨回。

弟　赵辉

2002 年 12 月 20 日

(2003 年 1 月 3 日刊登于《漯河内陆特区报》)

# 世相百态

# 一盒大前门

算命先生来到我家时，爹怎么也找不到那盒大前门香烟，爹说："我明明把它放在箱子角的，咋就找不到了呢？"那盒烟是在部队当军官的姑夫回来时送给爹的，爹一直舍不得吸。

爹把目光投向了我兄弟三个，我们连连摇头。爹就有些尴尬，算命先生却毫不在意，从怀里掏出一包大前门，说："我有，我有！"然后，掏一根递给爹，爹不接，一副受宠若惊的样子。爹烟瘾其实很大。

算命先生是爹请来的，让他给我们兄弟仨看看相。家里穷，爹供养不起三个学生，爹想听听算命先生的意见。

算命先生扳着我的脸看了看，没说话，又扳着大哥的脸看了看，也没说话，最后看了二哥一眼，竟亲昵地把他揽到怀里，很仔细、很认真地端详了一番，满脸惊奇地说："这小子，有官相！长大准能当官！"

正是算命先生的这些话，让正上初中、学习成绩在班里一直名列前茅的大哥，和刚进学校不足一年的我，双双辍学了，而学习成绩平平的二哥则可以继续上学。

爹说："咱家八代没出一个当官的，这下可好了！"二哥成了圆爹之梦的人。从此，家里、地里的活都由我和大哥包揽了，爹从不让二哥插手。而且，好吃的、好穿的都尽着二哥，只有二哥吃剩下的、穿过的才轮到我和大哥。

二哥也真没辜负爹的期望，一直不怎么学习的他竟考上了大学。那段时间，爹仿佛年轻了许多，又蹦又跳，高兴得整夜难眠。爹说："算命先生说得真准！"

二哥大学毕业后安排在了城里，并和城里女人结了婚，很少回来。爹经常以二哥为荣，说他一定会当官的。

当改革开放的大潮一浪高过一浪时，我和大哥相继去了南方，因缺少文化只能累死拼活地靠力气挣钱，积攒了一笔钱后，我们回到村里办了一个养鸡场，没想到，几年下来也挣了好几万。有了钱就扩大规模，又办了养兔场、养猪场，日子倒也红火起来。

爹这时还惦记着二哥，说他咋还没当上官呢？

去年，二哥回来了，我和大哥在镇里最豪华的饭店为他摆了一桌丰厚的宴席。好多年来，我们仨兄弟因各自的事很少相聚，这次很难得，我和大哥很高兴，只有二哥闷闷不乐。

几杯酒下肚，二哥才说他下岗了，想开个服装店但苦于没本钱。我和大哥吃惊不小，爹的当官梦又要破灭了。

我和大哥问二哥需要多少钱？

二哥说："大概得五六万元。"

大哥说："我给你五万元。"我也表态给五万元，并说明天就能拿到钱。

二哥听后竟放声大哭起来，说："我对不起你们啊！"

我和大哥愣住了，忙劝二哥，二哥哭着说："爹的那盒大前门烟，是我偷偷送给算命先生的啊！"

(2002 年 11 月 25 日刊登于《河南农村报》、2002 年 12 月 6 日刊登于《漯河日报》)

# 探 老 奖

腊月二十四那天，大姑给我打来电话："大头，你手里资金不紧张的话，明天给我送来 1 万块钱，我急用！"

大姑和大姑父都是退了休的老教师，每人每月都有近两千元的退休金，按我们省级贫困县的生活水平，这些钱对省吃俭用惯了的老两口子来说根本花不完，可他们为什么突然想起借钱了？借钱做什么用呢？于是，我就问："大姑，你用钱干啥？"大姑说："给你三个表弟发奖金。""啥？给我表弟发奖金？"我一听乐了，"给我表弟发啥奖金，他们都已成家立业了，收入也颇丰,他们咋会缺钱?”大姑说:“别问了,你有钱的话,明天给我送1万块钱,过罢春节就还你。”我连声说:“好好,明天给你送过去。”

第二天,我就怀揣1万块钱去了大姑家。大姑家和我家同在小城住,距离不过千米远,很快就到了她的家里。一进家门,看到满院子都是人:大表弟、二表弟、三表弟还有他们的妻子和儿女,每个人脸上都洋溢着幸福之情,特别是大姑在厨房里忙得不亦乐乎,脸上满是笑容。而大姑父正坐在院子里,右手抱着小孙女,左手揽着小孙子,怀里还拥着大孙子。他一边逗孙子、孙女玩,一边发出开心的笑。

表弟们一见我进来,就急忙把我让到了酒宴之上。说真的,这些年我和表弟们各忙各的事,为了家庭、为了事业已有五六年没见面了,这次见面倍感亲切,话题也多话也长。直到大姑摆了满满一桌子酒菜时,我们才中断了津津有味的谈话。

当大姑一家人乐融融地围着酒宴坐下时,大姑突然开了腔:“我和你们父亲商量了一下,今年给你们兄弟几个颁个‘探老奖’,奖金是根据你们回家次数的多少而发放,每回来一次奖5000元!”大姑父从衣袋里掏出一个笔记本念道:“富贵今年回来了两趟,获得一等奖,奖金1万元;庆国回家一趟获二等奖,奖金5000元;富强虽然今年一趟也没回来,但考虑到他刚结婚的特殊情况,也设个鼓励奖,奖金2000元。明年,我和你妈也商量好了,要加大奖励力度,希望你们都能够多拿奖金!”

当表弟们的妻子高兴地从大姑手里接过奖金时,我的三个表弟却低下了头,满脸愧疚地说:“爸、妈,你们放心,今后我们一定会经常回来看你们!”

奖金发放后,我和几个表弟就准备痛快地喝酒。这时,妻子打来了电话,妻子说:“大头,咱今年到爸妈家过春节吧?”我问:“为啥?”妻说:“刚才妈打来了电话,说她和爸今年为你们兄弟几个设了个‘探老奖’,只要春节回家过年,每人奖励两万元呢!”我一听,心里满是酸楚地说:“你赶紧收拾收拾,咱们现在就看爸妈去!”

我和妻子已有三年没陪爸妈一起过过年了。

(2007刊登于第822期《古今故事报》、2007年3月7日刊登于《漯河广播电视报》)

# 选 择 题

二哥下岗后一直没有找到新的工作,在家待了半年多,心里烦闷得发慌,就想出去做生意。做啥生意呢?二哥心里没底,二哥就想听一听亲朋好友的意见——二哥没多少积蓄,毕竟是赚起赔不起呀!

二哥先去问娘。娘说:“做水果生意吧。水果生意本小利大,推一个架子车满大街地转悠,也不出这费那税,自然节省不少开支。”娘以前卖过水果。

二哥觉得娘的话很有道理,就想做水果生意。

二哥后去问岳母。岳母说:“水果生意做不得!水果不易储存,进一批货若当天卖不掉,就会有三分之一、甚至更多的腐烂掉,挣的钱抵不住损失的。需做生意就去卖烧饼,卖烧饼也不需用多少本钱,更不会损耗,即使卖不掉,自己还可以吃。”二哥的岳母以前是卖烧饼的。

二哥一听,想想也是,就打算卖烧饼。

二哥又去问二舅。二舅说:“卖烧饼?那可是技术活儿呀!你以前没做过烧饼,能做出又酥又软的烧饼来吗?你不如杀猪卖肉,如今人们的生活好了,日子红火了,哪家不是一日三餐不离肉呢?杀猪卖肉最有利可图!”二舅是个屠夫。

二哥感到二舅说的话很对,就准备杀猪卖肉。

二哥接着去问三姑。三姑说:“杀猪卖肉的生意不行了,你没看见,不少肉类食品厂都在各乡镇设立了肉食连锁店,他们出售的肉食既干净又卫生,谁还犯傻去买私人的肉食呢?要做生意就去开饭店,饭店酒菜的价格没个准星。再说,中央虽然三令五申严禁公款吃喝,可一些当官的仍是照吃照喝,一日三餐进馆子。因是公款,他们都出手阔绰,毫不吝啬,若开饭店,何愁赚不来大钱?”三姑是开饭店的老板。

二哥随后去问四叔。四叔说:“开饭店可开不得啊!你没看报纸上说,某地一饭店因欠账的人太多而关门大吉了吗？报纸还说，某镇政府欠了一个饭店几十万元的吃喝账，一直不予偿还，饭店为此打了几年官司，法院才判决把镇政府的办公楼抵押给了他们。你应想一想，咱做生意是为了赚钱，可不是为了打官司的啊！要做生意，就做服装生意吧，现在的人都讲究外在形象包装，哪个人不隔三差五地买套服装呢！”四叔经营着一家服装店。

二哥觉得四叔的话很实在，就有了卖服装的念头。

二哥后来又问好朋友。朋友说：“卖服装全凭眼光，没眼光，进一批货压一打，能挣啥钱？要不……”

不久，二哥就来找我，想听听我的意见。我乃一个闭门造车的书生，对做生意一窍不通，自然说不出个所以然来。但我还是对二哥讲了真心话：“做什么生意，全凭自己来拿主意，别人的意见，仅供参考。”

二哥听后无语，沉思了半晌，吭哧着说：“我……我……我想跟你学写稿子。”

“啥？”二哥的话令我吃惊不小——二哥上学时，拿起书本就头疼，如今竟要写文章！

我毫不客气地向他指出：“写文章比做生意要难得多，你连‘的、地、得’都分辨不清楚用法，咋能写稿呢?!”

二哥悻悻地走了。

二哥回去后，就把大家的意见集中向二嫂讲了一遍。二嫂听了也拿不定主意，末了说道：“这真是一道难解的选择题啊！”

“哪个狗日的说不是呢！”二哥见二嫂也没啥主张，就火了：“这道选择题，供选择的答案，狗日的也太多了！”说完，便蒙头大睡了。

又过了半年，我碰到二嫂时便问起了二哥的情况。二嫂说二哥仍待在家里。

我满腹忧虑地问二嫂：“二哥能选择出答案吗？”

二嫂：“也许可能或者吧！”

二嫂的话，让我听得十分迷糊。

（2003 年刊登于《沙河风》第 1 期）

# 事故之后的故事

同事大华平时爱喝酒，而我也非常喜欢醉酒之后的感觉，因此，我俩三天两头在一起喝酒。前段时间大华竟请了半个月的假，回来的当天晚上，就打电话约我去喝酒。

大华给我打电话时，老家来的仇富贵正坐在我的办公室，我就带他一同去了。

仇富贵是我们村出了名的老实人，人称“仇老实”。仇老实是来找我借钱的，他说他的三儿子准备结婚了，在商量结婚事宜时，女方却狮子大开口，说女方上婚车费得11000元，说明是万里挑一，下婚车费是9999元，说明他们的婚姻天长地久。仇富贵面对这个天文数字，当时就傻了，无奈的他撑着价讨还价：上车费按1100说明是千里挑一；下车费999元，也是婚姻长久的意思。女方代表一听，当时就火了，丢下一句“不按我们的要求办，这婚就别结了”，然后拂袖而去。

仇富贵的家庭情况我清楚，一辈子生养了五个儿子，因为儿子多，别说几万元了，就是几千元他也拿不出来。他的大儿子和二儿子都过了35岁还没结婚，现在有人给三儿子介绍了对象，要结婚了却冒出这档子事，几天时间，他的头发就愁得全白了。

为了给儿子筹钱办婚事，60多岁的仇富贵竟然跑到我单位附近的工地上打工。他知道，凭自己打工每月几百元的收入，无论如何也达不到女方的要求；要靠自己打工的收入，儿子这辈子也只有打光棍的命了。因此，他有了借钱为儿子办婚事的念头。

我虽然离开农村多年了，但也要吃要喝要租房住，因此，我的手里也没积攒下多少钱。出于对仇富贵的同情，我把自己的存折拿了出来，答应把上面仅有的5000元给他救急，明天上午一上班就取出来给他。仇富贵当时感动得眼泪在眼眶里直打转转。

我带着仇富贵赶到大华所在的真实惠面馆，大华早就点了菜，摆上了酒。菜是花生米萝卜丝，酒是二锅头。当我们三人干了一满杯白酒后，大华就谈起他外出半个月所处理的事。

他说，他老婆的大伯在郑州某工地打工时，一块从高空抛下的石头不偏不斜地砸到了他的头上，虽然头上戴着安全帽，但石块还是把安全帽击穿，把人给砸死了。

我说，真是奇事，安全帽竟然不安全！

谁说不是呢！大华接着说，为赔偿金的问题，他专门把报社的朋友、电视台的同学叫去，一起与老板谈判，最后赔了 23 万元。

我说，赔偿不少啊！一直沉默不言的仇富贵也睁大了眼睛，连声说，赔偿这么多呀！

大华说，那是。你想，与老板谈判的都是什么人，媒体的记者，人称"无冕之王"嘛！他们不给那么多能行吗？我连连称是。

第二天一上班，我就去银行为仇富贵取了钱，可一个上午左等右等也没等到他。下午快下班时，仇富贵的三儿子庆国哭喊着来找我，一进门就跪在我的面前，泣不成声地说，今天上午，他爹在工地坠楼死了……

在仇富贵的赔偿问题上，我拉上大华与包工头谈判，对方竟软硬不吃，虽然费尽了口舌，他只答应赔偿 5 万元。理由是，仇富贵不是意外坠楼，是自杀，想讹他，还说工地的老孙可以作证，仇富贵在自杀前对他说过："我的死如果能让儿子顺利结婚，我死没啥可惜的！"

对此，我们感到即使上法庭打官司，对仇家也没有多大益处，只好同意了包工头所开出的赔偿金额。

在整理仇富贵的遗物时，我意外地在他床铺的席子下面发现了一张写满字的烟纸盒，也算是他的遗愿吧。

庆国儿：

我去了，我的死能帮你娶回媳妇，也就非常值得了！工地上若能赔偿咱家 23 万元，你大哥和二哥也能娶上媳妇，你小弟也能继续上高中了！我这当爹的这一辈子也就知足了。这辈子，当爹的没啥本事，让你们兄弟跟着我受苦了，别怪爹！记住，下辈子托生时，别再托生到穷人家里了啊！

爹　仇富贵

看着语句并不怎么通顺的遗嘱,我的泪水无声地流了下来。

半个月后,乡下的二叔进城来看我,说起了仇富贵的事。二叔说,仇富贵的几个儿子太不像话了,为了仇富贵那5万元的赔偿金分配问题,兄弟几个打了起来,现在还住在医院呢！据说所花的医疗费已经超过……

我听后,想说什么,可一句也没说出来。

(2006年12月29日刊登于《漯河日报》)

# 帮 忙

年底,在邮局工作的表弟来找我。他说:“哥,新的一年就要来了,可我手中还有明年的几份报纸没有推销出去,你看能不能给我帮下忙？要不,今年的年终奖金可就泡汤了!”说完就目不转睛地望着我,两眼充满了期盼。

我和表弟因各忙各的事,已有两年没有见过面了,他这次来找我帮忙,我又怎好意思拒绝呢？再说,表弟的为人我也十分清楚,他是不到无可奈何的时候,决不轻易张口求人的。于是,我就满口答应了下来,并让他把5份报纸的名称、价格写在了空白的信纸上。

表弟走后,我就拿着他留下的报纸价格表去单位的办公室找王二歪主任。王二歪和我同岁,而且同时进单位。当时,因单位的住房紧张,我俩就合租了一间住房,开始了同吃同住同工作的生活,关系自然很铁。虽然,后来我们俩也相继成了家,有了自己的温暖窝,但我俩每隔一段时间后,还在找个清净的地方,在一起聚一聚。两个小菜一瓶酒,常常聊得仰天大笑,喝得神魂颠倒。

有了这层关系,我见到王二歪,就没有了空话和套话,而是开门见山地向他说了帮表弟完成征订报纸任务的事。

王二歪听了非常爽快地说:“你表弟这5份报纸我帮你处理！可你嫂

子的事……”

“我嫂子?”

“我上次不是告诉过你了吗? 是关于病员的事呀!”

经王二歪一提醒,我这才忆起,他不久前让我帮他老婆找病员的事。王二歪的老婆在幸福乡卫生院工作,因病员少,医院就给每个医院职工下达了每月拉一至三名病人的任务,并且是硬性指标,完成任务按时发放奖金,若完不成奖金福利,甚至工资也要扣除。为此,王二歪就找我帮忙,当时我就随口应允下来,但并没有放在心上,这次王二歪帮我表弟征订报纸,我也就应承为王二歪老婆拉病员。

我对王二歪说:“我找到了病员,就和你联系!”

王二歪半开玩笑地说:“你若不给我老婆拉个病人,你表弟这 5 份报纸,只能是水中月、镜中花了啊!”王二歪虽然是笑着说这些话的,但我感觉到他是认真的。

回来后,我的脑海就不停地转动着,想从中找出一个病员来。终于,我猛然想起了三娃的老爹。三娃的爹有腿疼的毛病已十多年了。我就给三娃打电话。我说:“三娃,你爹的腿痛病好了吗?”三娃说。“没好,还和以前一样。”

我高兴地说:“要不,把你爹送到幸福乡卫生院看一看吧!”王二歪的老婆在幸福乡卫生院上班。

“乡卫生院的医疗设备比市人民医院的设备先进吗?

我实话实说:“没有。”

“那么,乡卫生院的医生比县人民医院医生的医术高明?”

我又答:“没有。”

三娃笑了:“既然,乡卫生院的设备、医生没有市、县人民医院的好,你为什么要劝我让爹去乡卫生院看病呢?”

我只好道出了实情,是为了给他们帮忙拉病员。

三娃听了,便火了:“你这个人咋这样缺德呢? 竟拿我爹的病来当人情送呀!”

我忙解释:“不是的,不是的……”可最终也没找出个合适的理由来。

“不是是什么呀!”瞬间三娃就笑着说:“刚才我给你开玩笑的,既然是为他人帮忙,让我老爹到乡卫生院治疗又何尝不可呢?”

我一听顿时感激地说:“太谢谢你了! 改天我请客。”

"慢点谢。"三娃说,"我让我爹到乡卫生院去住院是帮他们的忙,可你也得给我帮个忙!"

"帮啥忙? 你说吧!"我拍着胸脯说道。

三娃说:"我们学校给每个教师都下了拉生源的任务,你给我也拉一个学生,这样,我就让我爹去乡卫生院看病!"三娃是偏远学校的教师。

我想了想就答应下来了,因为我想到了王五。王五的儿子在县城上学,但学习成绩一直不好,王五对他大伤脑筋,而校方也多次提出要开除他。他曾向我提起过想让儿子转学,以便在新的环境中实现新的转变。

我就给王五打电话,我问:"你儿子还没转学吧?"

王五说:"还没有,等忙过这段时间再说了!"

我大喜,就说:"你现在就把儿子转到乡下吧! 我有一个同学在离城50多里地的学校当教导主任! 这样,你的儿子可以远离网吧、游戏厅了……"我就把事情的原委向王五叙述了一遍。

王五一听便乐了:"可以呀! 不过我帮了你,你同时也得帮我找到一辆'三无车'顶个任务!"

我问:"啥是'三无车'?"

"'三无'就是无牌照、无行车证和无驾驶证者。我们交警队给每个职工也下了扣车任务,完不成就停发工资呢!"

我犹豫地说道:"'三无车'的扣留,我可帮不上忙呀! 我没有执法证嘛!"

"对你来说很好办的!"王五说,"你只要大街上随意看到无牌照的车辆,给我打个电话就行了,余下的事就由我办了!"

我觉得这事很好办,就说:"我帮你寻找'三无车'后,你的儿子可一定转到我指定的学校来上课呀!"

王五满口答应:"你放心,没问题!"

挂了电话,单位下班的铃声也响了起来。我就随着单位的人流走出了大门,刚走上大街,我惊喜地看到一辆无牌照的摩托车被一个漂亮的少妇用力地推着,也许是摩托车没油了或者坏了,看着她十分艰难的样子,我就想起了王五的话。

我忙给王五打电话,并告诉他这辆无牌照的摩托车跑不远,你很快就能逮到,因为她是在路上推着摩托车的。

王五一听,非常兴奋地说:"加上你这辆,我这月的扣车任务也就完成了。”

我给他指了具体方位之后，就回家去了，心想：这下表弟的5份报纸终于帮他完成了。

回到家，刚进家门，就接到了表弟打来的电话。表弟心急火燎地说：“哥，你认识交警队的人吗？我老婆的摩托车被他们扣住了。”

我问：“在哪扣的，扣车的交警叫什么名字？”

“就在你们单位门前的公路上。”表弟说，“交警的名字叫王五。”

我一听顿时明白过来了，一时间不知说什么好了。

表弟见我半天没作声，就急了：“哥，那是借别人的摩托车，你可得给我想想办法呀！”

我想了想说：“我给你把摩托车从交警队弄出来，你那5份报纸的忙我可帮不了了！”

表弟说：“报纸是小事，这才是大事呀！……”

## 生　日

那年，我要过6岁生日的前一天，娘同爹商量，想把家里唯一的一个鸡蛋煮了给我吃。爹听了，径直抓起盐罐看了看，厉声道：“咱家不想吃盐了？”

娘不再吱声。

爹提起桶往村口打水去了。

我怨恨地看了爹的背影一眼，泪水已无声地流了出来。其实，为了这个鸡蛋，我已向娘哀求了半个月，终于娘吐了口，可爹……更主要的是，我曾不止一次地向村里的二狗、孬蛋等小伙伴们炫耀：我过6岁生日，娘要煮一个大鸡蛋给我哩！使得他们羡慕不已。

我伤心地痛哭起来，娘劝不住，她自己也流泪了。娘哭着说：“娃呀，这能怪谁呢？只能怪你托生在了穷人家里，吃也没吃的、穿也没穿的……”

爹回来，见我和娘在哭，心里就烦，冲我们吼：“嚎个啥？家里死人了？”

娘止住了哭，同时用手捂住了我的嘴巴。

晚上睡觉时，娘搂着我。爹伸手要摸我的屁股，被我一巴掌打开了。爹悻悻地缩回了手，叹了一口气，然后一根接一根地抽烟。

第二天一大早，娘就把我叫醒，说：“娃，快起床，你爹今早上给你摸了两条鱼。”

我一听有鱼吃，也顾不得腊月天的寒冷，很快就穿上衣服下了床。

当我津津有味地吃罢一条鱼时，娘提醒我：“让你爹也吃些。”我让爹，爹不吃。爹说：“我喝汤，营养都在汤里呢！”

吃完两条鱼，我心满意足地找小伙伴们去玩，并对他们说我刚吃过鱼时，他们一个个的涎水都流得老长。

但从那天起，爹的一条腿就瘸了。爹成了瘸子——娘说爹的腿是在摸鱼时摔瘸的。

（2002 年 12 月 20 日刊登于《漯河日报》）

# 硬币水饺

第一年高考我以三分之差落了榜，娘让我再读一年，我就去了。第二年上学期结束，全班 80 名学生，我考了倒数第二十名，这样的成绩咋能考上大学呢？

那年的除夕之夜，我对娘说我想退学。娘劝我说：“你不读书回来干啥？”

我说：“回来种地。”

娘有些生气：“种地会有啥出息？”

我反驳道：“中国有 9 亿农民，难道他们都没出息吗？”

娘不再说话，默默地擀着饺子皮。片刻后，娘似乎想起了什么，站起来进里屋翻出一枚 5 分硬币，洗干净后递给我说：“把它包进饺子里，看明早谁有福吃到。”

大年初一，娘把一碗碗热腾腾的水饺端到我们的面前。我急不可耐地夹起一个饺子放进口中，“咯嘣”一声，我咬着一个硬物，吐出一看，竟是昨夜我包进饺子里的那枚 5 分硬币。

娘看见了，爹和弟弟妹妹也看见了。娘笑嘻嘻地说：“看来今年大娃是有福人，高考定会名列榜首！”爹和弟弟妹妹也随声附和，说我一定能考上大学。听着他们的话语，我的心头鼓荡荡的，充满了自信和力量。

开学头一天，我就满怀信心地跨进了学校的大门。

那年，还真应了娘的话，我如愿以偿地收到了大学录取通知书，成为我们村子里的第一个大学生。

弹指间，我早已娶妻生子，并在城里安了家，还当上了单位的头头，可以说生活和事业一帆风顺。但我时常想起那个给我带来“福气”的包着硬币的水饺。

今年除夕，我携儿带妻回了老家，一家人又像往年一样围坐一块吃饺子。我触景生情，对娘说：“要不是那年我吃到包着钱的水饺，恐怕我不会有今日！”

娘听罢哈哈大笑，说：“那年你若吃不到那个饺子才出鬼了呢！我是把它单独下进锅里，煮熟后才盛进你碗里的啊！”

我顿时眼睛里潮湿起来，就赶紧转过脸去。

（2003 年 2 月 14 日刊登于《漯河日报》）

## 春根老汉

幸福村德高望重的春根老汉被人打断了一条腿。

据说，那天晚上，春根老汉在自家场里看守麦子，睡到半夜被一泡尿憋醒了。当他迷迷糊糊、痛快淋漓地撒完尿时，却看见一个高大的黑影疾速扑来，他想躲，因为没束上裤腰而躲闪不及，一根碗口粗的木棒结结实实地扫到了他的小腿上。那一刻春根老汉分明听到了“咔嚓”一声骨头的断裂声，难忍的疼痛使他呼叫着满地打滚……

春根老汉把受伤经过详细地叙述一遍后，公安问：“在村子里，你和谁结过仇，或是有过过节？”

春根老汉顿时满脸愤怒地说：“全村子的人只有村主任恼恨我！”

“啥原因呢？”

“那是几年前的事了，村里几十亩机动地被开发区征用后，地款被村主任握着，一直不向村民说明资金去向。我受不了，就去了几趟县里，汇报了村里财务不公开的情况。因此，他对我怀恨在心，所以才下此毒手的！”

公安听了很是兴奋，他们觉得春根老汉提供的线索很重要。

于是，村主任作为嫌疑人被请进了派出所。公安让他交代问题，他却赌咒发誓，死活不承认自己打伤了春根老汉；并说春根老汉的上告虽然令他恼恨，但事情已过去好几年了，他心里早已把仇恨淡化掉了；再说，春根老汉虽上告了几十次，但对他毫发无损。因此，对他来说已没有这样做的必要了。

公安对村主任的话持怀疑态度，就以他有作案动机为由展开了侦查。结果，村主任交代了自己贪污征地款的事实，但仍钢牙铁齿般不承认是自己打伤了春根老汉。

虽然没能抓到伤人凶手，但逮住了一个贪污犯，公安也算是没有白忙活。

不久，村主任因犯贪污罪被判了刑。判刑那天，春根老汉的儿子号啕大哭，说：“狗日的，你终于有了今天！”

春根老汉见了，就骂道：“没出息的东西！哭啥？应该高兴才对！我这条腿总算没有白断啊！”说完便哈哈大笑，但他的笑比哭难受。

（2003 年 4 月 11 日刊登于《漯河日报》）

# 慰　问

幸福村地理位置偏僻,交通不便,是出了名的贫困村。今年村里又遭受了洪灾,村民的生活可谓是雪上加霜。

大雪飞扬,寒风刺骨。一群人拎着油、抬着米面,踏着没膝深的积雪向村子走去。

年关临近,县里开展了“送温暖”活动,确保贫困户过上一个祥和、平安和愉快的春节。今天,县长率领部属对幸福村的贫困户进行慰问。

走进村子,得知消息的村主任已在村口等待多时了。村主任说:“县长,要不先到家里点一堆火暖和暖和身子?”

县长手一挥:“家里就不去了,我们还是去看看贫困户吧。”

村主任在前面引路,县长等人紧随其后,对贫困户一家一家地慰问。

还剩下最后一家贫困户,在村子的西北角,众人又跟着村主任走去。没走多远,县长就注意到一户农家的住房很小,而且还是用棍棒搭起的,上面和四周均用旧化肥袋和破塑料布遮盖着。县长想,这一家应该是村里最后一户贫困户了,因为,这么简陋的住房在村子里没有第二家。

村主任领着众人走到简陋的住房前却并没有停步。县长倒是停住了脚,并喊住了村主任,说:“咱到这家去看看。”

村主任似有一丝发窘:“这不是贫困户,县长还是别去了!”

县长没理会村主任的话,径直走进了小房子。房子简陋,室内陈设更简单,除一张床、一把椅子、几个小凳子和锅碗瓢勺外别无他物。女主人正在洗刷碗筷,见人进来,连头也没抬。

县长说:“大妹子,要过年了,家里没什么困难吧?”

“过年会有啥困难?”女人抬头看了看,没好气地说:“除了没吃的没喝的外,还能有什么困难?”

“家里有困难,可以写申请,党和政府会想办法帮助你们的!”

女人一听，火气更大，用手指着村主任对县长说："我写了几次要求救济的申请，可他就是不同意。"

"你胡说个啥！"村主任对女人呵斥道。

"群众有意见，有牢骚，你咋就不让她说呢？"县长严厉地盯着村主任，问："她家里穷得叮当响，你为啥不同意她申请救济呢？"

村主任垂下了头："政府不是也困难嘛！"

"政府再困难，也不能让群众受饥挨饿！"

女人呜呜地哭了起来，哭声搅着县长的心。

县长显然生气了，提高嗓门对村主任责问道："如果你家里过年时既没吃的也没喝的，你会咋样？"

村主任没吱声，女人止住哭，想说什么却又没说。这时，随行的一名工作人员附到县长耳边悄声说道："这女人就是村主任的老婆，这家就是村主任的家啊！"

县长惊愕地注视着村主任，又望了望房内的摆设。俄顷，他疾步向前，紧紧握住了村主任的双手。

县长的眼里闪着泪花，他想忍却忍不住，泪水顺着脸颊流了下来。

（2003 年 1 月 10 日刊登于《漯河日报》）

# 特异功能

娘有特异功能。

那时乡还不叫乡，叫公社。一天一大早，娘就把我叫醒，说是爹要回来，我欢天喜地地随娘去了公社车站。

我那么高兴，不为别的，只为又能吃上鸡蛋糕了——爹每次回来，总要给我买些鸡蛋糕。那年月，人们都很穷，能填饱肚子就不错了，哪有钱买鸡蛋糕呢？但我总能吃到，爹在部队当军官，部队的生活比地方强。

从早上等到晌午，也没看到爹的影子。我口干舌燥，乏困得难受，就闹着娘要回家。我问娘："爹写信说今天要回来吗？"娘说："没有。"我又问："爹是打来长途说回来吗？"娘仍说没有。"那您咋知道爹今天要回来呢？"娘无言以对，但她还是坚信爹今天一定会回来，并向我承诺：爹回来时，你想吃几个鸡蛋糕都行。

汽车一辆一辆地来了，又一辆一辆地走了，却还没见到爹。

日头偏西了，日头落了，爹还没回来，爹在西藏当兵，离家几千里地，娘咋会知道爹今天一定回来呢？我想，娘是想爹想出毛病来了。

天黑透了娘仍执着地等爹。

夜深时，一辆破旧不堪的大轿子客车开了过来，从车上走下一个魁梧的军人。娘的眼里闪起了亮光，激动地对我说："快叫爹！"我叫了一声"爹"。军官顿时愣住了，瞬间把我抱住，满脸惊奇问娘："你咋知道我今儿要回来呢？"

娘深情地望着爹，脸上出了红晕："我也不知道……心里总觉得你要回来！"

从那天起，我就觉得娘有特异功能。

联产责任制后，我和娘一同去自家责任田干活。娘进地没锄几下，就心神不定了，她不安地对我说："娃，我听到你妹妹的哭声了。"

我笑娘："您难道是孙悟空，有顺风耳？"田地离家有六里多，我和娘离家时，妹妹正睡得甜。

娘执意要我回去，我不悦地走了。回到家，我果然看见妹妹在家门口一把鼻涕一把泪地哭叫着。

这下，我更相信娘有特异功能了，也迷惑：娘咋有这种特异功能呢？

从小学到中学，我把娘有特异功能的事说给同学们听，他们都和我一样对娘惊叹不已，但谁也说不出个究竟来。直到我上了大学，向一位很有名的老教授谈起这件事，他才给我揭开了谜底——老教授告诉我："你娘的特异功能，是心中的'爱'产生的，也只有'爱'能产生这样的特异功能！"

这话我深信不疑。

（2003 年 3 月 28 日刊登于《漯河日报》）

# 爸　爸

小强三岁半了,妈妈就把他送到幼儿园。幼儿园阿姨见到小强乖巧可爱的模样,就在他的脸蛋上亲了一口问道:“小朋友,你叫什么名字?”“我叫李超强,妈妈说我长大后要超越爸爸,就给我起了这样一个名字!”阿姨听着小强奶声奶气的话语,看着他一脸认真样儿,笑了笑又问道:“你爸爸叫什么名字?”小强愣怔住了,想了半晌才说:“我,我,我不知道爸爸叫什么名字。”顿时,全班的小朋友都哄堂大笑,并七嘴八舌地议论起来,有的说,小强长这么大了,连自己爸爸的名字都记不住,真笨! 有的说,小强是没爸的孩子……听着小朋友们的话语,小强的泪一直在眼眶里打着转转。

放学回到家,小强一见到妈妈,泪水再也忍不住就流了出来,他哭着问:“妈妈,我爸爸叫什么名字啊? 我是不是没爸的孩子呀?”妈妈把小强抱到了怀里,帮小强擦拭眼泪的同时,她自己的泪也无声地流了下来。但她很快就镇静起来,轻声细语道:“你怎么会是没有爸爸的孩子呢! 你爸爸叫李军强,现在只是去了很远很远的地方,执行一项重要的任务去了,需要很长很长的时间才能回来!”小强一听,高兴地跳了起来,欢喜地叫着:“我有爸爸,我的爸爸叫李军强!”妈妈看着小强手舞足蹈的高兴劲儿,鼻子酸了。

小强回到幼儿园后,就把妈妈的话向班上的小朋友们说了。可小朋友们没有一个相信的,说怎么可能呢? 你即使知道你爸爸的名字,可我们从没见你爸爸接送你上幼儿园啊,你一定是没有爸爸的孩子。

小强沮丧到了极点,回到家里就不停地追问妈妈:“妈妈,我是没爸爸的孩子吗? 我真的是没爸爸的孩子吗?”妈妈欲言又止,最后说道:“你有爸爸,而且你爸爸很快就要回来了!”“真的吗?”小强两眼放光,兴奋地说:“爸爸什么时间回来?”妈妈想了很久,才一字一句地说:“八——月———一——日!”“爸爸若回来了,他每天都接送我上幼儿园好吗?”小强望着妈妈的脸,眼睛里充满了期待。

她用力地点了点头。从那天起，小强每天都耐心地计算着爸爸回来的时间，并不停地问妈妈："爸爸帅吗？爸爸的眼睛有我的大吗？爸爸为什么不早点回来呢？他不想小强，我可想他呢！我要等爸爸回来，送我上幼儿园呢！"终于，八月一日在小强的一次又一次期盼中来到了，为了迎接爸爸，小强固执地留在家里没去上幼儿园，这是他第一次没听妈妈的话。

临近中午时，一群身着消防制服的军人抬着肉、扛着面、提着油等生活用品走进了小强的家里，小强一见他们威武的着装，高兴坏了："妈妈，我有这么多爸爸呀！"妈妈的脸红了一下，没有言语。一阵沉寂之后，为首的军人抱起小强，沉思片刻后，十分认真地说："小强，我们都是你爸爸，从明天起，我们就接送你上幼儿园，好吗？""好哇！"小强拿眼扫了一下众人，高兴地说："妈妈，我的爸爸们真帅！"妈妈的眼圈红了。

从此以后，每天都有一名军人接送小强去幼儿园，小强快乐得像一只小鸟。他觉得自己是世界上最幸福有孩子，因为有那么多军人爸爸关心爱护着自己。

后来的一天，妈妈走进了烈士陵园，当她把鲜花送到刻着"灭火英雄李军强"墓碑前时说道："军强，我和你商量个事，从明天起，我想把咱儿子的名字改叫李消防……"

（2011 年 3 月 29 刊登于《漯河日报》）

# 父亲的奖励

刚到市里工作没多久，我就做了两件大事：一件是买了一套三室一厅的住房，另一件是把乡下年迈的父母接了过来，让他们也过上了城市老人的晚年生活。

每当一家人其乐融融、谈天说地的时候，父母常常把话题扯到我的身上，认为我十多年的辛苦付出获得了回报，也是我锲而不舍的必然结果。

1993 年 12 月份，在四川服役三年的我回到了地方。当时，我属于城镇义务兵，还是要分配工作的。父母就忙着托熟人找关系，想让我能够分配到好一点的工作单位。风华正茂的我不愿看到满头银发的父母因我而低三下四，就亮明自己的观点："工作没好坏，全凭自己干！"父母听了，深感欣慰，当即中止了他们用心良苦的"计划"。

一年后，我被分配到县人民商场当了一名营业员。那时，全国上下都在"减员增效，优化组合"，只上了七八个月的班，我就下了岗。

当我垂头丧气回到父母的家里时，有种穷途末路的感觉，觉得一切都是黑色的，天是黑的，地是黑的，人也是黑的——那种绝望的心情让我刻骨铭心。上班前自己给自己勾画的美好生活早已荡然无存了，我觉得自己没有明天，更没有什么未来。

于是，每天吃过饭后，我就独自一人来到屋后的玉米地望着天空出神，一坐就是一整天。到底想些什么？时至今日，我已经没有半点印象了。

直到一周后的一天，正望着天空出神的我，无意间看到了父亲的银发，不知何时，一言不发的父亲已经和我并排坐在了一起。看得出，他已经陪我坐了很长一段时间了。当时，我再也控制不住自己绝望的心情，抱着父亲号啕大哭……

待我心情平静之后，父亲问我："你还是从事写作吧，你有文字功底，放弃了会可惜的！"

的确，从我当兵入伍后，就痴迷上了写作，每天不仅看书读报，还坚持写日记，退伍回来时，我满满的大背包内，除了书籍和笔记本，别无他物。

我说："写作不能当饭吃。"

父亲摇了摇头："写好的话，不仅能当饭吃也能当工作的！"我无语。

父亲接着说："要不，咱立个口头协议吧？"我迷惑。

"你今后只要在报纸杂志上发表一篇作品，不论长短，稿费归你，我和你妈另外奖你 100 元，咋样？"在 20 世纪 90 年代，100 元钱可足够一家人一个月的生活开支，这对我有着太大的诱惑。我心动了，重重地点了点头。

父亲拉起我，说："走，我们回家看书去！"

从此，屋后的玉米地我就很少去了，每天都在家里看书写作——父母的 100 元钱诱惑着我。

半个月后，市级报刊发了我的一篇小小说，父亲当即递给我 100 元钱。当我接过父亲的 100 元钱时，我的手在颤抖，我发现了我的价值，我觉得我并不是一无是处，我也看到了生活的希望和我的明天！

后来，母亲托人给我在县邮政局找了一份投递员的工作。工作之余，我仍坚持写作，自己还给自己规定了很苛刻的写作要求，就是每天晚上12点以前不得睡觉，这种自律一直坚持了很多年。而父亲也一直遵守着自己的承诺，稿件只要刊登，父亲总会第一时间打车赶到我的住处，送上他和母亲对我的奖励，这也越发激起了我的写作热情。

2003年，我被调到县邮政局办公室，专门从事文秘工作，工作条件好了，发稿量也越来越大。这个时候，父母已无法承受那高昂的奖励，仅2004年全年就发表文学作品近30篇。即使这样，我仍习惯性地坚持写作，毕竟，写作改变了我的生活。

2005年，我市电视台的领导们因经常读到我的文学作品，认为我是一个难得的“人才”，很快以“特招”的方式让我来电视台上班了。我在电视台这几年的工作如鱼得水。

如今，早已是省作协、省民协会员的我，在市文坛也有了自己的一席之地，每每有文友向我道喜，说我的文章又发表了，写得如何好时，我就想起父亲，想起父亲那100元的奖励，是这100元的诱惑，让我走到了今天！

（2012年5月25日刊发于《大河健康报》）

# 兄　弟

大哥当兵走的那天，我比大哥还要激动，绿色的军装，绿色的军帽，还有那宽宽的武装带，腰间一系，就给人以威武的感觉。特别是胸前佩戴着耀眼的大红花，又让我羡慕不已。那时，我就想，长大后我也要去当解放军！

大哥当兵去的是广西。从他的来信中，我知道广西四季如春，还知道只有课本上才能读到的水果，在他当兵的地方就能吃得到。这个时候，我不仅羡慕大哥，而且有了嫉妒的成分。

大哥当兵的第二年，中越自卫反击战打响了。大哥本来没有参战任务，是他用嘴咬破了自己的手指，给部队首长写下了一封参战血书，最终如愿以偿地参加了一线作战部队。

大哥参战以后，就立了二等功。是他冒着生命的危险，用炸药包炸毁了一个压制他们连队半个多小时，导致连队无法前进一步的越军暗堡荣获的。

大哥所在的部队与越军没较量多久，就被别的部队给换了下来。换下来以后，他的部队就再也没打仗了。

当兵四年期满，大哥回来了。回来后，因为他立有二等功，就被民政部门分配到了电业局上班。这样，大哥从一个农民，一跃成为了城里人，随后结婚生子，开始了城里人的生活。

二哥是在大哥的儿子要上小学的那一年当兵走的。二哥去的是有“天府之国”之称的四川。爹说，二哥比大哥去的地方还要好。

二哥坐火车去四川的途中，火车却改了道。他们这一批新兵都改道去了西藏。西藏发生了大事。

二哥参军并没参加过军训，更没用过枪，给他枪也不会用。他和其他新兵一道就赤手空拳地去和坏分子们斗争。一次，他一个人抓住了五个坏分子，其中一个，还是坏分子中的领头的。就这样，二哥连军营还没进，就立了二等功。

我是在二哥退伍回来的那年当的兵，是爹把在高一的课堂上正听老师讲课的我送到部队的。

娘说，我进部队以后，爹每天都很准时地收看《新闻联播》，看国内的还看国际的，每次看罢就唉声叹气。一次次的叹气声，让娘心里很不是滋味。

我在爹的叹息中退伍了。

爹见到我的第一句话就是：“娃呀，比起你大哥和二哥来，你的运气太差！你大哥、二哥可以成为城里人，你只能当农民！”

“这是运气的问题吗？”直到现在，我也弄不懂。

（2013 年刊登于《沙河风》第 4 期）

# 离 婚（一）

孙超人下班走到富豪小区时，看见小区门前围了好大一堆人。他好奇地挤进了人群，看到一个男人提着一根木棍在追打一个女人。男人像是喝了酒，脸红扑扑的，边追女人边嘴里不干不净地骂道："你个狗杂种！你跑，你跑吧！让我撵上非打死你不可！"而女人围着一个小花坛在转圈子。每每感觉到男人要撵上自己时，就会急切地尖叫道："救命啊！杀人了！"并紧跑几步，把她与男人的距离再次拉大。

围观的群众见此，嬉笑了起来，说："这个女人真有耐力，跑了十来分钟了还跑得这么欢！"有的还给女人呐喊助威："加油，美女！美女，加油！"

就这样，两人围着一个小花坛，一个不停地跑，一个不停地撵。突然，正向前跑着的男人掉头回跑了起来，体力严重透支的女人仍一个劲地往前跑，没有发现男人的伎俩，也没听到围观群众的提醒声。当女人发现男人迎面扑来时，他们之间的距离只有几步之遥了，要躲已经来不及了。女人顿时魂飞魄散地"啊"了一声，就瘫倒在了地上。男人高高地举起了木棍，说："你咋不跑啦？你跑呀！跑呀！"此时，女人只有喘息的份儿了。

男人的木棍就要落到女人的头上时，孙超人从人群中跳了出来。一个箭步向前，夺过了男人的木棍，并随手甩在地下。男人被突如其来的变故惊呆住了。片刻回过神来，恼怒地说："老子自己家的事，你凭啥管？"说着伸手就给孙超人一拳，孙超人顿时火了："事不平有人管，路不平有人铲！今天这事我管定了！"说着也给了男人面门一拳。男人一下倒在地上，不甘示弱的男人倒地后，就随地摸了一块半截砖。孙超人见了，疾步向前伸手抢夺男人手中的砖块。男人拿着砖块死死不放手，孙超人用脚踢了男人一下，想让男人放手，男人仍不放，就在孙超人用脚踢第二下时，只听自己头上"咚"的一声响，就什么也不知道了。

当孙超人醒来时，他已在医院里了。他看着哭肿眼的老婆就问："我咋在医院呢?”

老婆心疼地说:“你打人家的老公,那个被你救下的女人用木棍把你打伤了。”

孙超人不相信地问:“他们俩是两口子?”

老婆怨恨地“嗯”了一声说:“我找他们给你出医疗费,他们说你是狗拿耗子多管闲事!一分钱也不出。我后来找了公安,公安和他们的意见一样,公安也不管。你的住院费还是爹把他养的牛卖掉才够的!”说着,老婆嘤嘤地哭了起来。

孙超人听着老婆的哭声,感到头疼得难受。

孙超人在医院住了一个星期后,康复出院。当老婆拿着1000多元住院票据时,再次把孙超人抱怨了一番,说:“人家夫妻打架,你是图个啥?自己受罪又花钱!今后你少管闲事!否则,你等着离婚吧!”说完,留下孙超人一个人先回家了。

孙超人当时有种想痛哭一场,可怎么也哭不出来的感觉。

一个月后,孙超人下班走到富豪小区时,再次看见小区门前围了好大一堆人。好奇使他再次挤进了人群,看到一个男人提着一根木棍在追打一个女人。男人像是喝了酒,脸红扑扑的,边追女人边嘴里不干不净地骂道:“你个狗杂种!你跑,你跑吧!让我撵上非打死你不可!”而女人围着一个小花坛在转圈子。每每感觉到男人要撵上自己时,就会急切地尖叫道:“救命啊!杀人了!”并紧跑几步,把她与男人的距离再次拉大。

围观的群众见此,嬉笑了起来,说:“这个女人真有耐力,跑了十来分钟了还跑得这么欢!”有的还给女人呐喊助威:“加油,美女!美女,加油!”

就这样,两人围着一个小花坛,一个不停地跑,一个不停地撵。突然,正向前跑着的男人掉头回跑了起来,体力严重透支的女人仍一个劲地往前跑,没有发现男人的伎俩,也没听到围观群众的提醒声。当女人发现男人迎面扑来时,他们之间的距离只有几步之遥了,要躲已经来不及了。女人顿时魂飞魄散地“啊”了一声,就瘫倒在了地上。男人高高地举起了木棍,说:“你咋不跑啦?你跑呀!跑呀!”此时,女人只有喘息的份儿了。

男人的木棍就要落到女人头上时,这次孙超人没有挺身而出,而是任由男人的木棍一棍一棍打在女人的头上……

当天晚上吃过晚饭,孙超人对老婆说:“今天晚上有好新闻看!”夫妻双双坐到电视机前。不久,电视里就播出一个女人被救护车拉走的镜头。播音员说，今天上午，在富豪小区发生一起杀人事件，喝醉酒的男人用木棍把自己的妻子活活打死了，而上百名围观群众没有一人出手相救……

老婆当时就问："你也在现场吗？"

孙超人点了点头。

老婆沉思了片刻说道："我们离婚吧？"

"为什么呀？"孙超人不解地问。

老婆义正词严地说道："与一个见死不救的男人在一起生活，我没有安全感！"

……

（2008 年刊登于《民间文艺》第 1 期）

# 带着醉鬼走亲戚

2009 年大年初五上午，李二歪百般无聊地窝在被窝里看电视。床头柜上放着他吃剩下的饭菜，而电视画面不是"广告里面加播着电视剧"就是电视剧剧情虚假得让人一眼看穿，感到乏味。因此，电视频道被他手中的遥控器按得不知所措。妻子在卫生间里忙碌着，清洗如小山似的衣物，虽也多次忙中偷闲、见缝插针叫他起床，李二歪嘴上满口答应着，身体却一次次往被窝里缩了缩。

临近中午，已有睡意的李二歪刚关闭电视机准备睡去时，忽然听到妻子在客厅里叫道："二歪，快起床，你看谁来了？"李二歪听着妻子喊叫的口气，知道家里来了客人，而且是贵客，顿时睡意全无地慌忙穿衣叠被。

李二歪打开卧室的门，就看清了客人。来客是自己的舅家表兄孙超人和他的妻子。表嫂一见他还开玩笑说道："人家过年走亲访友的，你倒好，躲在床上过年啊！"说得李二歪有些不好意思地回应道："今天没什么事，就多睡了一会儿！"表兄孙超人笑道："快去洗漱吧，待会咱俩可得喝两杯，一年多的时间了，看你的酒量有没有长进！”“行，行，没问题。”李二歪听了表兄的话高兴地说道：“今天咱来个不醉不归！”说着，就冲进了卫生间。

李二歪的一番话，惹得众人哈哈大笑。要知道，李二歪是个出了名的酒鬼，每周总要隔三差五地喝上一些酒，否则，心里头就如猫抓着似的难受。没放假时，他和单位的几个同事加酒友相互约着喝酒，过大年放假后，单位的几个同事都回乡下过年去了，他没了酒友，加之妻子的阻挠，自然好几天都没喝上舒畅酒了。李二歪的表兄和表嫂都在市里工作，工作轻松收入却很高，他和妻子都十分羡慕。李二歪知道，这次表兄的到来，妻子对他们喝酒绝不会横加干涉，自然这对李二歪来说无疑可以解决他的酒瘾之急了。

李二歪洗漱完毕，看到妻子早已把酒菜摆上了饭桌，他就急不可待地打来酒瓶咕咕咚咚倒了两纸杯酒，一个递给了孙超人，一个自己端在手中：“表哥，一年多都没见过面了，你弟弟敬你一杯！”说着，把自己的纸杯与孙超人的纸杯碰了一下，就一饮而尽。此时，孙超人也准备一饮而尽时，被妻子拦住了，只听表嫂对李二歪说道：“我和你表哥是驾车来的，要是喝醉了酒咋开车回去呢？还是你喝吧！”“让表哥少喝点没事，少喝点吧。”李二歪劝说道：“我多喝点，再说，过春节不喝点酒不能表达喜庆不是？”孙超人见妻子不再说什么，就端起酒杯放到嘴边喝了一小口。李二歪见了，就急忙添满，随后也把自己的杯子倒满，说：“表哥，我俩再碰一杯……”

两杯酒一下肚后，李二歪就显出了醉意。孙超人问：“今年春节咋不回乡下老家过年呢？”“回、回、回啥乡下老家呢！”李二歪醉眼蒙眬地说道：“老家的村道坑、坑、洼、洼的，回去了若碰上个雨天，出都出、出不来了！”孙超人又问：“三个春节都没回老家了吧？”“别、别、别说三年，就是三十年不回去，我、我、我也不想。俺村的路，啥、啥、啥时间修好了，我、我、我啥时间回去。”孙超人附和着说：“是啊，你们村的路早都该修了。”说罢，就主动地端起了酒杯：“二歪，来，咱哥俩再碰一杯！”李二歪摇晃着身子，也端起了酒杯：“来，再、再碰一杯！”一旁一直没作声的妻子见此，就劝道：“二歪，你还要喝啊！再喝就醉了。”李二歪把酒杯喝了个底朝天后，才对妻子说：“你、你、你凭啥不让我喝酒，春节里表哥也来咱家了，我、我、我高兴，你管得也太宽了！”孙超人的妻子也劝孙超人：“回去你还开车的，别再喝了。”孙超人也显得有些不高兴地从衣兜里掏出了车钥匙：“回去你开车，现在我喝酒。”李二歪高兴地称赞道：“对、对、对，由、由、由表嫂开车，咱弟兄俩喝酒！”说着，再次端起了酒杯……

当俩人把三瓶酒喝个精光，李二歪准备打第四瓶酒时，被孙超人拦住了："二歪，不能再喝了，再喝下午我都走不成亲戚了。""下、下、下午还走亲戚？"李二歪有些不相信地说："骗、骗、骗你表弟的是吧？"孙超人的妻子接腔道："真的，我和你表哥下午还要走一家亲戚，因为明天我要上班，晚上得赶回市里，只能在今天下午走亲戚了。"李二歪却不依："下午的亲、亲、亲戚不走了，我们哥俩就在我家喝酒！""这怎么能行呀！我和你表哥就是为了走亲戚才专门从市里赶回来的！""不走就不走嘛！亲、亲、亲戚有啥好走的！"李二歪瞪着眼望着孙超人的妻子说，"我、我、我表哥就不走、走、走亲戚了，就、就、就在我家喝酒哩！"

孙超人见两人僵持不下，想了想说："二歪，要不，你和我们一块走亲戚，到了亲戚家我们俩再喝酒咋样？"李二歪瞪着僵直的眼睛，当即直起了身："好、好、好！走，现、现、现在就去你亲戚家去喝酒。"说着，就摇摇摆摆地向门外走。李二歪的妻子见了，就去拦他，却被孙超人给挡住了："弟妹，你放一百个心，我保证表弟跟我走亲戚绝对不出一点差错！到时候，我一定毫发无损地给你送回来！"李二歪的妻子听了只好作罢。

三个人上了面包车后，由孙超人的妻子开车。孙超人和李二歪并排坐在二排，开始，两人就有一搭没一搭地聊着，没过多久，李二歪就打起了呼噜。孙超人就冲妻子问道："我的主意咋样，说把他灌醉就灌醉了吧？"妻子白了孙超人一眼："就你的坏点子多！"孙超人哈哈大笑："有些事情，不骗不成事啊！"

一个小时以后，车子在一个农家院里停了下来，李二歪仍沉睡不醉。孙超人就嘴对着他的耳朵大声地喊叫道："到家了，快下车吧！"李二歪睁开惺忪的眼睛看了看："到、到、到你亲戚家了？快、快、快点让你亲戚弄几个下酒菜，咱、咱、咱哥俩继续喝、喝、喝酒！"说着就下了车，在孙超人的引导下向屋里走去。

临近屋门时，一个白发苍苍的老婆婆从里面走了出来，待她看清来人后，兴奋地喊叫道："歪娃，你可回来了！"一句话喊得李二歪顿时酒醒了一大半，当即就愣怔在那里。老婆婆随即又冲屋内喊叫着："他爹，歪娃回来了！我说歪娃今年春节一定会回来看咱们的，你当时还和我抬杠呢！这下你相信我的预感是正确的了吧！"随着一声咳嗽声，一个驼着背拄着拐杖的老人也从屋里走了出来，急切切地问："歪娃在哪，我们的歪娃在哪？"

李二歪听着那苍老的询问声，泪水无声地流了出来。瞬间，他疾步跑到两位老人跟前,“扑通”一声跪倒在地上,哭嚎道:“爹,娘,你们的歪娃回来看你们来了!从今往后,你们的歪娃每月都会回来看你们的!”

孙超人和妻子见此,四目相对,会心地笑了。

# 老　婆

二憨傻,娶不到老婆,一块糖就能哄得他趴在地上学狗叫,五毛钱就能让他喊声爹。

二憨虽然傻,但也是个男人,遇到漂亮的女人,他就两眼发直,呆呆地瞅,涎水顺着嘴角往下流。

同村的根见了,就逗他:“二憨,想要老婆吧!”

“想!”

“哪想?”

二憨就拍拍胸口。

根就一本正经地说:“改天给你介绍一个!”

二憨就咧开大嘴,傻傻地笑:“你一定呀!”

有了根的话,二憨就有事无事便跟在根的屁股后面转悠,等着娶老婆。

根是个赌徒,也乐意让二憨跟着,在牌桌上走不开时,就吩咐二憨倒茶、买烟,让他轻松不少。

那天,根到镇上卖粮食。卖罢,根揣着几百块钱,连家也没有回,径直去了牌场,不到两个小时的时间,几百块钱就输得精光。

春叶得知卖粮食的钱让根输了,号啕大哭:“那是准备给儿子交学费的钱呀!你这个该挨千刀万剐的东西!你是想让儿子当文盲呀?!……”

为了赌博的事,春叶和根两口子没少吵闹,村里人也就见怪不怪了,也没人劝架,只有二憨一个人远远地站着,傻傻地笑着看热闹。

春叶哭够了,也骂够了,丢下一句:“这日子没法过了!”就往村南跑。

村南有条河,河水很深也急,年年淹死人。

根慌了,喊上二憨急急地追了过去。根追得快,春叶跑得更快,发疯似的。

根和二憨跑到河边时,春叶早已经跳到了河里,河面上只露着两只手在舞动着。

根命令二憨:“快跳下去,把她救出来!”

二憨这会儿倒是不傻了,反问道:“你咋不跳呢?”

根没话可说。眼看春叶的双手也要被河水淹没时,根急了:“二憨,你救她上来,就让她做你的老婆!”

话音刚落,二憨“扑通”一声就扎进了河里。

二憨把春叶推到岸边时,自己却沉了下去,而且再也没有上来。

几天后,春叶收拾了自己的东西回了娘家。临走时说:“这次就算离不了婚,也不会再跟根过一天了!”

春叶觉得,根连二憨都不如。

(2002 年 8 月 6 日刊登于《河南农村报》)

# 机　会

庆国一直找机会提拔富贵,却又一直也没提拔成。

富贵在单位的口碑很好,无论干部还是职工,一提起他都会不由自主地伸出大拇指来,齐夸他视局如家,爱岗敬业,对待同志如春天般温暖……远的不说,就说近的吧,单位里职工小立的父亲得了肺癌,十几万的治疗费压得小立喘不过气来,单位就号召大家向小立捐款,干部职工们积极响应,纷纷解囊相助。大多数人也就是百儿八十元的,但富贵一出手就是两万元,使小立感动地跪在他的面前。再说,单位里那八辆公用车,五六年了一直没交养路费,不久前被交通部门给扣留了,一算账,连补带罚,好家伙,十几万元呢!这可愁坏了主要领导。富贵得知后,就直接找了交通部门的领导,很快,八辆车完好无损地带了回来,而且每辆车只交了本年度的养路费,这让单位领导对富贵刮目相看。

然而,和富贵一起同进单位的庆国,接连被提拔升迁,而他仍原地踏步。庆国为此曾多次替富贵抱不平说,等我有一天当上了单位的"一把手",一定要提拔重用你!

如今,庆国真的被上级任命为单位的"一把手"了。上任后,他一直在找提拔富贵的机会。

半年后,单位的一位部室主任退休了。在庆国准备任命富贵为部室主任时,他先前的老领导打了电话,开门见山地谈了自己的看法,说单位的小华虽然年轻,但是可塑之材,若有合适位置就让小华锻炼锻炼。

庆国一听就明白了,老领导的电话是冲那个刚刚腾出来的位置打的。老领导的话不能不听,富贵提拔之事不能不办,只好再等机会了。庆国对此非常无奈。

一年后,单位一个中层管理人员的位置再次空了出来。庆国想,这次一定要提拔富贵。不料,和他一起光屁股长大的三娃来找他,向他推荐了一个自认为比较合适的人选。庆国想拒绝,但一想到自己从小学到大学,全靠三娃他爹的资助才完成学业时,他就满口答应了。把富贵提拔的事,留到了后面的机会。

第二年,单位没有中层管理人员的岗位腾出来,庆国为了提拔富贵专门设了一个新部门。

就在这个时候,老婆发了话,说儿子班主任的弟弟一直在单位默默无闻,应该给他个合适的位置,要不,真对不起班主任对儿子的关心和爱护。衡量之后,庆国再次决定把下次机会留给富贵。

第三年,庆国调走了。在欢送宴上,庆国对继任者说,富贵同志工作能力强,业务水平高,若有机会,这样的人一定要提拔重用啊!继任者连连点头说,我早就听说过富贵这个人,有机会我一定提拔他!

庆国听了,如释重负地长长出了口气。

(2006 年 12 月 1 日刊登于《漯河广播电视报》)

# 价值转换

洪水一直在大树杈下徘徊。

树杈上趴着两个人,二狗和三娃。俩人记得非常清楚,已经五天了。

五天中,俩人默默注视着洪水,急切盼望着洪水退下。

这时,二狗说:五天没吃东西啦!

三娃说:五天啦!

两人说完,都不由自主地搜查自己的身体,想找出一些吃的来。

二狗从衣袋里摸出了一个元宝,三娃从衣袋里摸出一个只有乒乓球大的窝窝头。

二狗眼直了,三娃眼呆了,俩人的目光都集中在对方手上。半晌,二狗忍不住了,说:咱换一下吧?

三娃的眼里,露出一种喜悦,急问:真的?

二狗拿住窝窝头,两口便下了肚。三娃接过元宝,爱不释手地在手里翻转着看,末了,小心翼翼地放到了贴身衣袋里。

第六天早上,洪水退了。

二狗推三娃,三娃一下摔到树下。

元宝从三娃的口袋里滚了出来,二狗捡起元宝,又放进了自己的口袋里。

(1997 年 2 月 26 日刊登于《舞阳通讯》)

# 桥

村里有座小桥,是村里的小学生上学的必经之路。

一夜暴雨后,河水竟把小桥给冲断了。

家长们就派了一个代表,找村主任说修桥的事。村主任听了只“嗯”了一声,便急匆匆地去镇里开会了。

修桥的事就一直拖着,每逢刮风下雨,家长们只好在断桥处接送学生。

半年后,家长们忍无可忍,联合起来再次找村主任,七嘴八舌地讲起了道理:孩子是祖国的花朵,是祖国的未来,是祖国的栋梁,也是我们的希望……

面对着人多势众且有不达目的不罢休之劲头的学生家长们,村主任只好表态:村农业税交齐之后,立马修桥。

然而,农业税交齐了,村里还没有修桥的意思。

小桥仍一直断着。

直到几个月后的一天,一个小学生在断桥处摔断了腿,村里才修了小桥。

那是一个烟雨朦胧的日子,几个小学生结伴而回,走到断桥处时,他们并没有像以往那样先迈进沟里,然后爬过去,而是相互比赛,看谁能跑过断口。

第一个跳了过去,第二个也跳了过去,可第三个,也许是个子小的缘故,一脚踏空,掉了下去,正好摔到沟里的断桥板上,小腿骨断了。

小桥这么快修好,主要是村主任的儿子向村主任要求的结果,村主任的儿子就是那位被摔骨折的小学生。

(2002 年 7 月 16 日刊登于《河南农村报》)

# 男人·女人

男人对家务事从来不管不问,是油瓶倒了也不扶一下的角色,因此常常挨女人的骂。女人骂男人的时候,男人则躺在沙发上悠然自得地看报、喝茶,而女人却在洗衣、做饭或者干别的家务。因此,只有这样的环境,才能使女人感到男女在家庭里的不平等,心里自然来了火气。

挨女人骂的次数多了,男人也觉得自己有点"不像话",就"醒悟"过来,就有了干家务、替女人分忧的念头。

那是一个星期天的早晨,男人一改往日的懒散作风,随女人一同起床后,就张罗着干家务。

男人拿起了拖把,女人问:"你干啥?"

男人说:"拖地。"

女人便满脸的惊奇:"你会拖地?"

"拖地也不是啥技术活,咋能不会呢!"说着便拿拖把往地上戳。女人见了,一把把拖把夺了过来,说:"去,一边去!你拖不干净。"说完自己就拖起地来。

男人说:"要不,我去洗衣服吧?"

"你会洗衣服?连地都拖不干净,能把衣服洗干净?去,该干啥干啥去!"

男人又说:"要不,我去做饭吧?"

"啥?你会做饭?连衣服都洗不干净,能做什么饭?"

男人满脸认真地说:"没认识你之前,我天天都做饭。"

"别臭美了!"女人不屑地说:"你做出的饭连猪都不吃,那也叫饭呀!去,站一边去,别耽误我拖地。"

男人接着说:"要不,我上集买菜去吧?"

"你会买菜?别,别,别,你还是在家待着吧,省得我替你操心;你们男人买菜时,不是挨宰,就是出高价……”

“那我去……”

“别逞能了!”

男人叹了口气,说:“我能干啥?”

“你啥也干不成!还是看你的报、喝你的茶去吧!”

男人听从了女人的意见,就又躺在沙发上悠然自得地看报、喝茶了。瞬间,女人又感到了在家庭中的不平等,心里就来了火气,便一边干家务,一边骂起了男人。

(2003 年 11 月 14 日刊登于《漯河日报》)

# 跑 工 作

陈伟老婆所在企业破产后,下岗回了家,整天洗衣做饭带孩子。起先,她很喜欢这种生活,甘愿做一个清闲的家庭主妇。可时间一长,她就嚷嚷着在家太无聊,让陈伟赶紧给她找个工作,还说什么当今社会讲究的是男女平等,要是经济上不独立根本谈不上平等,还说自己年轻轻的就闲在家里实在太浪费了。

陈伟是一个普通工人,无权无钱加上没有人际关系网,找个工作实在是难。陈伟被老婆逼急了,实话实说:“我找不到!要找你自己找。”老婆一听,火了,恼怒地说:“嫁给你这个没本事的男人,我真是瞎了眼!”说完,又跟陈伟一个个举例地说,某某某和她同厂,厂子破产前,她男人得知消息就把她调到了行政单位;还有同厂某某,五年前不想上班就回了家,每月照样拿工资,现在想上班,就立刻去新单位上班了。

陈伟听了她说的这些话,也火了:“她们的男人有本事,你咋不嫁?非要嫁给我?后悔也来得及,离婚再嫁一个有本事的!”

老婆“哇”的一声哭了起来:“我咋就这么倒霉,找了你这么个没有用的男人！工作我自己找，等我找到后，咱俩就离婚！”

陈伟冷笑道：“我早就等着这一天呢！”

就这样，因为这事，陈伟和老婆开始了“冷战”。晚上，陈伟睡沙发，老婆睡床；白天，他们各做各的饭，如同陌生人一般，谁都没有心情搭理对方。

陈伟忍受不了这种生活，一到下班时间就约上几个同事借酒消愁，常常喝到深夜才回家睡觉。一天晚上，因为多喝了几杯酒，陈伟把一直压在心中的苦闷向几个同事说了出来。大家听后，都默不作声。小王脑瓜子转得快，说：“我听你说过，你和县委宣传科的刘国庆是同学，你干吗不找他？也许能有办法！”

陈伟想：自己和刘国庆只是同学，并无深交，加之这么多年都没有联系过，他会帮我吗？

几个同事也纷纷附和小王的话，陈伟想眼下也没有什么办法，先找他试试看吧。

第二天，陈伟去县委宣传部找到了刘国庆。刘国庆非常热情地接待了他。听了陈伟的请求之后，刘国庆二话没说，问：“你想让嫂子去哪个单位上班？”陈伟说：“是个单位就行！你就看着给找吧！”刘国庆说：“那去宏升集团吧！现在宏升集团的效益非常好，普通工人每个月都能拿一千块钱，比我的基本工资还高呢！对了，嫂子以前是做啥工作的？”陈伟听了他的话，高兴地说：“她以前是当会计的。”刘国庆说：“到宏升集团也干会计！不过，我和宏升集团老总不太熟，但是我知道县委办的王秘书和他关系非常好。要不我们请王秘书出面，大家一起吃个便饭，把问题解决一下？”

陈伟连声说好。

刘国庆看了看表说：“现在就是中午了，这么着吧，我叫王秘书出来坐一坐。”说着，给王秘书打了个电话。很快，他们三个人，不，准确地说是七个人，还要加上刘国庆的老婆孩子和王秘书的老婆孩子，一起去了聚仙楼大酒店。

刘国庆在饭桌上把情况说明后，王秘书笑了：“我还以为是什么大事！”说着拨通了宏升集团李总经理的电话：“李总吗？我是王得志。我有个朋友，他老婆现在没有工作，你看着要是方便，给安排一下吧！”

挂了电话，王秘书对陈伟说：“兄弟，你放心吧，等李总从省城回来，你老婆工作的事就能解决了，这个我敢打保票！”

刘国庆看了看陈伟，随即补充道：“李总回来时，我给你打电话。”

有了这番话，陈伟别提有多高兴了，一个劲儿地向他们敬酒。饭后一算账，一千八百元，贵是贵了点，但陈伟觉得这钱花得值。回到家后，陈伟没有把这个事跟老婆说，一是他们仍处在“冷战”阶段；二是他想等工作彻底谈妥当后，给她个意外惊喜。

半个月后，刘国庆打来电话，说李总回来了，让陈伟赶紧到聚仙楼八仙厅，李总正等着呢。

陈伟一刻也不敢耽误，赶到聚仙楼。他推开八仙厅的门，只见屋子里坐满了人，几个喝得醉醺醺的人正语无伦次地说着讨好李总的话，桌子上已经杯盘狼藉了。

刘国庆看见陈伟，打着饱嗝站了起来，把陈伟拉到了包间外面，说：“李总已经给他们人事科长打了电话，嫂子明天就可以去上班了。不过，他们单位前不久才招一个会计，只好让嫂子先当一阵仓库保管员，等以后有合适的机会再说！”

陈伟一听，虽然没有想象中那么好，但是总算有了个着落，连忙说：“好，好啊！”

刘国庆又说：“你把账算了就回去吧！我们还有别的事说。”

陈伟到前台一算账，乖乖，几个人竟吃喝了两千八百元。他犹豫了一下，觉得花这些钱找个工作还是值。

陈伟按捺不住喜悦的心情，唱着“临行喝妈一碗酒，浑身是胆雄赳赳，鸠山设宴和陈伟交朋友，千杯万盏陈伟能应酬”这几句唱词回家了。

推开家门，竟没见到老婆。等到天擦黑了，老婆才从外面回来。陈伟掩饰不住愉快的心情，笑着问：“你干啥去了？这么晚才回来？”

“上班。”老婆没好气地说。

“上班？”陈伟很困惑，“在哪儿上班？上什么班？”

“宏升集团。做会计。”

陈伟心里“咯噔”了一下，问：“啥时候的事？”

“半个月前。”

“咋去的？”

“你管得着吗？”老婆显得更加不悦，“你审犯人啊？”

陈伟急了：“你快点说嘛！快说！”

“好，好！”老婆见陈伟这么着急，有些得意地说：“他们在电视台登了招聘广告，我去应聘，没想到一去就合格了！”

“就这么简单?”

“就这么简单!”

陈伟顿时有种想哭的感觉,伸手在自己的脸上打了一下,打得老婆一愣一愣的,心疼地说:“你有病啊? 干吗自己打自己?”

(2006 年刊登于《民间文学》第 6 期)

# 舞阳匪事

王富贵的年龄没有我爹大,但在乡下农村是论辈分来称呼,只要你的辈分到了,年龄就显得无关紧要了,因此,爹叫王富贵为叔,我就叫王富贵为爷爷了。

富贵爷爷被国民党舞阳县保安团抓走的时候,富贵奶奶哭天嚎地的痛哭了一整天。富贵奶奶说:“我的天啊! 我今后的日子可咋过呀!”的确,在富贵奶奶的眼里,富贵爷爷就是她的天。虽然天塌了,富贵奶奶的日子还得过下去。

富贵爷爷被抓,罪名是通匪。这一点,富贵奶奶根本不相信,她清楚地记得,有好几次,舞阳南山匪首李老末曾派人提着礼物请富贵爷爷入伙,都被富贵爷爷给拒绝了。现在,冷不丁地冒出一个通匪的罪名,咋能让富贵奶奶信服呢?

富贵奶奶哭够了,就抱着两个月大的儿子秋生去了县保安团,找到保安团长刘麻子要求放人。

刘麻子贪婪地望着富贵奶奶的前胸,说道:“我们有证据证明你家王富贵为土匪通风报信,人现在是不能放的! 不过……”

“不过什么?”富贵奶奶根本无暇顾及刘麻子的眼光,急切切地问道。

“你只要……”刘麻子说着,就向富贵奶奶跟前凑了凑,一只手也不安分地向富贵奶奶胸前伸……

就在这时，秋生在富贵奶奶的怀里哭叫起来，富贵奶奶又拍又哄了好大一阵子，秋生才停止了哭闹。

刘麻子见此，又退回了原处，显得不耐烦地说："你只要让土匪李老末写个条子，证明你家王富贵没有给他通风报信，我就放人！"

"真的，就这么简单！"富贵奶奶不相信地问道。

"真的！就这么简单！"刘麻子趾高气扬地说，"本团长还能骗你不成！"

富贵奶奶一听这话，就深信不疑了。

李老末匪群是当时舞阳县境内最大的匪群，有300人之众。他们盘踞在舞阳城南的铁山上，靠打家劫舍、明抢明夺为生。国民党保安团也发动了数不清的围剿行动，均因铁山山高林密，易守难攻，保安团就一次次损失惨重、无功而返。后来，保安团对李老末匪群只能听之任之，任其胡作非为了。

李老末匪群的匪首就叫李老末。据传，李老末先前是个教书先生，因自己的妹妹受他人凌辱投河自尽，他一怒之下杀了仇人，就上了铁山，拉起杆子占山为王。

李老末虽为土匪，却有两大爱好，一是看书，二是下棋。他看书不看别的书，只看《水浒传》。《水浒传》他每日必读，并常常沉醉其中，不能自拔。下棋下的是中国象棋，匪群里发生匪与匪之间的纠纷，他就督促通过下象棋，以输赢判决双方的对错，而匪群有重大事情不能决断时，也常常通过下象棋来解决。

富贵奶奶到铁山上找到李老末时，他正一手拿着《水浒传》，一手执子，和手下人下象棋。

听到富贵奶奶走了自己的跟前，李老末头也不抬地问道："你是王大胡子家里的？"王大胡子，就是我富贵爷爷的绰号，因他长了一脸的络腮胡子，又不经常刮，胡子长得很旺，别人都称叫他"王大胡子"。

听了李老末的问话，富贵奶奶不卑不亢地答："王富贵是俺家男人。"

李老末这才抬起头看了富贵奶奶一眼："找我有什么事吗？"

"请你帮忙救救俺家富贵！"

"救人？"李老末哈哈大笑，"救人可以！但我有个条件……"

"只要你能救出我家男人！"富贵奶奶回应道，"什么条件我都答应你！"

"好！爽快！"

李老末当即就命正与他下棋的手下离开，并伸手指了指自己对面的位子，对富贵奶奶说道："我们来下盘象棋，你若赢了，我帮你救你丈夫；若是输了,你就下山走人,另谋他法!咋样?”

富贵奶奶做梦也没想到,李老末的条件竟是这么简单,她一时愣怔住了,站在那里不知所措。这条件对男人来说,也许不算个问题,但对富贵奶奶来说确实是个难题啊!

富贵奶奶从来没下过象棋,只不过在以前的时候看过丈夫下过象棋,也知道马走日、象走田、车走直路、炮翻山……将死对方老将为胜局的游戏规则。再说了,和李老末这样经常下象棋的高手过招,胜算几乎是零,因此,富贵奶奶犹豫不决。

李老末也许是看透了富贵奶奶的心思,大度地摆了摆手:“怕输是吧?为了体现公平,我让你一边子!”说着就拿掉了右手边的车、马、炮三个子。

富贵奶奶见此,就只好坐到了李老末的对面。没走上几步,富贵奶奶发现李老末唯一的车横冲直撞,很快杀了她的一个马和一个炮。

富贵奶奶的汗出来了,她觉得李老末的车真的太厉害了。

就在这个时候,富贵奶奶有了主意,她把手伸到了正在自己怀里熟睡的儿子的屁股上,狠狠地抓了一下,秋生顿时“哇哇”地哭叫起来。

富贵奶奶看了一眼李老末:“孩子饿了,我想喂喂他?”

李老末知趣地直起身:“好,喂过孩子我们接着下。”说着转身走了。

富贵奶奶趁李老末转身之际,把棋盘上李老末的车给拿掉了,然后,解开衣服喂孩子。

等李老末转回来时,富贵奶奶的心就要蹦到了嗓子眼处,汗珠子顺脸颊不停地往下流。而李老末,对着棋盘只愣怔了一下,什么也没说,就拿起自己的马跳了一步。这样,富贵奶奶和李老末的象棋比赛,其结果就可想而知了。

看着自己被将死的老将,李老末放声大笑:“愿赌服输!你说咋救你丈夫吧?”

富贵奶奶抹了抹脸上的汗珠,把保安团长刘麻子的原话讲述了一遍。

李老末听罢,又大笑起来:“这个刘麻子,也太狡猾了!说你丈夫通匪,他本来没什么证据,若我写个条子,你交给他,其不是铁证如山了吗?”

富贵奶奶心里“咯噔”了一下,也猛然明白过来:若刘麻子得到了李老末的条子,他就能以“不通匪,匪首能给你写条子”为由,真的定丈夫一个通匪罪了!富贵奶奶想到这儿,就有些着急了:“就说咋救俺家富贵?”

李老末随手翻了翻《水浒传》,又想了想,说道:“你先回去……”

富贵奶奶回到村子，就放开嗓子破口大骂李老末，说李老末不是人，是畜生，是猪狗不如的东西……若不是李老末，自己的丈夫就不会被保安团抓了。

村子有人劝富贵奶奶："土匪骂不得呀！村子里有土匪的眼线，若被土匪得知，要引火烧身的！"富贵奶奶不听，仍骂个不停。

真还照应了好心村民的话。当天晚上，李老末就带人来到村子，把富贵奶奶的家团团围了起来，然后一把火把房子给烧了个精光。

第二天，富贵爷爷就被县保安团长刘麻子给放了。原因很简单，富贵爷爷没通匪，若通匪了，土匪还能烧他家的房子?!

当然，这些都是李老末和富贵奶奶为救富贵爷爷合计好的计谋，并相互配合地表演了一场让刘麻子看的好戏。

当富贵爷爷回到家时，李老末竟派人送了100个银元的盖房款。富贵奶奶当时就感动得哭了，对富贵爷爷说："李老末虽是土匪，但他是好人，也是咱家的大恩人，咱一辈子也不能忘记他的大恩大德啊！"

富贵爷爷得知真相，也十分的激动："咱若忘了李老末的恩情，咱就不是人，咱就是畜生！"

随后，夫妻俩就用李老末送来的银元，购石、购沙，购买砖头、木材，准备盖房子。

然而，让人没有意料到的是，富贵爷爷购齐了盖房所需的材料，就要准备开工时，县保安团团长刘麻子又派人来抓富贵爷爷。当保安要对富贵爷爷双手进行捆绑时，富贵奶奶死活不让，非要让保安说清楚原因。保安无奈，只好说了："我们保安团得到情报，你们的建房款是土匪李老末给的，刘麻子团长就想让王富贵到我们保安团交代清楚问题！"

富贵爷爷听了大惊，上次他能乖乖跟他们去了保安团，是因为他知道自己没有通匪，而这次又怎能说得清呢？他心一横牙一咬，双手迅速从没有绑紧的绳套中抽出，对着其中一个保安的面门狠狠地就是一拳，对着另一个保安抬腿就是一脚。两个保安，一个被打得满脸是血，睁不开眼；一个被踢得捂着肚子，滚倒在地爬不起来。

富贵爷见此，撒腿就跑，很快就消失在一人高的玉米地里。他在闷热的玉米地里一待就是大半天，家是不能回了，可自己又能去哪呀？最终，他决定去上铁山，投靠李老末。

李老末对富贵爷爷的到来很是高兴，当即就摆上了宴席，这让富贵爷爷对李老末越发感激。

从这以后，富贵爷爷就死心塌地地跟着李老末，李老末指东，他就打东；李老末指西，他就打西。富贵爷爷对李老末言听计从，李老末对富贵爷爷自然欣赏有加，也十分的信任。

大约是富贵爷爷上山半年后的一天，李老末兴奋地告诉大家，晚上攻打杨家大院，众匪都显得异常兴奋。特别是李老末兴奋地连连说："杨百万呀杨百万，你终于也有今天呀！"

原来，杨百万是舞阳县首富，号称有百万家产。李老末拉杆子占山为王的那天，就立下了誓言，要攻破杨家大院，抢走杨百万的百万家财。可李老末的誓言一直没有实现，原因不在杨百万，而在杨百万的儿子。

杨百万的儿子是国民党部队的一个连长，为了避免杨家大院被土匪攻破，他专门派一个加强排的兵力常驻大院。自然，李老末也就没有机会可乘。

而这一次可不一样了，据线人送来可靠情报，由于国民党部队和日本人的战斗吃紧，杨家大院一个排的兵力也于早晨被派往前线了，现在只剩下十几个家丁在看家护院。可以说是机会难得。

当天晚上，李老末就动员铁山上的土匪全部出动。他的意思很明确，攻破杨家大院后，多一个人，就能多拿走杨家一些财物，少一个人自然就少拿一些财物，多拿总比少拿强。

当李老末自以为神不知鬼不觉地把杨家大院团团围住，准备命令攻击时，突然，从杨家大院内传出了一声清脆的枪声。枪响过后，李老末感到右肩膀上有钻心的疼痛。紧接着，杨家大院又响起了机枪的射击声。见此，站在李老末身后的富贵爷爷一个箭步窜了上来，一手抓住李老末的后衣领往后拖，也就是这一拖，救了李老末一命，但他的双腿还是被机枪扫射住了。

李老末忍着疼痛对富贵爷爷说道："命令兄弟们撤，快撤呀！"

可惜这一切都太晚了，因为在他们的身后，也响起了密集的枪声，杨家大院的枪声和他们身后的枪声已连成了一片。

此时的李老末因身上的数处枪伤发作，一歪头就昏死过去。李老末到现在，也许到死也不会明白，这一切都是杨百万的儿子，杨连长，不，应该叫杨营长了，买通了他的眼线，一手策划的引蛇出洞之计，用整整一个加强营的兵力，把他们的 300 多人包了饺子，就是要把他们一举消灭，为杨家大院清除后患。

富贵爷爷看到昏死的李老末，他没有丝毫的犹豫，一转身背起李老末就跑。要知道，富贵爷爷人高马大，加上他是杀猪匠出身，浑身有着使不完的力气，他身上虽然背着李老末仍奔跑如飞。

也许是富贵爷爷的名字起得好，也许是他的运气好，当他背着李老末冲出包围圈时，竟然毫发无损。

当富贵爷爷一口气把李老末背到铁山山顶时，李老末醒来了，他声音微弱地问道："回来几个兄弟？"

富贵爷爷望望早已归于平静的身后，答道："只有你和我了。"

"难道，我苦心经营多年的铁山就这样完了吗?!"李老末歇斯底里吼叫着。随后，便号啕大哭。

哭得富贵爷爷心里很不是滋味。

哭够了，李老末说："以后铁山就靠你啦！你现在就去山后的藏金洞，装上半布袋子银元给刘麻子送去。"

"刘麻子？"富贵爷爷感到吃惊。

"对，县保安团的团长刘麻子。"李老末接着说道："事到如今我也不再瞒你了，以前都是刘麻子帮我招的兵呀！"

"刘麻子帮你招兵？"富贵爷越发感到吃惊。

"没有刘麻子的帮忙，谁会愿意上山当土匪呀！我手下也不会聚集这么多兄弟，你不也是刘麻子帮我招来的吗？"

"我是刘麻子帮你招的？怎么可能？"富贵爷爷根本不相信。

"刘麻子以通匪的罪名把你抓走，我以救你的名义烧了你家的房子，刘麻子才把你放了，后来刘麻子再抓你，你无奈之下才上了铁山。这些都是我和刘麻子商量好的呀，要不，你会愿意上山当土匪？而其余的兄弟也都和你一样上来的啊！"

"什么？"富贵爷爷听着不禁怒火中烧，狠狠地骂道："你狗日的李老末，看《水浒传》看多了，竟也学会'逼上梁山'了！"

富贵爷爷骂过之后，发现李老末没有说话，就转过头来看，没想到李老末早已断了气。当即，富贵爷爷疾步下了铁山……富贵爷爷下山后去了哪里，没有一个人说得清楚。

据说，1948 年舞阳县城解放时，解放军中的一位大胡子连长，作战十分勇敢，是他第一个冲上了舞阳县城城墙，有人说他就是富贵爷爷，有人说不是……

(2011 年刊登于《民间故事》第 12 期)

# 舞钢和尚庙

舞阳县城南有座山，山上石头含铁量高，被称为铁山，又因铁山在舞阳县城南边，又被人们称为南山。南山并不高大，海拔也有四五百米，方圆二三里，但在中原已属罕见。南山山顶建有一座庙，里面供奉着关羽关云长，是座关帝庙。关帝庙守庙和尚是一个法号叫慧仁的年轻后生，慧仁原名叫李运昌，是明朝舞阳县首富李百万的独生儿子。

说起李运昌出家当和尚还有一段酸痛故事呢！李运昌 19 岁那年爱上了从小青梅竹马的小翠，俩人便私订终身，准备办理婚事。李百万得知此事后，十分震惊。讲究门当户对的李百万，因嫌弃小翠家贫穷，就把李运昌锁在屋里，指派专人严加看管，不让他离开房屋半步。同时，又给小翠的父母送了一百两银子，小翠父母长年有病，手头本来就缺钱，一见这么多的银子，大喜过望，匆忙地为小翠找了一家人家就嫁了出去。李运昌得知小翠嫁人的消息已是半年之后，面对心爱的女人离开自己，心中的悲痛难以抚平，再面对小翠嫁人这一覆水难收的局面，李运昌悲痛交加，决定出家当和尚，今生不再娶妻。虽然李百万百般阻拦，李运昌便以死明志，最终李百万只好任他去了南山关帝庙当了和尚。

李运昌到关帝庙出家当和尚时，关帝庙当时有一个老和尚，李运昌去后不久，老和尚就去世了，剩下李运昌一个人倒也清闲自得，每天坐禅念经，加之香火旺盛，也能让他丰衣足食，使他忘却了心中的苦闷和不快。

再说关帝庙所在的山下，坐落着几户人家，俗话说靠水吃水，靠山吃山，山下的几户人家就靠打柴为生。孙庆天的家就在这里，孙庆天是明朝永乐二十二年的探花，是舞阳县历史上第一个也是唯一的一个探花。孙庆天 3 岁的那年，父亲得病离去，撇下他和母亲孤儿寡母相依为命，日子过十分艰难。

为了生活，孙庆天身单力薄的母亲每天天不亮就上山砍柴，然后赶到舞阳城的集市上去卖钱，换些面油。即使这样，他们家的生活自然也赶不上有男人的家庭。那次，孙庆天的母亲因劳累过度病倒，因为家里没钱，请不起大夫，便在左邻右舍的搀扶下去了关帝庙烧香治病。没想到，只去过一趟，孙庆天母亲的病很快就好了。从那以后，孙庆天的母亲隔三差五要去一趟关帝庙烧香拜神，乐此不疲。也从这时间起，孙庆天的家里发生了变化，生活竟也逐渐好了起来。村民见了，纷纷效仿，自此山上关帝庙烧香拜神的善男信女络绎不绝，香火自然更加旺盛。

孙庆天 6 岁的那年，母亲专门从舞阳城里请来了最有名的私塾先生教育自己的儿子。自小聪明伶俐的孙庆天见到私塾先生的第一面，就博得了对方的好感。私塾先生摸着孙庆天的头出了一个对联："日在东，月在西，天上生成'明'"。孙庆天不禁笑了起来，说："这有何难，我对给你看。"随口念道："子居右，女居左，世间配定'好'。"私塾先生大为惊奇，又出联道："雏鹤学飞，万里风云从此始。"孙庆天听了，马上对出了下联："潜龙奋起，九天雷雨及时来。"

私塾先生听罢，不由得伸出大拇指，对孙庆天的母亲夸耀道："此儿有才，长大后必有大志，为人上之人，可光宗耀祖。"孙庆天的母亲听罢，深情地望了儿子一眼，喜不自禁，随后就喜滋滋地上山烧香去了。

孙庆天的前程真的照应了私塾先生的话，孙庆天 16 岁在乡试中一举夺魁，20 岁在会试中再次夺冠。24 岁那年全国开科选士，孙庆天的母亲连续多次上山烧香，最终解决了孙庆天的盘缠问题。当母亲把两百两银子递到他手中时，孙庆天怎么也不相信这是真的。他急切切地问："母亲，这银子是谁借给你的?"母亲迟疑了一下："是，是，关帝老爷送给咱的!"说罢，转身离去了，留下孙庆天呆站了半晌。

明朝永乐二十二年，孙庆天在朝廷举行的廷试中被皇帝钦点为探花。在朝廷上，皇帝朱棣问他愿去何去做官时，孙庆天二话没说，就要求去家乡。朱棣问他何故，他答道："家乡有我的老母亲!"朱棣听了大为感动，当即就应允了。据说，自明朝建立以来，一贯执行异地做官的法令，孙庆天是第一个打破明朝惯例的人。

孙庆天很快走马上任舞阳县令。当上县令的第一天，他就请母亲与他同住县衙，却被母亲一口给拒绝了，理由是县衙离关帝庙太远。为此，孙庆天专门去了一趟关帝庙，见山势陡峭，山路难行，就令人修了一条傍山而行的石阶路。石阶梯共九千九百九十个阶梯，石阶从山脚一直修到关帝庙门梯前，因是孙庆天专门为母亲修筑的，就被人们称为“孝母路”。

十年后，孙庆天的母亲去世。此时，孙庆天已升任南阳府知府。安葬了母亲后，孙庆天带领数名衙役径直去了南山关帝庙。见到老态龙钟的李运昌时，就命人捆起。李运昌急问：“我有何罪？”

“你有何罪，你心里最清楚？”孙庆天脸色铁青：“你和我母亲之事，我早就察觉，伤天败理，你死有余辜！”说罢就催促人就地处决。

“你既然知道，为什么还要修这条山路？”

“修山路为了母亲！”

“现在为什么要杀我？”

“为了父亲！”

“父亲？哈哈哈……”李运昌听罢狂笑不止。

孙庆天见此，恼怒不已，当即对手下作出了一个杀头的手势。只听“咔嚓”一声，李运昌的人头滚落在地上。

孙庆天深深地吸了一口气。正在这时，得知消息的李百万带着自己的家人赶上山来，一见李运昌的尸首痛苦地大叫道：“孙庆天呀，孙庆天，你亲手杀死了自己的亲生父亲啊！”

孙庆天听了大惊失色。在李百万的哭泣声中才明白过来事情的真相。

原来，李运昌为小翠出家的小翠就是孙庆天的母亲。而母亲出嫁时，就已经怀上孙庆天，其实李运昌就是孙庆天的亲生父亲。

李百万说：“自从你母亲上庙来和你父亲相识后，这些年来，都是你父亲李运昌在接济你家的生活啊！”

孙庆天得知事情真相，一下子扑在李运昌身上痛哭不起：“父亲，你咋不给儿子说明白，你就是我的亲生父亲呢？！”哭声如雷鸣般响彻在南山上空。

“还不是怕世人知道你是和尚的儿子，而影响你的前程！”李百万在哭泣声中一语道破缘由，让孙庆天更是痛苦不已，悔恨万分。

厚葬了李运昌后，孙庆天命人把南山关帝庙牌匾摘了下来，挂上了自己亲手书写的三个大字“和尚庙”，并令人塑造了李运昌的泥像摆到庙内。令人奇怪的是，原先好好的李运昌泥像放进庙内不久，泥像的脖子却出现了明显的刀砍痕，后虽经泥匠百般加工，刀砍之痕仍清晰可见。因此，南山和尚庙又被人们称为“断脖和尚庙”。

# 无情的父爱

## 母死结怨恨

当了两年兵的牛大山回到家时,没见到自己日思夜想的母亲,看到的却是母亲的遗像。他怎么也不能相信——当兵前,母亲送他上火车的音容笑貌如昨日一样,历历在目,转眼间竟再也见不到母亲了。

他强忍着泪水呜咽着问继父:"我母亲是啥时间去世的?"

继父面无表情地说:"你参军没多久,她就走了。得的是癌症,检查出来时已是晚期了!"

"我母亲去世,你为什么不通知我?"牛大山如一头咆哮的狮子冲向了继父,一把抓住了他的衣领。

"你母亲不让告诉你,她怕影响你的工作。"

"胡说!"牛大山一用力,就把继父推倒在地上,泣不成声地说道:"你在骗我,你在骗我!"

继父说:"我骗你干啥?我是你的父亲啊!"

"你是监狱坐牢那小子的父亲,你才不是我的父亲呢!"牛大山声如响雷一般地说道,"你若是我父亲,为什么母亲临死前也不让我看一眼呢?"

继父火了:"我不是你父亲,你在我家干什么?你给我滚,滚出这个家!我这辈子都不愿再见到你!"说着,顺手拿起了手边的拖把就抡了过来。

牛大山躲过拖把,怨恨地看了继父一眼:"滚就滚,谁稀罕这个家!以后,你就是跪在我面前请我,我也不会再回来了!"说罢,用袖子擦了擦脸上的泪水,转身离去了。留下发呆的继父和剧烈的关门声。

当天晚上,牛大山就去了母亲的墓地,他在墓边整整哭嚎了一夜。他恨继父,恨继父为什么不让自己看母亲最后的一眼。

天亮的时候,闻讯而来的姑姑把牛大山接回了自己家。姑姑是牛大山父亲的妹妹,也是牛大山现在唯一的亲人。

姑姑和姑夫都是老实巴交的庄稼人,看着悲痛欲绝的牛大山,就劝他回家去,好好地向继父道道歉。牛大山倔强地说:"我凭啥向他道歉,他向我道歉才对!我这一辈子也不再回那个家了!"

姑夫好心地提醒:"你若要参加工作,我和你姑姑都帮你找不来工作,只有你继父能帮你找份体面的工作啊!"

"你们帮我找不来,我就自己找工作!"牛大山十分坚决地说,"明天我就到广州打工去!"

姑姑和姑夫也只好点头同意了。姑夫还从邻居赵二狗的家里讨来了赵二狗在广州打工的地址。赵二狗在广州一个电器厂打工已有七八年的时间了,现在还是厂里的调度,是个小领导,去年回来时,还从家里带了几个人回了电器厂。得知这些情况后,牛大山外出打工的信心就更足了。

## 打工受骗

牛大山从广州火车站下车后,为了能及时找到赵二狗,当即叫了个"面的"直接去了赵二狗所在的电器厂。没想到,牛大山在电器厂大门口叫了老半天,才见到一个保安从远处走了过来,问:"你有什么事?"牛大山实话实说:"找你们电器厂一个叫赵二狗的人。"保安一听"扑哧"就笑了,指出大门上的牌子说:"你没看到吗?我们电器厂三月前就停产了。"牛大山这才看清挂大门上的一个木制牌子,上面写着"此厂已停产"五个大字。牛大山一时慌了,急切切地问:"你认识赵二狗吗?你知不知道他去了哪里?"保安说:"我们厂三千多人,我咋能认得过来呢?再说,即便认识,厂子已停了三个月了,人也另谋高就了,我咋会知道他去了哪里?"说完,就转身走了。

望着保安离去的身影,牛大山一时不知所措。他万分沮丧地沿着繁华的大街漫无目的地向前走。来来往往的人流和车流,还有那参天的高楼大厦,他都无心观赏。牛大山也不知道走了多久后,他被一个中年人拦住了去路。中年人问道:"兄弟,找工作的吗?"牛大山点了点头。中年人又问:"老家是啥地方的?""河南幸福县的。"中年人兴奋地说:"兄弟,咱们是老乡,我老家也是幸福县的!走,到我的住处去!"说着,抓过牛大山的行李,带头领着牛大山七拐八转地去了他的住处。在人生地不熟的广州、正无助的牛大头意外地遇见了老乡,他仿佛看到了一丝曙光。

中年人的住处,只有一间房子。室内放了一张床和锅碗瓢盆,此外已没有别物了。中年人十分热情地倒茶递烟,后来又到街上买来了小菜,打开一瓶白酒说:“老乡见老乡,两眼泪汪汪!作为幸福县老乡,我们在广州相遇也算是缘分!来,今天咱就开怀畅饮,不醉不罢休!”牛大山因为心情不快,有了借酒消愁的念头,端起酒杯一饮而尽……

第二天,当牛大山酒醒时,发现自己竟躺在大街的人行道上,不少人指手画脚地对他说着什么。牛大山拍了拍身上的土,就要站起来时,却发现自己装在内衣袋里的 8000 块钱不翼而飞了,他顿时明白过来,自己被中年人骗了。这 8000 块钱是部队给他发的退伍金,也是牛大山唯一的款额了。

随后赶来的民警讯问骗他的中年人的住处在哪里,在哪条街和具体方位时,牛大头只有摇头的份儿。最后,民警苦笑着无奈就要离去时,从衣袋里掏出了 200 块钱递到牛大山手里,让他赶快回家乡另谋出路。

### 借钱再起恨心

牛大山回到姑姑家后,三天都没吃没喝,让姑姑和姑夫看在眼里疼在心里。姑姑苦口婆心地开导他,说你还年轻,往后的路还很长,不要因为一次小小的挫折,就萎靡不振。牛大头却一句话也听不进去。后来姑夫说:“要不你在县城开一个店,做生意吧?”牛大山当即眼睛亮了起来。在随后的几天内,牛大山跑遍了幸福县县城的大街小巷,最后决定做服装生意。可做生意需要的本钱又让他发起了愁。

姑姑和姑夫虽然不遗余力地帮牛大山筹集本钱,最终也只借来了杯水车薪的几千块钱。正在大家愁眉不展的时候,姑夫又想起了牛大山的继父。姑夫说:“你继父财大气粗的,找他借个十万八万的应该不成问题!”牛大山不以为然地说:“他不会帮我的,因为我母亲的去世,已宣告我们关系的终结!”姑夫还是执意去了。

牛大山的继父是幸福县有名的私营企业家,他创办的幸福县酒厂,由最初的手工作坊发展到现在资产高达五六亿元的现代化酒厂,所生产的幸福牌白酒占据着豫、鲁、皖三省七成的白酒市场。作为幸福县第一纳税大户,牛大山的继父拥有着无数个耀眼夺目的光环,什么省优秀民营企业家、省自主创业先进个人、省劳动模范、市优秀共产党员、幸福县十大功臣,等等。就是这样一个荣誉满身的人,也有自己难以启齿的伤痛——他唯一的亲生儿子因抢劫罪、强奸罪被判了 20 年的有期徒刑。他的继子牛大山如今又与他反目为仇,也让他深受打击。

当牛大山的姑夫找到他说明来意时,他当即就一口回绝了,说:“我有的是钱,我拿这些钱宁愿点燃取暖,也不会帮助他牛大山的!别说几万块钱,就是几千块、几百块我也不会借给他的!"

姑夫把继父的话原原本本地告诉牛大山,让牛大山火冒三丈,加之母亲临死不能让自己看上一眼的责任,使他对继父恨之入骨。他恨恨地说:"别以为有几个臭钱,就自以为了不起了。我牛大山一个堂堂的男子汉,不靠你,也要活出个人样来!咱骑驴看唱本——走着瞧!"

## 峰回路转

牛大山因为筹集不来开服装店的钱而苦恼不已时,幸福县酒厂看门的老孙头找上门来了。老孙头是从牛大山姑夫的口中得知牛大山想开个服装店手中没有资金,而特意来送钱的。

老孙头是牛大山母亲娘家庄里的人,由于家里穷和弟兄们多,到了40多岁也没有成家,一直过着一人吃饱全家不饥的日子。牛大山的母亲有一次回娘家探亲,得知老孙头的情况后,出于同情,就把他安排到幸福县酒厂门卫室,让他过上了城里人的生活。后来,在牛大山母亲的张罗下,老孙头在50岁那年还结了婚。如今,老孙头的儿子也上初中了。他一提起牛大山母亲对自己的关心就感激不已。

老孙头对着满脸忧郁的牛大山说:"没有你母亲,咋会有我老孙头的今天!你母亲虽然去了,她的大恩大德我怎能忘记呢?我若忘了,我还是人吗?"说着,从怀里掏出一个用报纸包得严严实实的纸包,送到了牛大山的手里:"这是我省吃俭用节约下来的50000块钱!你用这把服装店先开起来,过两天我再给你借些钱送来!"

牛大山望着手中的钱和老孙头真诚的面孔,一时不知该如何表达才好,泪水无声地流了下来,他激动地说:"老孙叔,谢谢您,真的谢谢您!等我挣了钱,一定加倍还您的!"

老孙头笑了起来:"你叔给你送的这些钱,是不图你还的!我要图你还,我就不给你送来了!"

牛大山一听,"扑通"一声跪在了老孙头的面前:"老孙叔,你对我的恩情,我一定会报答的!"

老孙头一把把牛大山搀扶起:"要想报答就报答你的母亲,这可是你母亲给你造的福啊!"

"母亲!"牛大山想起了母亲,同时更想起了无情的继父。他心里恨恨地说:“我不靠你,也要活出个人样来!”

没隔上三天,老孙头再次来了,和上次一样,他又送来了50000块钱。此时,牛大山已有10万块钱,在一个小县城开个服装店,已是绰绰有余了。牛大山张罗着服装店,准备开张营业了。

### 贵人相助

牛大山的服装店开业了,开业后情况并没有像牛大山先前预计的那样好。开业前半个月,牛大山一件衣服也没有卖出,时间一长,生意逐渐有了一些起色,但每天的利润连房租都不能支付,别说吃喝了。为此,牛大山心急如焚,常常唉声叹气。

大约两个月后的一天,临近中午时,牛大山的生意还没开张。当他准备外出吃饭时,一个打扮得十分时髦的中年女人,提着一个十分精致的坤包,走进了门店。牛大山忙迎了过去。

中年女人相中了一件暗红色的连衣裙,她试了几种型号后选中了中号的红色连衣裙。正要与牛大山讨价还价,中年女人的手机在坤包里响了起来,她急忙从柜台上打开坤包拿出手机,电话一接通,中年女人的脸色突变,当即说道:“我现在就赶过去,现在就赶过去……”说话间,中年女人已拿着手机跨出了店门外,挥手招来一辆“面的”坐车而去。

牛大山整理好中年女人试过的服装,这才发现了中年女人丢在柜台上的坤包。他打开一看,里面不仅有1万块钱现金,还有银联卡、通讯录和一些女人用品。他将通讯录翻看了一番,发现通讯录上户主一栏写有李小梅字样,后边缀有手机号码。

牛大山没有丝毫的犹豫,当即掏出手机就打了过去。电话接通后,牛大山说:“是李小梅吗?”“对,我是李小梅,你是?”“我是大山服装店,刚才你是不是在我的店里试了一套红色连衣裙?”“对呀,有什么问题吗?”“你的手提包掉在我这里了,你有时间的话来取吧!”只听李小梅“哎呀”一声说道:“你不说我倒忘记了!真是太谢谢你了!”

片刻,李小梅风风火火地赶了过来,当她看着坤包里东西一件不少时,当即抽出1000块钱向牛大山递来:“我不知道如何感谢你,这1000块钱你留下吧!不成敬意!”牛大山用手把钱挡了回去:“我不会要你的钱的!我若想要你的钱,就不会打电话让你取包了!”

一句话说得李小梅既感动又不好意思。

第二天，李小梅领着两个女孩过来了，一个高的一个矮的。一高一矮两个女孩各试了一套连衣裙后，冲李小梅点了点头。李小梅一见，就冲牛大山说："这两套连衣裙，你给我各订购 50 套！"说着，就拿出了 5000 块钱订金。

从这以后，李小梅经常带着一些人来买衣服，有一次购买上百套的，也有一两套的，她成了牛大山服装店的常客。牛大山在李小梅有意的帮助下，服装生意就红火了起来。

## 真相大白

年底一盘账，竟赚了 10 万元，牛大山对所挖得的第一桶金欣喜若狂，同时决定开办第二家服装连锁分店。半年后，他又开了第三家连锁分店。由于他经营的服装质优价廉，加之服装档次定位准确，瞄准了小县的中、上层消费，不到两年的时间，他的大山服装连锁店已发展到数十家，遍布城乡，成为了幸福县的知名品牌。人们只要想买服装，就会想到大山服装店，就会边背着"买服装到大山，大山服装质优价又廉"的广告宣传语，走进大山服装店购买衣物。

此时，牛大山的资金已达上百万。有了钱的他并没有忘记帮助过他的人和需要他帮助的人。"5·12"汶川大地震后，他不仅捐出了两万元现金，还把数十个服装店 7 天的营业款全部捐了出去。

那天，春风得意的牛大山正筹划着第二十九个大山服装店的开张工作，忽然接到了姑夫打来的电话。姑夫在电话里说："大山，你继父死了，要在殡仪馆举行追悼会，你去参加吗？""我不会参加的！"牛大山说罢就果断地挂了电话，并关闭了手机。

过了片刻，牛大山觉得自己这样做对继父来说是十分残忍的，当即驱车去了殡仪馆。走进殡仪馆，在参加追悼会的人群中，他看到了几个十分熟悉的面孔，不仅有帮助自己筹措资金开办服装店的幸福县酒厂的门卫老孙头，也有帮助着自己销售服装的中年女人李小梅，更有在广州骗过自己的中年人。一时间，牛大山糊涂了，他不明白这几个人到底与继父有多大的关联。与此同时，姑夫向他走了过来，掏出一张纸说道："你继父昨天晚上出了车祸，他临死的时候立下了幸福县酒厂由你继承的遗嘱！""什么？"牛大山不敢相信地拿过了遗嘱。只见上面白纸黑字地写着：我死后，幸福县酒厂由我儿子牛大山继承。后面署名不仅有继父，还有幸福县公证处的公章。牛大山一时愣怔住了。

姑夫又指了指人群说道："在这些人中，有帮助过你的，也有骗过你的，其实，都是你继父特意安排他们那样做的！"

"为什么？"牛大山一脸惊奇。

"为了把你塑造成优秀的男人，打造你成为合格的继承者！"姑夫动情地说，"你继父怕你再走他亲生儿子的道路，才与你姑姑和我商量，出此下策的。就是刺激你靠自己奋发图强啊！"

顿时，牛大山的泪水如断了线的珠子，无声地流了下来。片刻，他终于明白了继父的良苦用心，哭叫着扑向了继父的遗体，哭声如雷，泪流如河。在冥冥之中，牛大山仿佛也知道了继父为什么给自己取名叫"大山"了——父爱如山啊！

（2009 年刊登于《民间故事》第 10 期）

# 民工饭店

牛大山和李二娃接了一个临街服装店装修的活儿，经过两天的紧张筹备，终于备足了料，两个人骑着三轮车载着满满的装饰材料来到服装店前，就忙碌着卸货。

无意间，牛大山看到过街对面饭店的招牌，就停下手中的活儿，笑着对李二娃说："今天中午我请你到咱家的饭店吃饭，咋样？""咱的饭店？"李二娃不相信地问："你啥时开了饭店，我咋不知道？"牛大山哈哈笑了起来，笑罢，向对面嘟了一下嘴，李二娃终于也发现了对面的饭店，只见饭店招牌上写着几个醒目的大字——农民工饭店。李二娃当即也乐了："对，中午就到咱们的饭店去吃饭！"于是，两个人就有说有笑地忙开了。

中午时，俩人就放下手中的工具径直走进了对面的农民工饭店。一进店门，一个老板模样的中年男人就迎了过来，他的一条腿好像是装了假肢，走起路来一瘸一拐的，姿势非常难看，牛大山见了想笑，却没敢笑出声来。

中年男子微笑着问："二位兄弟，想吃点什么？""你们饭店有什么特色饭？"牛大山反问道，"你给我们报报？""我们这里有陕西牛肉拉面，有山西刀削面，有云南过桥米线，还有……"牛大山不等中年男人把话说完，就打断道："陕西牛肉拉面多少钱一碗？"得到"每碗5元"的答复后，就吩咐说："我们每人一碗，来两碗。"说完，俩人就随意找了一个座位坐下。

牛大山和李二娃刚坐下，邻桌的四个农民工模样的人就吃好了饭，边站起身边喊道："老板结账！"

中年男人拿出账本翻看了一下，说道："四位兄弟吃了四碗牛肉拉面，每碗5元，四五十六，共计16元。"四个农民工听了，"哈哈哈"笑了起来，随手递给中年男人十六元，十分开心地离去了。

牛大山和李二娃不敢相信地愣怔住了，过了好大一会儿，李二娃才回过神来，压低声音："山哥，这老板是不是连小学也没上毕业，要不，这么简单的算术题怎么都算错呢？"牛大山想了想，十分肯定地说："老板要么是没上过小学，要么是脑袋有问题！"李二娃听了，信服地用力点了点头。

待到牛大山和李二娃吃过饭结账时，中年男人仍和先前一样拿起账本翻看了一下，说道："两位兄弟吃了两碗牛肉拉面，每碗5元，二五得八，共计8元。"

当中年人满脸认真地接过10元钱，找回两元钱时，牛大山想到一个残疾人挣钱也挺不容易的，现在还把账算错了，于心不忍地把两元钱又递了过去："老板，你算错账了，一碗牛肉拉面5元，两碗应该收10元才对！你少收钱了！"中年男人笑道："没错，我没算错！"又把两元钱送了过来。牛大山再次把两元钱递过去，说真的算错了。中年男人也再次把两元钱递过来，说真的没错。就这样，两人拉锯般推让了好几次后，几个正吃饭的农民工看不下去了，开口冲牛大山嚷道："兄弟，把你的两元钱收下吧，老板没算错，老板可是出了名的精明人啊！"牛大山听后，不高兴了："一碗5元，两碗10元，这是连小学生都会算的，收8元咋会不错呢？"这时，一个农民工端着饭碗站起来，说道："你第一次在这里吃饭吧？让你把两元钱收下，你就收下，这可是咱农民工饭店的特色！"牛大山"扑哧"笑了起来："算错账少收钱也成特色了？"见众人连连点头，牛大山只好收下了两元钱。

出了饭店，牛大山和李二娃都觉得，在外打工这么多年来，第一次吃上这么实惠的饭，同时，也觉得这"特色"挺逗人乐的。

从这以后，牛大头和李二娃一日三顿都在农民工饭店就餐，而每次中年男人总要和他们第一次吃饭时一样，仍旧对他们算错账少收钱。

吃饭的次数多了，一来二去，他们和中年人逐渐地熟悉起来，并了解到了他个人的一些情况后，牛大头和李二娃才明白，上次吃饭时一个农民工说老板是“精明人”的所在了：中年男人叫孙建中，是他们幸福市里名气很大的企业家，他白手起家创立的“幸福酒厂”，资金已达十几亿元人民币，每年能为市里纳税达上亿元。后来，因为出了一次车祸，一条腿被撞断后，他就把酒厂交由大儿子经营，自己出来开了这家农民工饭店。

为什么孙建中放弃如日中天的酒厂而开起了农民工饭店？为什么饭店要保持着算错账这一特色呢？这两个问题一直让牛大山和李二娃百思不得其解。有好几次，当俩人向孙建中提起这些疑问，他正准备回答时，不巧的是，饭店里来了客人，一时间把孙建中忙得不亦乐乎，牛大山和李二娃只好离去。

半个月后，牛大头和李二娃装修的服装店完工了，服装店老板给他们结过工钱的当天晚上，俩人再次来到孙建中的农民工饭店，半个月中，他们第一次破天荒地点了几个菜，要了两瓶白酒，庆祝他们这次工作顺利圆满结束。

你一杯他一杯地喝了起来，不知不觉间一瓶白酒就下了肚，俩人也有了一些醉意，时间也到了深夜，饭店也只剩他们两个人了，孙建中就拉了一张凳子也坐了过来。三个人寒暄了一番，喝了几杯酒后，在牛大山和李二娃的引导下，话题自然而然地回到了孙建中的农民工饭店上。

两个人异口同声地问：“孙董事长，你为什么放弃酒厂，而开起了农民工饭店呢？”

孙建中十分激动地说：“为了感恩！”

原来，去年夏季的一天晚上，孙建中和几个朋友在一起喝酒，喝醉了酒后，不顾朋友的劝阻坚持驾车回家，走到黄河路与长江路交叉口时，一不留神，就撞到了路中央的转盘上，腿当即被撞断了一条，人也当场昏迷过去，而腿部伤口处血流不止。当时已时深夜，路上根本没有行人，只有两个在附近临街门面房的台阶上睡觉的农民工，他们听到碰撞的响声后就急忙赶了过来，二话没说，撬开变了形的车门，背起他就送到了医院，还帮他垫付了200元的住院费。当他醒来时，医生告诉他，若不是两个农民工及时帮助，晚来三分钟，他的生命就到此终结了。当问起那两个农民工在何处时，却被告知帮助给他的家人打了电话后，就离去了。孙建中出院后，知道自己的这条命是农民工捡回来的，就以感恩的心态，决定开个农民工饭店，让经常风餐露宿的农民工吃上可口、实惠的饭菜。同时，也想用饭店作桥梁，来寻找救了自己命的两个农民工。因为开饭店是为了感恩，所以，孙建中的饭菜总比别家的饭菜便宜，为避免引起同行的不满，他才想出了一个算错账的办法。

知道事情的缘由后，牛大山又问道："救你的人现在还没找到？"

"没有找到。"孙建中说："对了，你们也帮我打听打听一个叫牛大三的人。记得当时两个农民工把我送到医院，要走时，医院的护士随意问了他们俩一句，说叫什么名字，一个答说叫牛大三。"

"牛大三，牛大三，牛大山。"李二娃嘴里嘟囔几句后，也许是酒劲的作用，他惊喜地站了起来："你要找的恩人就是我和大山哥呀！"

牛大山一时不知所措，孙建中顿时惊喜万分。只听李二娃接着说道："你那晚开车撞到转盘上的车是不是奥迪 A6？""对呀！""你当天的衣兜里，是不是只有 2800 元？""对，对呀？""因为住院需交 3000 元，还是我大山哥给你垫了 200 元呢！"

李二娃的话刚说完，只听"扑通"一声，孙建中就跪倒在地，泪流满面地呜咽道："两位恩人，我可找到你们啦！"

李二娃和牛大山见此，慌得酒醒了一大半，急忙把孙建中搀了起来。

此时，孙建中既惊喜又激动地急忙拿出了饭店钥匙："从现在起，这饭店就是你们两个的了！"

牛大山和李二娃连连摇头，并把饭店钥匙挡了回去。

孙建中说："要不，我高薪聘请你们俩到我的酒厂上班吧？"

牛大山和李二娃又连连摇头。

"你们想要什么，我若有能力一定满足你们。"孙建中情真意切地问道。

牛大山说："我们什么也不要。"

"那我该怎样报答你们的救命之恩呢？"

"我们救你不图回报的！"李二娃说："如果图的是回报，我们在医院就不会离去了！"

李二娃话一说完，和牛大山随即一前一后离开向饭店外走去，孙建中想拦却没拦住……

第二天，孙建中派人找遍了幸福市也没找到牛大山和李二娃。有人说，就是那天晚上，牛大山和李二娃就去了南方，南方什么地方，没人能说得清楚。但随着时间的推移，孙建中的农民工连锁饭店却越来越多，在幸福市遍布到大街小巷——饭店的特色，还是每次都会算错账。

（2009 年刊登于《民间文学》第 9 期）

# 棋　匪

民国期间,舞阳城南铁山上盘踞着一股土匪。匪首李老末酷爱中国象棋,到了痴迷的地步,甚至把打家劫舍也与象棋挂起钩来,形成了自己独有的“匪道”。

那次,李老末从线人处得知舞阳县民团的大队人马到省城拉军火去了,当即就带着几十号人混进了舞阳城,准备对舞阳首富张百万的家里进行抢劫。

李老末一脚踹开张百万家的大门,却见宽敞的院子里坐着张百万和孙子,俩人正兴致勃勃地下着象棋。见此,李老末兴奋地疾步走到张百万的跟前,仔细地端详起了棋局。张百万抬起头,看到身旁后呼呼啦啦地站着几十人,顿时就吓傻了:“你、你、你们想要什么,就、就、就随便拿吧!”

李老末笑道:“下棋,下棋,你们继续下棋。”然后,目不转睛地望着棋盘。张百万和孙子只好战战兢兢地下起棋来。这时,站在李老末身后的一土匪存不住气了,附在他的耳边问:“大哥,咱啥时间动手啊?”李老末没好气地回话道:“等这盘棋下完再说!”

当门炮,马来跳,上飞相,横出车……张百万和孙子第二棋局开始时,那土匪又提醒李老末,李老末白了对方一眼:“等等再说!”

当李老末看着张百万和孙子下到第五局时,在外望风的土匪慌慌张张地跑了进来:“大哥,大哥大事不好了!去省城拉军火的国民党县民团回来了,已经到了县城东大门口了!”

李老末留恋地望了一眼棋盘,恼恨地骂道:“狗日的县民团,让老子再看一盘棋的时间都不给!”并对张百万抱了抱拳:“若有时间,我一定会来再看你们下棋!”说罢,一挥手,便领着众土匪向县城西门奔去。

事隔不久,有土匪绑了县城王大财主的票,把他独生女儿掳到山上,众匪私下商议:王大财主财大气粗,加之这是他唯一的女儿,要让他这次大出血,不拿来30万大洋绝不能放人!

李老末得知后,就让人把王大财主的女儿押到了自己的面前,看到是一个十一二岁的小姑娘,他二话没说就问道:“会下象棋吗?”

小姑娘点了点头:“我爹教过我下象棋。”

李老末就让人摆上棋盘。第一局,没下到二十步,小姑娘就输了,李老末哈哈大笑:“凭你我的年龄悬殊,我该让你个子才对呀!”说着,就把自己的一个车去掉了。

第二局,小姑娘再次输了,李老末却十分认真地说:“再下一局,我让你车、马、炮半边子,你若赢了,现在就可以走人,若是输了,只好等你老爹的30万大洋了!”小姑娘听了,自信地点了点头。

在决胜局中,李老末因为缺少半边子的缘故,一开始就处于劣势,小姑娘借机兑掉李老末的一个车后,李老末只剩被动挨打的份了,很快李老末的老帅就寿终正寝了。

李老末看着被将死的老帅,又哈哈大笑起来,笑罢把手一挥,一脸严肃地说道:“送小姑娘下山!”

在场的众匪急忙追问:“大哥,马上到手的30万大洋不要了?”

李老末把脸一沉:“赢起也要输得起,送人!”

李老末处理的这两件事,自然引起了舞阳富户的注意,他们为了自保,纷纷送自己的儿女们到舞阳棋校去学习棋艺。一时间,长期以来难以维持生计的舞阳棋校人满为患,使得教室一再扩建,不菲的教学收入,乐得棋校校长李满仓合不拢嘴。

李老末匪群得知李满仓所开的棋校收入很大,就建议李老末去抢劫李满仓,好让大哥李老末无意间给李满仓创造的财富有所回报,使众匪的心理得到平衡。李老末当即就差人打探李满仓的信息和行踪。

李满仓的信息很快被了解清楚,但李老末一直没有遇到合适的机会。打劫李满仓的计划一直没曾实施,李满仓的生源仍和先前一样越来越多。

三年后的一天,日本人来到了舞阳,县城的国民党民团望风而逃,日本军一个小队不费吹灰之力,就占领了舞阳城。日本人占领舞阳城不久,几个日本兵到舞阳城南搜索道路,被李老末匪群捉住押到山上。李老末见了大喜:“我一直以来没有和外国人下过象棋,这次终于有机会了!”他便走到日本兵面前连声问:“会下中国象棋吗?”日本兵连连摇头。

“不会下棋还跑到中国的土地上横行霸道?”李老末当即就火了:“该

杀,把他们统统枪毙!”

有匪徒马上劝阻道:“日本人杀不得,他们的报复心理很重的!”

李老末瞪了那个匪徒一眼:“只允许他们杀我们中国人吗?我说杀就杀!”随后,就传来了几声清脆的枪响,几名鬼子全部被处决了。

几名鬼子被李老末杀掉之后,还真照应了那名匪徒的话,日本人得知后,第二天,就从舞阳周边调来了一个大队的兵力,把铁山团团围住。望着山下数不清的鬼子兵和大炮,李老末一筹莫展。这时,只听见山下传来了日本汉奸的喊话声:“李老末,你听着,皇军给你十分钟的时间,让你下山投降,否则,就用大炮把你们炸个死无全尸!”

李老末此时万念俱灰,只希望日本鬼子的炮弹快点落下来。就在这时,铁山四周响起了嘹亮冲锋号,新四军从四面八方向日军阵地冲杀过去。面对似神兵天降的新四军,日本鬼子根本来不及抵抗,早已溃不成军了,李老末趁机带领众匪冲下山去。

当李老末带着众匪来到新四军南上纵队司令陈赓面前时,都不约而同地跪了下去,异口同声地哭泣道:“谢谢新四军的救命之恩!”

陈赓笑道:“我们是打日本鬼子的,没想到倒把你们给救了,说实话,你们这些占山为王的家伙,可也是我们新四军歼灭的对象啊!”

众匪一听,便吓得两腿发软,浑身颤抖个不停。

“你们虽然是我们新四军歼灭的对象,但据我了解,你们也没做出过罪大恶极的坏事。”陈赓接着说道,“不仅如此,你们还帮着我们地下党的同志筹集了不少活动经费呢?”

“我们还帮助你们筹集活动经费?”李老末有些不相信地问。

“舞阳棋校其实就是我们地下党组织为筹集经费而开办的,但你们的‘匪道’确实给我们帮了不少的忙嘛!”

李老末等众匪听了这才恍然大悟。

陈赓率领的新四军南上后,李老末的匪群也不知了去向,不少人认为李老末参加了新四军,也有些人认为李老末解散了匪群,回家安心种地去了。但不管怎样,自建国以后,全省甚至全国每次举行的象棋比赛中,舞阳人常常夺回大奖。

(2010 年刊登于《民间文学》第 12 期)

# 离 婚（二）

24 岁那年,我和王丽结了婚。

25 岁那年我就有了离婚的念头,因为婚后,我和王丽常因一些鸡毛蒜皮的小事争吵、打斗,无休止的家庭“战争”使我感到日子的乏味和生活的疲惫。于是,我就向最疼爱我的奶奶透露了自己心里的想法。奶奶一听,就瞪大了双眼:“是真的?”

我说:“是真的!”

奶奶火了:“王丽那么好的女孩,你咋就想和她离婚呢? 若要离婚,除非让我死掉……”

我见奶奶气得浑身直哆嗦,便慌了,忙说:“奶奶,我是逗您玩的! 我真的是逗您玩的!”

奶奶就不气了,而我怕她再生气,再也不敢提“离婚”两个字了。

30 岁那年,奶奶去世了,我的心里又涌起了离婚的想法。

在乡下居住的娘,不知从何处得到的消息,竟不顾严冬的寒冷,踏着没足深的积雪,冒着鹅毛大雪,徒步走了几十里路赶了过来。娘一进门,顾不上拍打一下自己身上厚厚的雪,就急切地问:“你要和王丽离婚吗?”

我用力地点了点头。

娘顿时脸色铁青,顺手从后门拉出一把扫帚,没头没脑地冲我猛打,并愤怒地吼道:“你要和王丽离婚,我就不活了……”

看着娘伤心痛哭的样子,我于心难忍。我自小就没有爹,是娘一个人含辛茹苦地把我抚养成人的! 我说:“娘,我不离了! 我不离了还不行吗?”

娘扔掉扫帚,叹口气说:“这才是我的好儿子呀!”

35 岁那年,娘也去世了。安葬了娘,我想我终于可以离婚了。然而,正读高中的儿子得知消息,旷课赶回家来,手指着我,说:“你要是和我妈离婚,就别指望我认你这个爹!”

我无奈:“不离了,不离了!”

40 岁那年,儿子在对越自卫战中牺牲了。撕心裂肺的悲痛之后,我想自己终于可以没有顾虑地离婚了。

当我向王丽谈时,王丽死活不肯:“你要是离婚,我就死给你看!”

从此,我再也不提离婚的事了,我不能因为离婚再害条命呀!

若干年后,王丽死了,是病死的。王丽去世后,我挺着腰杆走进了婚姻介绍所。婚姻介绍所的工作人员非常热情,问了我的身体状况和择偶标准,末了竟问了一句:“您离婚了吗?”我说:“没有!”

工作人员一听傻眼了:“您没离婚,征什么婚呀?”

我说:“我没离婚,是她自己病逝的……”话没说完,我已经泪流满面——那天正好是我 85 岁的生日!

(2003 年 7 月 14 日刊登于《河南法制报》)

# 良　知

幸福县自开展“一帮一”结对子帮扶活动以来,在帮扶中涌现出的各类先进典型层出不穷;有的为帮扶对象送资金,有的为帮扶对象送技术,有的送岗位,有的还送经营场地……总之,幸福县“一帮一”结对子帮扶活动正如火如荼地开展着。报纸和电视台把“一帮一”结对子帮扶活动作为近期工作重点,大张旗鼓地进行了轰轰轰烈烈的宣传。

在这篇小说里,我要说的是幸福县县长张庆国与帮扶对象王富贵的事儿。幸福县幸福镇幸福村的王富贵在县长张庆国的帮扶下,仅用半年的时间,生活就发生了翻天覆地的大变化,实现了从一穷二白到生活富足的转变,不能不让人惊叹县长张庆国的工作力度和一心为民的思想。

作为一名新闻记者,根据领导的安排,在幸福村村主任王二歪的带领下,我走进了王富贵的家。老大远我就看到了一座漂亮的两层小洋楼,四四方方的院落围墙高筑,院子里十几个猪圈内,几十头膘肥体壮的猪,分抢着猪食,而王富贵正忙碌着用水管冲洗庭院。

我掏出采访本,坐到我面前的是一个40多岁的中年汉子,他那红红的脸上挂满了沧桑岁月的痕迹,也写满了农民的憨厚与朴实。我问,你就叫王富贵,是张县长的帮扶对象?他笑着不住地点头,算是对我问话的回答。我又问,你半年前,生活是个什么样子,现在怎么样?能谈一谈吗?王富贵一听,嘿嘿地笑了起来,说道,半年前,我是住在全村全镇乃至全县都无人住的土坯墙草房内,过着有上顿没下顿的日子,现在呢?这不,你都看到了,除了住上了小洋楼外,我还有了一万多元的存款!说着从衣袋里掏出了一个存折让我看。

我接着过存折看了看,上面果然有1.1万元。

没有张县长的帮助,就没有我王富贵的好生活,我心里由衷地感谢张县长!王富贵显得非常激动地接着说,张县长虽然不是我的亲人,但他对我胜似亲人啊!

我在采访本上记下这感人至深的话语后,又问道,你能谈一谈张县长帮扶你的具体情况吗?

具体情况……王富贵说着把目光投向了坐在他身旁的村主任王二歪的脸上。王二歪接腔道,张县长如何帮扶王富贵的经过,我全部清楚明了,我就代王富贵向记者领导汇报一下吧!说实话,张县长把王富贵作为自己的帮扶对象之后,无论工作多忙,他每月都要来到王富贵的家里,嘘寒问暖,了解他生活中的困难,帮他出谋划策,解决实际问题。当张县长得知王富贵以前学过兽医后,就拿出了自己两个月的工资3000多元。是3000元吧?王二歪转头问王富贵。王富贵说,是3000元。证实之后,王二歪接着说,张县长从自己的工资里拿出3000元帮王富贵办起了兽医院。随后,又根据王富贵会兽医的特长筹集资金1万元,帮他办起了养猪场。就这样,在张县长的帮扶下,王富贵如今富了,富得流油了!

王富贵听了王二歪的话,有些不好意思地说,村长,你咋这样说俺哩!

王二歪笑了,富贵,我说得没错啊!你现在不是富起来了嘛?说你流油不过分呀!王二歪的话惹得在场的人开怀大笑。

随后,王二歪非常认真地对我说,记者领导,像张县长这样一心为民谋取幸福的好领导,你要好好地报道报道!

采访活动结束的当天晚上,我奋笔疾书,不到一个小时,一篇题为《县长待俺胜亲人》的通讯报道就新鲜出笼了。洋洋洒洒 5000 字，我自我感觉非常良好，我感到这篇长篇报道甚至可以和我那篇新闻代表作品《张县长不是俺爹胜似俺爹》相提并论。

我正沉醉在自恋状态时，手机不合时宜地响了起来。我说，喂，你好！对方说，你好，是孙记者吧！得到肯定答复后，对方说，我是你今天上午采访的对象，幸福村的王富贵。我说，采访你的稿子，明天就发，你注意查看。王富贵迟疑了一下说，孙记者，这篇稿子你别发了，你发了，我心里一辈子也不得安宁的！为什么不发？我问。王富贵说，你今天采访时所看到和听到的都是假的！那二层小楼是村里新盖的村委大院，那些猪也是借村民家的，还有那存折，也是王二歪给我存的钱，应付你的呀！……

我顿时愣怔住了，脑子里晕乎得难受。王富贵什么时间挂断了电话我都没了印象。

第二天，领导找我讨要张县长帮扶王富贵的稿子时，我说自己把采访本搞丢了，无法写了。领导非常生气，说，这么大的事，你还这么马虎！张县长为这篇稿子的事，已打了两三次电话了。领导还说，你太令我失望了！

当天，领导又派了个记者对王富贵重新进行了采访。这是我从王富贵打来的电话中得知的。

次日，张县长帮扶王富贵发家致富的事迹就在我们的报纸上登了出来。不仅标题《一心为民张县长，群众称赞好亲人》新颖别致，而且篇幅长达万余字，更主要的是作了报纸的头版头条。

稿子刊发的当天中午，王富贵出人意料地来找我。我和王富贵在小饭店吃饭时，他突然对我说，孙记者，你帮我找个工作吧？无论什么重活脏活我都能干！我不想回家了。我问，为什么？王富贵呜咽说，张县长帮扶我的稿子发出后，村子里的老少爷们知道我作了假，非要把我骂死不可！我有啥脸再见他们呢？说着泪水竟从脸颊上流了下来。

看着王富满是泪的脸，我便后悔了，后悔吃饭时自己不该劝他喝那么多的酒。

半年后，我再见到王富贵时，他明显比以往苍老了许多。他告诉我，他那次从村子里出来后，一次也没有回过家，但他一天也没忘记过家！

# 绿 帽 子

三娃在县纸厂下岗一年后，经亲戚的推荐，找了一份工作——在家乡的小镇当投递员，负责全镇一半行政村报刊信件的投送工作。工作虽说苦点累点，收入也不太高，但三娃很知足，有工作总比没工作干强！每天天不亮三娃就急急地赶到镇邮局，分拣报刊信件，然后跨上自行车，入村进户一家一家地投送，常常要工作到晚上才能回家。

干到三个月，镇邮局就给三娃配发了一套邮政制服，从裤子到上衣，再到帽子和领带都是清一色的“绿”。同事说，这叫邮政绿。三娃穿上新配发制服的那天，别提有多高兴了，脸上堆满了笑，干起工作也特别的卖力，以前往往到天黑时才投送完的邮件，这天却破天荒地提前了三四个小时就投送得干干净净。然后，他就风风火火地往家赶。

回到家，却见家的大门紧闭，并且是由里面锁上的。三娃就好生奇怪：大白天，老婆和儿子关闭着大门干什么？三娃想着就敲起了门，但敲了很长时间院内也没有动静，三娃有些急了，就擂门，把门擂得巨响，这才听到院内老婆的应话声：“谁？谁呀？有啥事？”

“我，三娃，快开开门！”

“噢，三娃！今天咋这么早就回来了？”老婆的话显得有些慌乱：“稍、稍、稍等一、一下！”

三娃只好等，可等了很长时间，院内却没了老婆的动静。

三娃又擂门，擂得比先前更响更大了。老婆这才神色慌张、衣服凌乱地打开了院门。三娃一走进院内就责问老婆：“你在屋里干什么？这么长时间才开门？”

“我…我…我在屋里睡觉…没听到你敲门……”

听着老婆语无伦次的话语，看着老婆飘忽不定的眼神，三娃狐疑地向院子里看了看，竟然看到东墙墙头的两块砖却在地上掉着，并且墙头明显还留有他人攀爬的痕迹，他的心里不由一沉。但三娃仍不动声色地问老婆："儿子呢？儿子去哪啦？"

老婆这才有点平静地说："儿子去村西头村长家里了。"

"村长家？儿子去村长家干啥？"

老婆说："村长家开的批发部，新进了几件儿童玩具，儿子就嚷着要买，我就让他去买了。"

三娃"嗯"了一声，就迈步进了屋子，无意间发现床上杂乱无章，他的心又不由得沉了一下。他又去倒茶时，又发现茶几上的烟灰缸里一支烟还正冒着烟——三娃是不抽烟的。

正在这时，五岁的儿子推开了大门跑了进来，一见三娃的邮政自行车在院子里，就高兴地喊叫起来："爸爸，你回来了？"

三娃听到儿子的叫喊声，就急忙从屋里跑出来，迎着儿子扑了过去，一把把儿子抱在怀里，亲了又亲问道："你刚才去哪了？"

"村长不是好人！"儿子生气地说："村长刚才来咱家，说他家里的批发部新进了飞机、火车、大炮、毛毛熊等玩具，让我去买，谁知道，他是骗人的！村长的老婆说他家根本就没进！他骗人干啥？他不是好人！"

三娃听了心里又沉了一下。片刻，三娃把儿子放在地上，自己向后退了几步，笑着向儿子问道："爸穿这身衣服好看吗？"

儿子便有模有样地看了看，就拍起了小手说："爸爸这身衣服好看，像警察叔叔一样！"

三娃兴奋地说："真的吗，儿子？"

"真的！"儿子用稚嫩的语言认真地说："不过，你的帽子可没警察叔叔的好看，你的咋是个绿色的呢？"说着，就向屋里跑，边跑边喊："妈妈，你快来看，我爸竟戴了个绿帽子！"

三娃听了，火气腾起涌了上来，当即把帽子从头上抓了下来，猛地向儿子摔了过去，并大声吼道："什么绿帽子？放你娘的屁！"

正跑着的儿子听到三娃的吼叫声，顿时吓哭了扑到三娃老婆的怀里。

三娃的老婆就哄儿子："乖！不哭，不哭！"

儿子委屈地说："我只说爸戴了个绿帽子，他就骂我！"

三娃的老婆说："你爸不喜欢绿帽子！今后可别再说你爸戴绿帽子就是了！"

儿子听了，用力地点了点头，并止住了哭。

第二天一大早，三娃就起了床，洗了洗脸，就推起自行车准备向镇邮局赶，可他刚打开大门，竟无意间看到一个身影在不远处一闪，就躲到了柴垛后面。三娃内心不由一惊，就跨上自行车疾驰过去。

三娃没想到的是，躲在柴垛后面的竟是村长王二歪。王二歪突然看到三娃出现在自己的面前，一时竟手足无措起来。还是三娃先开了腔："起这么早干啥呢？"

王二歪支吾道："没事，没事，也没别的事……就是在村子里随意看一看！"

三娃说："你这个村长干得还挺尽职的呀！"说罢骑上自行车向村东头赶去。

三娃走了很远时，王二歪这才回过神来，忙问道："三娃，这么早就去上班呀？"

"嗯。"三娃应了一声，头也没回一下，一个劲地蹬着自行车。

三娃一口气蹬了二里多地的路，突然刹车停了下来，掏出一根烟，狠狠地抽，抽完后，就跨上自行车又原路折了回来。

来到家门口，三娃用手推了推门，没有推开，他就把自行车靠在院墙边，随后蹬上自行车翻进了院里。

进到院里，三娃就蹑手蹑脚地向窗户边移，临近窗户，他就听到了粗重的喘息声，还听到了喘息中夹杂着女人的问话声："你真的看着三娃上班去了？"男人喘息着说："是呀！而且我还和他说过话呢！要不，我敢过来吗？……"

三娃听出来了，说话的女人就是自己的老婆，而男人就是村主任王二歪。三娃的两手握拳握得咯咯直响，他真想一脚把房门踹开，狠狠地把这对狗男女揍上一顿，但他还是强压着心头的怒火，又轻手轻脚地翻墙离开了。

三娃没有去镇上上班，而是直接去了村子西头王二歪的家。当时，王二歪批发部大门敞开着，王二歪的老婆却在床上躺着。

三娃走进门，就喊道："嫂子，还在睡呀！"

王二歪的老婆睁开蒙眬的眼，并直起了身说："没一个人买东西，不睡觉干啥？"

三娃让王二歪的老婆给自己拿了一盒烟后问："村长人呢？"

"到镇里开会去了！"

“开什么会？去这么早？”

“据说是麦田防火工作会。”

“不会吧！”三娃故意说，“是不是又找女人鬼混去了？”

“管他呢！”王二歪的老婆叹了口气，“他就是那副德性！我也拿他没办法！”

“咋没办法呢？”三娃说，“你若想治他，可以给他戴顶绿帽子呀！看他下回还敢不敢乱来！”

“绿帽子！”王二歪的老婆笑了，“我也想过给他戴顶绿帽子，可哪个男人会找俺这样的女人呢？又老又丑的！”

“咋没人找你呀！”三娃有些兴奋地说，“我今个就找你！”说着就伸出了双臂扑向了王二歪的老婆。

王二歪的老婆一见三娃的举动，顿时就火了，伸手就是两记响亮的耳光，并大声骂道：“你以为老娘是那种女人呀！你真是瞎了你的狗眼！……”

王二歪老婆的叫骂声把躺在床上的女儿也惊醒了，这是三娃做梦也没想到的，床上竟还躺着一个人。

三娃悻悻地走了。

当天晚上，王二歪的老婆等王二歪等到10点多钟，也没见到王二歪。王二歪的老婆打他的手机却是关机，打电话给镇里，得到的回答却是“王二歪下午5点多钟就回去了！”王二歪的老婆显得很无奈。

第二天，有人在村子东头的污水沟里发现了村主任王二歪的尸体。很快，公安来了，法医也来了，经过鉴定，王二歪是醉酒后被人活活勒死的。

公安在王二歪尸体不远处，发现了一个绿色的邮政大檐帽……

（2007年刊登于《登封文学》第3期）

# 男人和女人的故事

把看了多年的黑白电视机送给了乡下的亲戚之后，男人和女人为买彩电的事很久未达成共识。

男人主张买小一点的，21 英寸就可以了，因为客厅小，彩电大了反把客厅衬得更小了；而女人却有自己的想法：左邻右舍看的都是大彩电，自己若买了小的面子上过不去，要买就买 29 英寸的。

男人是现实主义者，女人则是攀比心理在作祟。因此，男人和女人相持不下，谁也说服不了对方。争论久了，女人就有些厌倦，索性一言不发，赌气洗衣服去了。男人见状，便无事找事、无话找话地哄女人、逗女人。女人仍不言不语地干自己的活。

男人顿觉无趣，起身离家外出，临出门还深情地望了女人一眼，哀求道：咱就不能再商量商量吗？女人仍不理不睬。

女人看着男人无奈离去，心里一阵不忍，觉得自己有些残酷。女人就关掉了洗衣机，拿起存折向家电城走去，她要为男人买一台 21 英寸彩电——女人想给男人一个惊喜。

当女人推开家门时，却看见男人正在调试一台 29 英寸的彩电，而男人也看到了女人身后的那台 21 英寸彩电。

四目相对，竟然无语。男人和女人呆呆地站着，二人分明看到两台彩电变成了两颗心，瞬间融合在了一起……

（2002 年 6 月 21 日刊登于《漯河日报》）

# 离家的女人

丽和丈夫又因一点小事吵了一架。

丽和丈夫常因一些鸡毛蒜皮的小事争吵。每次争吵之后,丽总要离家出走,以此发泄心中的不满,这已成了她的习惯;而丈夫对此往往听之任之,任她走留,既不阻拦、追赶,也不找寻,也算是他的惯例。

这次自然也不例外。与以往不同的是,外面的天空下着雨,丽没带雨具,但她毫不犹豫地冲进了雨里。

雨下得很大,丽却毫不在乎,任雨点落到她的头上、脸上和身上。家庭中无休止的争吵使她感到了生活的苦累和日子的乏味。

丽漫无目的地向前走着,渐渐地,冰冷的雨水使她冷静下来。这时,她的心中突然生出一个怪异的念头:我就这样在街上继续走下去,看看有没有人给我送把伞来。要是有人给我送一把伞,我就心甘情愿地做他一回情人。丽为自己想出这样好的主意来报复令她生厌的丈夫而得意。

于是,丽就不急不躁、不紧不慢地在雨中漫步。

街上的人,不是打着伞就是披着雨衣,而且一律急匆匆地赶路。像丽这样既不打伞也不穿雨衣,一副悠然自得模样的人简直找不到第二个。这样,丽有些惹眼了。迎面而来的人一律用奇怪的眼神看她,走到很远了还时不时回过头来看。

走了几条街,丽有些失望了——从她身边走过的男人让她数都数不过来,但没有一人愿意为她送一把伞。丽觉得自己就像是动物园的狮子供游人一遍遍地观赏,却没有哪个游人敢靠近它。丽就不由得检讨起自己:是不是脸不够俊?是不是腰不够细?是不是胸不够挺?还是……这些都被她一一否定了。

丽感到自己还算得上是个漂亮的女人。很漂亮的女人居然没有男人关心?丽有点生气,便主动降低了标准:只要哪个男人对她有一句关心的话就可以了。

丽不相信自己碰不到这样的男人。也不知过了多久，丽听到一个沙哑的声音从一幢楼的檐下传来："姑娘，到这儿避一避雨吧！……"

听了这话，丽心头不由一热，泪便无声地流了下来。她满怀感激地走进了话音传来的地方……

可未等她走进檐下，自己便折头而返，因为她看到那个人是个乞丐，而且还极有可能是个精神病患者。

后来，丽和丈夫和好如初。丽就把那天的雨中故事给丈夫讲了。丈夫说道："一个人的反常举动，任何正常人都无法接受，也许，只有不正常的人才能接受。"

丽认为丈夫这次说的是对的。

（2003 年 5 月 12 日刊登于《河南法制报》）

# 习 惯

他们终于住进了新房——一所四合小院。

妻笑得合不拢嘴，儿子高兴地跳蹦着直呼自由万岁，他哼哼呀呀地唱起了小调。

一间只有十平方米的小屋他们住了几年，今天终于搬出去了，他们能不高兴！

十平方米的小屋能容得下什么，一张床、一张书桌，再加一些日常品，就占去整个空间。他和妻就在这小屋结的婚。

婚后不久，亲朋好友登门的次数就减少了，即使偶尔有客来访，进门一看，转身就走。能不走吗？连插脚的地方都没有。

为此，他心里很难受，可一个穷教书的又有什么办法！

妻感到委屈，就唠叨，他听了就烦，觉得妻不理解他。

后来，妻就痛哭流涕地骂他是窝囊废。说当初瞎了眼嫁错了，并提起没认识他以前的几个男友。

他听了便气，说自己就是窝囊废，没本事的教书匠，并说你后悔嫁错了，现在离婚也不迟。

妻听了哭得更痛，扬言一天也过不下去了……

幸好，儿子的降临才使他们的矛盾没有进一步恶化。

可是，随着儿子的逐渐长大懂事，房子的狭小问题又摆在他们的面前。

儿子睡觉很机灵，半夜三更夜深人静时，若有个风吹草动就会醒来。他和妻苦不堪言，只能细听儿子的鼾声。听着儿子睡熟的甜甜鼾声，他和妻就感到莫大的欣慰。慢慢地恢复了平静，在儿子的鼾声中进入了梦中……

改革开放的春风吹来了，他就停薪留职下了海，没日没夜，拼死拼活一年多，挣得了这所房子。他想，几年痛苦的压抑总该解脱了！

但是，住进几天后，喜悦的心情便消失了，妻绽开笑容不久的脸上又布满了忧愁。熄灯后妻便向他的怀里钻，要抱紧他，并说睡不着觉，没有儿子的鼾声有种失落感……

他下床去儿子的房间。儿子冲他吼："我已经大了，不再和你们一起睡了……"

他只好苦笑着对妻说："慢慢就习惯了！"

妻不作声，他分明看到妻的眼里亮晶晶的！

（1997 年 4 月刊登于《小小说月报》）

# 笔记体小说

# 秦 国 进

我上小学三年级时，父亲在侯集乡政府当民政助理，现在叫民政所长。上级要求民政部门开展帮扶活动，就是每年帮助一定数量的退伍军人、军烈属们实现创业和就业工作。因此，父亲很忙。

在我的记忆中，经过一两年的努力，父亲帮助了不少的退伍军人和军烈属户创办了企业，如有的开了砖厂，有的开个冷冻厂，有的开了预制厂，有的开了饭店，有的也做起了小生意。我对父亲很是崇拜。

秦国进也是我父亲帮扶的众多对象之一。

那个时候，秦国进经常出入我家里，和我父亲谈他的目标和打算，而更多的时候醉醺醺地来家里找到我父亲，胡言乱语一番后，在我父亲的劝阻下才极不情愿地离去。

有一次，喝醉酒的秦国进被我父亲劝走后，父亲向娘说起了他的情况，我无意间，才知道他过去的历史。

秦国进当兵是在西藏，当了八年的汽车兵。他当兵回来时，正逢国家倡导"让一部分人先富起来"，家人劝他到单位找个工作，干他的老本行，就是开汽车。他执意不从，购了一个三轮车，搞起了拉客运输，起点是侯集，终点是舞阳。

那时候，客运车辆很少，生意自然好做。

没过几年的时间，秦国进就发了，很快就买了一个少林中巴车，他踌躇满志，并准备着大干一番。可没想到第一天出车，就出了事故，他把一路人逼进了路边的深沟里，所幸没有造成伤亡。又过了几天，他把自己的新中巴却开进了路沟内。

接连发生了两件事故，有人对他的驾驶技术产生了怀疑，觉得他开汽车的水平不如开三轮的水平高。而秦国进对此却不以为然，说自己在青藏高原跑了七八年的车，有时候能闭着眼睛开车，从来没发生过事故，技术水平绝对是一流的！

然而，他的话音刚落下没多久，事故再次发生了——他开的中巴与一辆拉客的三轮车相撞，结果造成了一死两伤的惨剧。

本来，新购的少林中巴车，秦国进都借了亲戚朋友的不少钱，这一下，他把中巴车卖掉，把家里值钱的东西一概卖掉之后，又借了不少钱才算平了事。一时间，秦国进也由过去的富裕户成了欠账户，其心理的伤害可想而知，更主要的是，此时老婆也离他而去，这对他来说，又无疑是雪上加霜的打击。于是，他整天与酒为伴，与醉为伍，醉生梦死，不思进取了。

这件事故发生之后，有人给他进行了总结，认为车祸发生不是偶然而是必然，因为秦国进在青藏高原上开车，高原上地域广阔，车少人稀，自然可以闭眼开车，而在内地，车多人多，习惯了闭眼开车的他不出事才怪呢！

因为是退伍兵，是民政部门的服务对象，我父亲觉得有责任去帮助他。

一蹶不振的秦国进在我父亲的帮助下，在侯集街上开了第一家修车铺。开始，他还十分注意改正自己的恶习，生意还不错，每天的收入除去吃喝外还有盈余，后来，就又恢复了旧态，每天早起就喝酒，而且不喝醉不罢休。

据我父亲讲，有一次他的自行车胎放了炮，推给了秦国进，没想到这一推，就是一周的时间才把他的车胎补上。我父亲的自行车都让他修理了七天时间，别人的自行车修理时间之长，就可想而知了。加之，随后又有几家修车铺的接连出现，秦国进的生意很快就冷清下来了。

我父亲觉得这样下去，也不是办法，就动员娘给秦国进介绍个对象，以便收收他的心，改改他的坏毛病。

娘也不负我父亲托付，很快就给他找到了一个对象，是一个寡妇。俩人一见面，都觉得挺适合的，一来二去，就准备结婚。

让人没有想到的是，女方的三个儿子竟然不同意这门亲事。我父亲和我娘轮番上阵，三番五次对女方的子女做工作，做来做去，才知道船在哪歪着呢——女方子女提出，只要秦国进帮他们兄弟三个盖三所平房，便同意自己的娘嫁给他。

秦国进哪里有钱，这次喝酒，竟醉了两天时间，婚事自然没成。

此时的秦国进已有50岁了，越发对酒依赖，我父亲就用民政上的无息贷款帮他开了一个代销店。因为位置比较好，生意还说得过去。可秦国进在没开代销店时，喝酒还要出去买，有了这个代销店之后，秦国进大门不出就能过上酒瘾。

秦国进开代销店的时候，我已经上了初中。那次，我父亲和娘下乡去了，我就去秦国进的代销店买吃的，他随手递给我一袋饼干，说是非常好吃。我打开时，发现里面有虫子在爬动，就忙叫他："国进叔，饼干里咋有虫子呢？"

秦国进接过我递上的饼干，只看了一眼，用手拿起虫子没有丝毫的犹豫就放到嘴里咀嚼了一下说："不是虫子，是饼干！"

当时，我恶心得不行，可面对秦国建的"从容"，我只好掏钱买了饼干。走出他的代销店，我把饼干狠狠地摔进了路边的深沟里，心里暗暗地发誓，我再也不到他的店里去买东西了。

后来，我当兵去了四川。三年期满，回来时，父亲说秦国进死了，死在麻将桌上。说他感冒后，高烧40多度，别人都劝他上医院，他却不以为意，在烧到第四天头上时仍坚持打麻将，一头栽在了麻将桌下，死了。

我父亲还说，乡民政上给他发有退伍军人优抚款，每月有100多块钱，他不缺钱，为什么就不上医院呢？

爹不明白，我更弄不明白！

（2014年刊登于《天下客家》第2期）

# 七　叔

在上世纪七十年代，我们村里唯一的一辆自行车是七叔家的。

说是七叔家的自行车并不那么准确，这辆自行车不是七叔买的。当时，七叔是村里的赤脚医生，并且负责周边五六个村的医疗工作，所以，为了方便他行医，公社就给他配了一辆自行车。

七叔这辆姓"公"的自行车，没有铃、没有闸、没有瓦子也没有了牌子，只有车轮子和车架子。从来没有见过自行车的村民，还以为自行车就是这个样子的，并且还为它的快捷和方便而称道。

七叔这辆自行车除了他给人看病时骑，其余的时间就归二孬骑。二孬是七叔的儿子，比我大不了几岁，大约十来岁的样子。但二孬比我懂得多，比如，骑自行车时一定不能穿拖鞋，穿拖鞋就刹不住自行车；下坡时，骑自行车特别的省劲，等等。

因此，我特别崇拜二孬。没事时就找他玩，他也喜欢骑着自行车带着我满村子的转悠。

时至今日，想起二孬在村子里骑自行车的情景就像是昨天一样，在脑海中不断地闪现——老大远看到前面有人，二孬就扯着喉咙喊："自行车来了，自行车来了！"很快到跟前，见前面的人没动，就慌了神，把鞋伸到前车轮子上一踩，瞬间，自行车就向一侧倒下了。他双脚着地，本想撑着自行车，可因后座上有我，他支撑不住就撒手躲到了一边，而我却随自行车重重地摔倒地地上。

我拍拍身上的土，不顾身体的疼痛，站起来就骂："二孬最孬！"二孬见我狼狈的样子，却哈哈大笑。笑过之后，骑着自行车仍带着我，满村子的转悠。

二孬带着我不仅在村里转悠，有时还去公社。记得当时，我们村归北舞渡公社管辖。当七叔给人看病脱不开身时，就让二孬骑自行车去公社买盐、醋之类的日常必需品。

公社可比村子里的人多，为了避免摔倒事件的发生。我和二孬提前约定好了，只要听到二孬喊"跳"时，我就从自行车后座上跳下去，然后，他就用脚刹住自行车。

记得一次，去北舞渡买了醋返回，骑到一个十字路口时，人特别的多，二孬又骑得特别快。他喊过"跳"之后我就跳了下去，而他用脚刹车时却没有刹住，自行车就向人群中冲了过去，路上的人见此纷纷躲让，二孬此时也慌得不知所措。

只见自行车向着一个棵碗口粗的桐树撞了过去。路上的人包括我都为二歪捏把汗，让人没有想到的是，到了桐树跟前，二孬左手扶车把，右手一把抱住了桐树，自行车稳稳当当地停了下来。

惊慌失措的二孬又哈哈笑道："原来，不用脚也可以刹车呀！"从此，二孬再骑自行车，遇到有树时就不用脚了，用手臂来抱树了。

可是，没过多长时间，公社改为了乡，并为各村都培训了赤脚医生，七叔再也不用到邻村去看病了，乡里就把这辆自行车就收走了。

自行车被推车的那天，二孬哭得很伤心。

七叔心疼自己的儿子，就答应给二孬买一辆新的自行车，二孬才破涕为笑了。其实，七叔生养了五个子女，前四个都是女孩，二孬是唯一的男孩，对他疼爱有加自然也是情理之中的事了。

七叔把一辆崭新的凤凰自行车买回来时，别提二孬多高兴了，就跃跃欲试。七叔看出了他的心思，就提出一篮子鸡蛋让他到北渡乡去卖掉。

二孬高兴坏了，当即叫上我骑着新自行车就出发了。一路上，他又唱又笑的，时而一手掌把，时而又双手撒把，真像一只欢快的小鸟一般。

出了村子没多远，就是一个大坡地，有几里长，开始二孬还洋洋得意，说骑自行车时碰到下坡最省力，为了炫耀自己的车技，还把我手里提的鸡蛋篮要了过去，一手提着鸡蛋篮，一手扶着把手，任由自行车滑行。

突然，前面的路上出现了一群羊，把路堵了个严实。眼看就到跟前时，二孬就伸脚踩轮子，可没想到，新自行车有挡泥瓦，脚根本伸不进去踩前轮了。

二孬歇斯底里地叫："这下完了，这下一篮子鸡蛋非打碎不可！"坐在后座的我发现了情况之后，就急忙跳下来，拽住了自行车。

有惊无险之后，二孬再也不敢骑这辆骑自行车了。原因自然简单，新自行车没法刹车。

就这样，从村到北舞渡十几里路程，我们一路推着自行车去的。卖了鸡蛋，回来我们仍垂头丧气推着，快到家时，二孬无意间捏了一下自行车大把下面的小把，发现车子竟停住了。

他恍然大悟过来：原以为自行车都是靠脚踩车轮的，谁知道自行车还有闸呢？

说着，兴高采烈地让我坐上车，疯一般的往家骑去。

再说，七叔自从有了这个新自行车，村民借车外出的络绎不绝，有赶集赶会的，也有相亲娶妻的。不借吧，都是村里的老少爷们，面子上过不去；借吧，他真的心疼自己的自行车。

无奈之下，他真的想了很多办法：一是给自行车放气，说是车胎扎住了，可来人推起来就走，说是帮助补胎再骑。二是卸轮子，可来人帮着就把轮子装上了。三是只说车子坏了，不说具体原因，但来人却说自行车哪坏就修哪……总之，七叔想了很多办法，但都没有奏效。

直到最后，七叔苦思冥想之后，忍痛把自行车上的左大把用钢锯锯掉了,只剩下一个车把时,才没有人来借自行车骑了。原因有两个,一个是,一个把的自行车外观不好看,相亲娶妻影响形象。再个说,好多村民很少骑自行车,自然他们的车技还达不到一个手能骑自行车的地步。

也从那时起,七叔就被村民称叫为“一把手”。直到现在,村民仍在叫着,而好多年轻的后生自然不知道七叔这个“一把手”的由来了。

(2013 年刊登于《天下客家》第 2 期)

# 二　姑

在我父亲的五个兄弟姐妹中间,父亲排行老大,二姑排行老三。直到今天我也弄不明白,为什么排行老三的她,被称为二姑。

二姑出生在那个“一日三变天”的年代。所谓“一日三变天”,就是指,早上时还属于国统区的地方,中午变成了沦陷区,晚上又成了“匪区”……

那个时候,尽管战火纷飞,天无宁日,但所有的学校还是照样开学授课。二姑和我父亲一样,从小学、初中,一直上到了北舞渡高中,她也成为我们村里唯一的一名女高中生。

说实话,在父亲的五个兄弟姐妹之中,父亲作为家庭之中唯一的男孩,受到的宠爱自然要多些。就拿上学这件事来说,大姑和三姑上了小学,四姑也只上到初中,能和我父亲一起上了高中的,只有我二姑一个人了。

据我父亲说,由于家里子女多,经济紧张,生活困难,家里给二姑规定上学的时间,最多也就是初中毕业。可二姑喜欢学习,成绩优秀,最后以全公社第五名的成绩考上了北舞渡高中。

家里人不让她上高中,二姑竟一气之下跳了坑。“坑”是我们这里的方言用语,就是池塘的意思,若再大一些,就该叫湖了。

二姑跳坑,所幸被我爷爷及时发现并救了出来,这下,家里人才摸清二姑上学的决心,就只好紧缩开支,咬牙供应。

二姑上了三年高中，国家已经开始采取保送生政策。也就是说，不管你学习成绩如何，只要村里同意，公社同意，没有政治问题，你就可以上大学。好像有种不看分数，看品德的录取形式，似乎与古代举孝廉类似，与现在高考形式截然相反。自然，成绩一直很好的二姑，一下子没有了丝毫的优势。当然，这些二姑是不知道的。

当时，村里只有三个高中毕业生，上级分配的名额只有一个，可以看得出，竞争并不激烈，但结果却十分残酷。村里开会研究的时候，不少人支持二姑上大学，但支部书记却以大局为重，以谁家的条件最差作为保送对象的唯一标准，还发表了“女孩总归要嫁人”“嫁出去的女孩泼出去的水”之类的言论。

二姑兄妹五个，家庭当然困难，可比弟兄九个的条件自然要好，最终二姑败北。

这个时候，二姑还以为自己的成绩好，满心满意地在等待着录取通知书呢！我的父亲此时已经是部队的军官，可能对二姑因上高中而跳过坑记忆深刻，因此，对二姑的脾气很是担心，就以部队的名誉和自己的口吻给村里写了一封信，大意就是若自己的妹子不能保送上大学的话，千万不能告诉她实情，以避免她有不良的举行。

据说，当时部队对地方的影响力是很大的，村子里拿到这封信之后，十分的重视，还专门召开了全体党员会，要大家一定要做好保密工作，坚持避免自己和家属泄漏。

就这样，全体村民都知道二姑没被保送上大学，只有二姑自己不知道。很快，一年过去了，二年过去了，三年过去，四年过去了，二姑仍很耐心地等待着保送大学的录取通知书。

第五年头上，国家又恢复了高考制度，此时的二姑才知道全村人都骗了自己，而此时二姑已经没有了高考的情怀。

在这五年期间，比她年龄小的三姑和四姑都出嫁了，只有她为了上她心中的大学，拒绝了所有上门提亲的，尽管不少年轻小伙都是十分优秀的。

而此时的二姑，早已是大龄青年了，心灰意冷的她很随便地找一男人嫁了，婚后，接连生了两个女儿，为了生活，她还当过公社宣传队宣传员、民办教师，也做过假烟。

我当兵第二年探亲回部队给战友捎的烟，就是二姑做的假“喜梅”，真喜梅与假喜梅没什么两样，根本吸不出来。不过假的终归是假的，最终还是被取缔了。

计划生育工作高潮期，二姑为了要一个男孩，就整天东躲西藏，最终还被做了人流手术，七八个月大的男孩被做掉之后，姑夫十分伤心，后来就病死了。二姑也没再嫁人，一心一意地把两个女儿拉扯长大成人。

现在，二姑居无定所，时而在大女儿家，时而在二女儿家，为她们带孩子，当保姆，度日子，过生活。

我可能随着年龄的增长的缘故，时不时地想起二姑，想起年轻时的二姑，想起她作为我们村唯一的女高中生，当年胸怀大志的她，意气风发、踌躇满志、指点江山、激扬文字的模样……

前段时间，我和父亲又聊起了二姑，说："二姑这一生命运十分坎坷，关键点就是你不该写那封信，让全村人都骗二姑，浪费了她五年的青春年华，要不，她不会一蹶不振的！"

父亲说："不仅你认为我写了那封信，全村人也都认为我写了那封信，其实，我根本没有写！再说，那个年代，部队是不允许个人以部队的名誉给地方写信的！"

"你没写，为什么村里人说你写了呢？"

父亲茫然地摇了摇头。

不是父亲，那会是谁呢？谁打着我父亲的旗号写了那封信呢？是爷爷？是奶奶？是大姑？还是别有用心的人？……现在，我已经不得而知了，但二姑的五年青春毕竟一去不复返了，一个人一生中，会有几个五年呢?!

（2014 年 2 月 20 日刊登于《漯河日报》）

# 朱 大 勇

朱大勇不止一次对我说，他最讨厌也最看不起的是那种朝三暮四、水性杨花的女人。

我知道，朱大勇说这番话时，一定看到了或想到了一个叫杏仁的女人。

杏仁、朱大勇和我在同一个单位，我们的年龄不相上下，但我和朱大勇与杏仁交往很淡，而且朱大勇非常讨厌杏仁，暗地里没少骂她是人渣，是婊子，而杏仁对我俩也不屑一顾。

杏仁是单位公认的美女；苗条的身材，修长的腿，一双会说话的大眼睛，还有漂亮的脸蛋上那两个迷人的酒窝窝，不知道勾走了多少男人的魂。

然而，就这样的一个可人的女人，竟背着自己的丈夫搞起了婚外情，并且对象还不少。和杏仁有暧昧关系的男人大都比她大上许多，别的单位我就不知道了，但我们单位就有两个，一个比她大七八岁，而另一个比她的年龄几乎要大一倍了。

杏仁的这些绯闻，大都是朱大勇告诉我的。朱大勇还告诉我，杏仁之所以喜欢大龄男人，是她自小没了父亲，缺少父爱造成的"恋父情结"的结果。大勇说这话时，牙齿咬得吱吱作响。

朱大勇之所以恼恨杏仁，并不是因杏仁对他的不屑，而是因为杏仁的丈夫王小力。王小力和朱大勇是战友，他俩同时入伍，同时下连队，同时分配到一个班，又同时退伍回到了地方。正因为上面的那么多同时，使得朱大勇与王小力的关系非常的铁。因此，朱大勇对杏仁给自己的战友戴绿帽子表现出了极大的愤慨，同时，对王小力的不可理喻的做法感到失望。

那次，王小力出差，说是一个星期才能回来。因为事情办得比较顺利，就提前回了家。一进家，就看见杏仁和一个男人在自家的床上喘息着。当时，王小力二话没说转身就走了，使得床上的那对男女愣怔了老半天，也没想出个所以然来。

朱大勇得知这件事后，就恼恨地动员王小力狠狠地揍杏仁一顿，并说，对这种朝三暮四、水性杨花的女人，只有打断她一条腿或一条胳膊才能解恨。王小力听后只是苦笑了一下，仍一个人住在单位。事后，杏仁一连去了小力的单位几趟，并保证今后不再做对不起他的事，王小力这才同杏仁回了家。

这样的处理结果，让朱大勇感到窝火，他把王小力大骂了一顿，说他不是男人，是窝囊废，连猪狗都不如的东西，然后拂袖而去。

半年后，朱大勇在单位的办公室竟撞见杏仁和一个陌生男人滚动在沙发上。朱大勇再次动员王小力揍杏仁后再去离婚，但王小力只和杏仁办理了离婚手续，并没有动她一个指头。这越发使朱大勇对杏仁更加厌恶，也越发为王小力感到不平衡，他总想找个机会，好好地整治整治这个对婚姻不负责任的女人。

机会终于来了。年底前，单位对全体人员的岗位进行了大范围的调整，杏仁被调到了朱大勇所负责的科室。朱大勇得知消息，兴奋地对我说，这个婊子终于落到了我的手里！咱骑驴看唱本——走着瞧，今后有她的好果吃的！

杏仁到朱大勇所在的科室上班的第一天就迟到了，当时，朱大勇非常夸张地抬腕看看表，面无表情地说，整整迟到了十分钟！杏仁说，昨晚上睡得晚了。朱大勇讥笑道，是不是和老男人约会，乐不思蜀，忘了时间?！杏仁脸红了一下，笑道，这可是我的私事，你无权过问。朱大勇听了，火了，一脸正色地吼道，你昨晚上和十个老男人一起睡觉，我都管不了，但你迟到我就要管！杏仁的身子抖了几抖后，最终哇的一声哭出声来……

当朱大勇眉飞色舞地把第一次整治杏仁的经过向我叙述后，又狠狠地说，你放心吧，好戏还在后头呢！

不久，单位组织人员外出旅游，为了不影响工作，采用分批分期外出的办法。本来，朱大勇和杏仁不在一批，单位的领导考虑到家里的工作，就把他俩分到了一批。朱大勇和杏仁是第一批，出去了半个月，我是第二批，也出去了半个月。因此，我和朱大勇一个月没有见面。

一个月后，我们再面时，朱大勇没像以往那样大骂杏仁。可提起杏仁，他非常深沉地只说了一句令我费解的话：我以前对杏仁是不是有些过分了？

没过多长时间，我才知道朱大勇说这话时的心境了。

那天晚上，妻子上完夜班回来时我已睡了。她一进家门就心急火燎地把我推醒，一脸奋地说，你猜我刚才在路上碰到谁了？我睡意沉沉地说，谁呀？妻子得意洋洋地说，是朱大勇和杏仁。这么晚了，他俩还手挽手、亲密无间地逛大街哪！我顿时睡意全无，对她责备道，别瞎说了，你一定是看错人了。妻子说，朱大勇今天是不是穿了一套蓝西装？我说是。妻子说，杏仁是不是穿了一件青色的夹克？我说是。妻子说，这不就说明我没看错人吗？

妻子虽然说得有鼻子有眼的，但我却根本不相信她的话。因为，我觉得我太了解朱大勇的为人了。

事后没过多久的一天，朱大勇对我说他想和妻子离婚。我问他为什么，他说他爱上了一个女人，并说这个女人是杏仁。我的嘴顿时张成了O状。

很快，朱大勇就和妻子离了婚，大勇是否与杏仁结婚，我就不知道了，因为工作原因，我和妻子同时调往了外地。

# 德　婶

德婶的家离我们家很近，大概也就是百十米的样子。也许是因为无亲无故或者是别的什么原因，我们两家上辈人来往很稀。直到我上了小学时，因和她的三儿子是同班同学的缘故，我才第一次近距离地见到了德婶。

德婶身体修长，眉清目秀，往往是与人见面后，先微笑再说话，虽然话语不多，但总能说到点子上。加之，德婶没有农村女人的泼辣，却拥有着城里女人的矜持，因此，在村子里口碑很好。

在我幼时的记忆当中，德婶很少出门，她总是很喜欢或者说是很乐意在自家的院子里忙碌，比如洗衣做饭、养猪喂鸡，还比如种花养草。种花养草对于当时的农村人来说，可以说是奢侈的爱好，但一到春夏季节，德婶家的院子里出现生机盎然，一派繁花似锦的场面时，村里人都为德婶的爱好而叹服。

德婶的大名很文雅，叫李秀云。据说，她是我们村子里唯一的上过高中的媳妇，当时的高中生，可比现在的大学生要稀少得多，而女高中生更是凤毛麟角。德婶之所以嫁给了只上过小学的柴德山当媳妇，主要是看中了他的"聪明"。

要说柴德山——德叔的"聪明"，自然是有不少的例子要举的，比如他驯猴有术。为了得到一只猴子，德叔独自一人去了舞阳县城南的铁山，早上去晚上就回来了，空手去，回来时他的蛇皮袋里就多出了一个活蹦乱跳的猴娃。

德叔是如何赤手空拳在高山密林之间捉到猴子的，已经鲜为人知了。而村里人所看到的是，猴子在德叔的口令下，能够翻腾跳跃，能够鞠躬作揖，还能够攀上槐树和榆树，折下一枝又一枝的槐花和榆钱，让德叔的家人们饱餐一顿。而德叔在改革开放之后，第一个承包了生产队的池塘，他也是我们村子里第一个能买机动三轮车的人。

也许是因为德叔的“聪明”，德婶自然也就享受到了农村女人所享受不到的待遇，这种待遇主要体现在德婶从来没有进过田入过地。这粗活累活的劳作，我一次也没有见到德婶干过。

德叔在外奔波，德婶在家操持家务，仿佛迎合了中国传统的家庭生活方式，而在当时的人看来，就有些不合时宜了。

德婶家这种男主外女主内的生活方式，是在上世纪八十年代，就是改革开放初期被打破的。原因很简单，就是德叔死了。德叔的死是因为他买了一部奔马牌机动三轮车，做起了拉客的生意，线路是章化至舞阳，一天下来挣个三五十元，让德叔很是知足。

我记得，我曾坐过德叔的机动三轮车，三轮车上的柴油机“砰砰砰”地响，噪音很大，车厢上面罩了一个帆布篷，车厢内靠车体设置着三块木板，就算是座位了。加上当时没有“村村通”“户户连”什么的，路况很差，坑洼成片，坐车如坐船一般，左右晃动的幅度大了，让人有种翻江倒海想吐的感觉。

我坐德叔的车是到章化上学的，临下车我掏出了一元钱，让他找零，当时的车费是五毛钱。德叔见了就骂道：“兔崽子！上了几天学，长精细了！”然后，把手一挥：“哪远，滚哪去！我给你说兔崽子，你要是真过意不去，改天让你爹请我喝酒就行！”说着，三轮车就“砰砰砰”地跑远了。

说起德叔的酒量，那可是十里八村出了名的。据说，有人家请他陪客，一个酒桌八个人，他能喝倒七个人，自然也包括和他一起的副主陪，只有他安然无恙，随后，他还能赴二宴。德叔的酒量有多大，有人说他能喝二斤，有人说三斤，还有人说是五斤，到底能喝多少，没人能说得清。

村子里无论谁家办事，红事也好白事也罢，都希望把德叔请去陪客，能请动德叔已经成为村民的荣耀。当然，德叔从没有让主家失望过。

但这一次，却是个例外。这一次是村支书请的他，客人是乡里的民政助理，也是个喝酒“悍将”。包括支书，外加一个副陪，总共才四个人却喝了一件白酒。当时的一件不是六瓶装，是十瓶，是很流行的鹿邑大曲。如今，这种酒已经很少见到了。

白酒喝完了，民政助理觉得不过瘾，就建议喝啤酒。两件啤酒喝完，人就散去了。可德婶在家等了一夜也没有等来德叔。

德婶疯找了两天也没找到，直到第三天，厚厚的积雪融化成水时，德婶才在新庄和老庄之间的深沟里，找到了被机动三轮压在下面的德叔。

事后，有人总结，喝酒时，白酒和啤酒不能掺着喝，最容易让人醉，要不这么能喝的德叔就不会出事了。是真是假,我也不敢妄论。

德叔死了,但德婶的日子还是要过下去的。有人劝德婶改嫁,德婶也想改嫁,可三个男孩一个女孩跟着德婶,让数不清的男人们望而却步,最终德婶也没让自己嫁出去。

德叔死的时候,德婶的大儿子已经快二十岁,二儿子也十七八岁了,三儿子也十四五岁。在当时的农村,甚至包括现在的农村,十七八岁就已经是定亲的年龄了。德叔活着的时候,提亲的络绎不绝,德婶以孩子太小为由,统统地拒绝了。而现在,德叔死了之后,德婶想给儿子定亲了,竟没有一个为她的儿子提亲,这让她很是发愁。

这个时候,上级提出了"十万大军下江南,十万农户种蘑菇"的富民目标。其实,这句口号很好理解,就是号召年轻人去南方打工,不能打工的人在家种蘑菇致富。

德婶毫不犹豫地让三个儿子全都去了南方,从这以后,德婶家的汇款单就如流水般从没断过。我都亲见过一次,邮递员把车铃摇得全村子都听得见,接着便是邮政员的叫喊声:"李秀云拿手章来,你儿子给你汇来了2000元。"

那时间的2000元对于农民来说,可是个天文数字。

从这以后,德婶家就热闹起来了,村民手头一紧,就往德婶家跑,三十五十的,三百五百的,只要一张口,德婶从不拒绝,而且借的时间长短,她也从不讨要。据德婶自己透露,借钱最多的一天,她竟借出上千元,有的村民借钱长达两年多也没还。

就这样,德婶的名声越来越好。好得又如德叔活着的时间——上门提亲者如借钱的一样多了。也就是两三年的时间,德婶给三个儿子盖了三所大瓦房,并为他们相继办了婚事。

也是德婶第三个儿子办过婚事不久的一天晚上,她把三个儿子全部召集在一起,开了一个家庭会。说是家庭会,其实就是贷款分配方案。

德婶详细地例举了这么多年来,她在弟弟所在的信用社使用贷款的数目情况,当前,已经累计达到六万元。最后,以每人两万元平摊在三个儿子的身上。

德婶使用贷款来充富,是在她的第三个儿子的女儿出生之后,村民才得到准确的消息。对此,人们对德婶褒奖不一。但村子里没有娶上媳妇的光棍汉的父母亲们,也包括我二伯,再见到德婶时,总是有种酸楚的感觉!

# 柴 建 立

在我的十多名堂兄弟之中，柴建立排行老大，我排名老末，因此，他比我大了将近20岁。我和柴建立是一个太爷，是没出五服的堂兄弟，血缘关系还是比较亲的。

柴建立是我大伯的儿子，他的父亲也是我父辈堂兄弟中的老大，我父亲排行老二。

父亲说，我堂兄的父亲，也就是我大伯，在堂兄建立8岁那年就得重症去世了，丢下了我大母和堂兄孤儿寡母相依为命。

没有男人的家庭，他们的生活就可想而知了，自然，日子过得十分的艰辛。

堂兄到"男大当婚"的年龄时，却没有一个姑娘愿意嫁给他。这不仅愁坏了大母也愁坏了我的父母亲。作为父辈堂兄弟中的老二，没有了老大，父亲觉得有责任和义务来承担起对后辈的照顾。

父亲张罗着为堂兄找媳妇，也动员母亲给堂兄找媳妇，虽然父母亲费了九牛二虎之力，也没有哪个姑娘愿意嫁过来。原因只有一个，那就是堂兄家穷。

就这样，父母亲给堂兄找媳妇找了十多年也没有找来，眼看着堂兄要过35岁了，父亲着了急。

当时，父亲在舞阳县城南的铁山水泥厂上班，因为忙于工作，很少回家。一次，母亲领着初中刚毕业的三姐去看望父亲，父亲只看了一眼三姐就欢喜起来。当天晚上，他就给母亲做工作，想让三姐给堂兄建立换个媳妇。那个时候，农村流行换亲，就是双方有儿有女的，进行亲上加亲的交易，这一方男的娶另一方女的，而另一方男的也娶这一方女的。

开始母亲不同意，后来在父亲的劝说下最终同意了。

三姐在不知情的情况下，我父母亲就着手开始了换亲交易，很快就在铁山附近的村子里找到了一户人家。

当那个男人挑着礼物领着他的妹妹来到我家求婚时,我的父母、我的大母和堂兄建立都高兴万分,只有我三姐看了一眼那个又矮又驼背的男人一眼,就默不作声地出了家门。

三姐出门后径直迈进了我家门前的大坑里,大坑里的水虽然不深,但淤泥很厚。幸亏,那些年我痴迷上了小说创作,自下学后什么事也不干,天天看书、写小说。那天,我正在大坑附近看小说,猛然发现三姐跳进了坑里,心里感觉到不太对劲,就丢下手中的书也跳进了大坑……

当三姐醒来时,大母拉着堂兄建立的手一齐跪到我父母亲面前,泣不成声:“弟弟,弟妹,你们俩的心意我做嫂子的领了……可手心手背都是肉哇!……”说罢,头也不回地离开了我家。

主角离席,换亲自然黄了。但我父亲总觉得对不住我大母和我堂兄建立。

堂兄建立到了四十岁的那年,一直在外跑动的王二歪回到了村里,还带回一个云南的姑娘,并放出风说:“只要给 2000 元钱,这姑娘就可以给谁做媳妇!”

父亲得知后,就取了 2000 元钱给了王二歪。第二天,云南姑娘成了堂兄的媳妇,而到了第二年,这个叫云彩的姑娘还给堂兄生了一个大胖小子。

娶了媳妇,还有了儿子,堂兄建立十分的知足,但媳妇云彩却不知足,说:“你想让咱的儿子长大也受穷啊!趁现在还年轻,应外出打工多挣钱,免得儿子长大了也找不来媳妇!”

这些话还真打动了堂兄,他二话没说就去了广州。第一年,堂兄就寄回了 5000 块钱,乐得我大母合不拢嘴,第二年,堂兄又寄回了 1 万块钱,大母更乐。我却倒了霉,成了我父母斥责的对象,说我不务正业,整天只知道写小说,若再写下去非走堂兄的老路不可——花钱买媳妇。

第三年,堂兄又寄回了 1 万元。这次,大母却怎么也高兴不起来了。并接连给堂兄打电话,催他回来。堂兄本想再挣一年的钱之后,回来时把瓦房推倒盖上楼房,可在大母的急切催促下,人很快就回来了。

堂兄回来的当天晚上,他们家里就传出了撕心裂肺的哭叫声,是堂兄媳妇云彩的声音。然而,第二天一大早,堂兄就抱着儿子满村子地喊叫:“云彩,你回来吧!我再也不打你啦!你咋能丢下儿子不管呢?……”

一天过去了,两天过去了,一个月过去了,村里人再也没有见到彩云,等来的却是大母上吊自杀的消息。

大母死后，村里人才知道云彩是被堂兄打跑的。原因是，大母无意间，发现云彩与村里的一个光棍汉勾搭在了一起，心里十分的难受，专门让儿子回来捉奸。没想到，儿媳竟被打跑了，又看着儿子那失魂落魄的样子，心里感到愧疚，就寻了短见。

母亲死了，媳妇跑了，堂兄只能一个人带着儿子过日子。村里人都觉得大母把这件事做错了，千不该万不该把儿媳妇偷情的事告诉自己的儿子，要不，这美满幸福的家庭咋就说完就完了呢？

没过多久，堂兄带着儿子离开了村子。去了哪里，没人知道。只剩下他的三间旧瓦房，在村人众多楼房的陪衬下，显得格外的刺眼！

后来，我发了不少的小说作品，就小有名气，被一个单位看中去了县城。从此，再也没有听到堂兄的消息。

现在，20年已经过去了。前不久，当我得知堂兄带着儿子和媳妇云彩一同回到村子时，我第一个反应就是：大母死得太不值得了！

（2013年刊登于《天下客家》第4期）

# 煤 球 王

煤球王，是卖煤球的，姓王叫王大财。煤球王的意思，就是王姓的卖煤球人，别无他意。

煤球王的年龄和我爹不相上下，七十靠上了。他爹妈一连生了四个女孩后，第五个才生下了他。从他四个姐姐的名字上，就可以看出爹妈对他的疼爱和希望：大姐招娣，二姐再招，三姐还招，四姐叫四（死）招，最终把他招来了。因孩子多，张嘴吃饭的多，干活下力的少，家里自然穷。穷则思变，爹妈希望他的降临，给这个穷困的家庭带来财运，就起了大财的名字。

其实，王大财的降临并没有给这个贫困的家庭带来财运。王大财到了男大当婚的年龄，竟没有一个女人愿嫁给他做老婆。爹妈一急之下，只得采取了那时候农村惯用的方法——换亲。换亲就是一方有男孩和女孩，另一方也有男孩和女孩，双方男孩和女孩的年龄也相仿，就让一方的男孩娶另一方的女孩，一方的女孩嫁另一方的男孩。双方若感到不吃亏，这亲上加亲、喜上加喜的婚事也就成了。实际上，换亲对双方来说都是无奈之举，是没办法中的办法。

王大财就是靠四姐嫁给了一个男人，才娶了人家的妹妹做老婆的。

改革开放以后，王大财看着村里的不少年轻人纷纷去了南方，两三年的时间，家里的草房变成了瓦房、平房甚至楼房，很让他羡慕，他也想去南方挣钱。

跟爹妈一说，两位老人坚决不同意。原因只有一条，不放心。说是身在异地他乡，无亲无故的，出了什么事也无人能帮助他。说实话，即使在家，发生了什么事情，年迈的爹妈又能帮他什么呢？无奈之下，王大财就去了县城，拉起板车卖起了煤球。一天下来，收入个十块八块的贴补家用，倒也让他知足。

王大财卖煤球，诚实守信，他允许你试烧。

你烧过以后觉得好，他就给你卸些煤球，多少不限；若觉得不好，他拉起板车就走，毫无不悦之情。而且，给谁家卸了煤球多少块，估计到什么时候烧完，他都做到心中有数，到了时间不等主家找他，他就找上门来了，使主家感到省心。这也给王大财赚取了不少客户和口碑，使不少人点名要烧煤球王的煤球。这样一来，王大财的业务量也就大了。

业务量一大，王大财的脑子就不够使了。

不够使了，他只好买来了本和笔，也做起了记录。

王大财没上过学，斗大的字不识一筐，他怎么记呢？他单独地创立了自己的“象形文字”——只有他自己明白的文字。比如，电业局家属楼2单元2户，今天卸煤球500块，他就画一个电池，画一个树叶，就代表电业，后面的就写上了阿拉伯数字。县委政府家属院，他就画一个房子，房子上方画下一个国徽。公安局家属院，他就画一个手铐一个枪来代表……通过这些他自己创立的文字，只要一翻开本，他心里就一清二楚。王大财的生意也越来越好了。

县电视台得知他的书写方式后，就感到稀奇，专门对他进行了采访，给他做了一期特别节目，名字叫“煤球王的文字”。节目一播出，王大财就成了县里的名人，有人觉得稀罕，更多的人觉得他可怜，同情他。他的煤球卖得更火了。

然而，这期电视节目也让王大财吃了一次大亏。

那是节目播出不久的一天，正拉着板车送煤球的王大财碰到了同村的王二歪。王二歪比王大财小上十多岁，但他很早就去了南方，好多年都没回来过，据说混得不错，也是王大财崇拜的对象。

两人偶遇，都激动万分，自然而然地就进了一家饭馆，话说了，酒也喝了，后来两人就分了手。王大财虽然喝了酒，但头脑还算清楚，仍把煤球给人送了，因为他听天气预报说晚上有大雪，若不给急需的人家送去，人家就要挨冻了。

当天晚上，天空果然下起了鹅毛大雪，整整下了一夜。王大财酒醒后，还暗自庆幸自己醉酒后仍给人送了煤球。

让他没有想到的是，第二天一大早，前一天他送过煤球的几家全找上门来了。说是他送的煤球绝火，不能烧，要让他赔损失。

王大财根本不相信，就亲自试烧。果然，如他们所说的那样，煤球根本就点不着。他大惊失色。王大财实在，甘愿赔偿，一下子就折去了一年卖煤球的收入。

事后，有人分析，就是在王大财与王二歪喝酒的时候，有人把他的煤球偷梁换柱了。

有人说是王大财卖煤球的同行，有人说是煤球厂，为了挤兑王大财所在的煤球厂，专门找到王二歪，精心设置了一个圈套……王大财却说都是酒精惹的祸，从此戒了酒。

（2011年12月6日刊登于《漯河日报》）

# 蚂 虾 醋

村子不大，也就二百多户四五百人，因村子三分之二以上的人家都姓柴，村子故名“柴庄”。

柴庄离北舞渡只有十几里远，但在交通不便的20世纪80年代初期，已属于偏远村庄，很少有小商小贩来到村里。可北舞渡的卖醋人往往隔三差五地来一趟，风雨无阻。

每每村头响起那拉得老长老长的苍老声调：北——舞——渡——醋哟……就引得村民争相围观，纷纷购买。那时，我只有七八岁年纪。如今，每每想起那卖醋人的语调，心里还要泛起阵阵的醋意来。

村子里春根爷的烟瘾很大，常常随身带着一杆烟枪，有一尺来长的样子，走到哪里就吸到哪里，而那里就留下了春根爷的咳嗽声。特别是夜深人静的时候，春根爷的咳嗽声时常在村子上空飘荡，久久不愿离去。我有时被春根爷的咳嗽声惊醒，就问爹：“春根爷晚上也不停地吸烟吗？”爹幽幽地说：“你春根爷非死在烟上不可！”这都是后话了。

春根爷因为经常抽烟，喉咙就很干涩，听人说喝醋有利痰作用。每当听到北舞渡卖醋人的叫卖声，往往是第一个拿着碗跑出家门。

春根爷气喘吁吁地跑到卖醋人所拉架子车的醋坛边，并不急于掏钱买醋，而是很认真地问：“这一次的醋酸不酸？”卖醋人就笑：“不酸能叫醋吗？”“酸不酸，我尝一尝不就知道了？”春根爷说着就把碗递到卖醋人面前。卖醋人显得很无奈，用舀子在坛子里舀上一点醋倒到春根爷的碗里。春根爷看了一眼就不满地说：“这么一丁点儿，能尝出啥味道来？”说着，他手中的碗仍固执地伸着不放。卖醋人只好再添了一点，春根爷仍不乐意，卖醋人只好再添了点……直到春根爷的碗要添满了，卖醋人生气了把舀子往醋坛里一丢时，春根爷的脸上绽开了花，端起碗仰起脖，咕咚咕咚把碗喝了个底朝天。然后，用手一抹嘴，掏出一毛钱，说道：“好醋，给我打一碗！”当然，春根爷临走时，自然不能忘了向赶来买醋的村民吼几嗓子：“这次的醋比上一次的醋好多了，酸味浓，真是好醋呀！”春根爷的几句话，竟让卖醋人那张脸由多云转晴了，还得意地说：“我说是好醋吧，你不信，这下你信了吧？”高兴的春根爷端着醋走得老远了，还不忘回过头来回应卖醋人：“好醋，的确是好醋！他们不信我可真信啦！”后来，春根爷和卖醋人仿佛达成了一种默契，卖醋人免费让春根爷品尝一碗醋，春根爷就给卖醋人现场宣传。这样，倒也相安无事。

直到有一天，卖醋人来早了，春根爷在地里干农活儿还没回家，自然他没第一个赶到现场。当他回来时，卖醋人身边已围了不少村民，春根爷一副公事公办的样子，递上碗让卖醋人添上醋一饮而尽后，才掏钱买了一碗醋。春根爷和卖醋人并没发现有什么不正常的地方，但村民却发现了，不少村民不满意卖醋人了，也都嚷嚷着要先尝尝醋。无奈，卖醋人只好让买过醋的村民，每人尝一碗醋。那次，卖醋人的一坛子醋，是尝了一半卖了一半。卖醋人拉着空车回家时，苦着脸说道：“我这是赔钱赚吆喝啊！”当卖醋人气哼哼地走得很远时，不少村民觉察到，卖醋人这次吃了这么大的亏，他一定不会再到村里卖醋了，心里就涌起了一丝失落感。

让村民没有想到的是，没隔几天，卖醋人又来村里了。这次和平时不一样的是，他架子车上不再只是拉了一坛子醋，而是拉了满满的两坛子。卖醋人一进村就放出话来，只要买醋，不仅春根爷可以品尝醋，人人都可以品尝。这下子可热闹了，买醋的成群结队，尝醋的络绎不绝，柴庄村全村的人几乎都投入到买醋的行列。

很快，两坛醋就见底了。卖醋人这次“买者有份”的举措，让春根爷感到自己以往买醋时的优越感荡然无存。为了找回以往的那种优越感，他把买过的醋倒在家里后，就又端着空碗来了。看着两坛子醋卖得差不多了，就再次把碗递到了卖醋人的面前：“刚才没尝出啥味道，让我再尝一次吧？”卖醋人很大方地给春根爷舀了一碗醋，当他像以往一样豪气万丈地准备一饮而尽时，却发现碗里竟有东西在跳动。春根爷大声惊呼起来：“这醋里有虫子！”村民一下子就围了过来，卖醋人见势不妙，慌忙拉起架子车就走。

眼疾手快的春根爷，一手端着碗边倒碗中的醋，一手拦住了卖醋人：“你等一下再走！”等春根爷把碗中的醋倒掉，露出碗底时，发现碗里不是虫子，却是一只米粒大小正蹦跶着的小蚂虾。春根爷和村民都好像明白过来了——卖醋人一定是经过河沟时，给醋坛子注了水，所以无意间就舀进了一只小蚂虾。

春根爷厉声指责卖醋人:“你怎么能用兑水的醋来坑我们呢?”卖醋人心虚却嘴硬地解释道:“蚂虾是造醋的基本原料,没有它你根本造不出好醋来! 你们若不信可以打听打听,哪家醋厂造醋不用蚂虾呢? 所以,醋在有的地方也叫蚂虾醋!”一席话说得春根爷和村民们无言以对,都愣在那时,只好任卖醋人风风火火地走了。

也就是那天晚上,春根爷因肺癌去世了。那晚,全村的狗都狂吠了整整一夜,是因为春根爷的咳嗽声突然停止或者是别的什么原因,不得而知。但他到死也不会明白,造醋用蚂虾,只是卖醋人急于脱身而编造的谎言。可不管怎么说,北舞渡先前的卖醋人再没来过村子,取而代之的一个年轻的后生,一进村子,仍扯着长长的声调在叫喊:“北——舞——渡——醋哟——”

(2011 年 8 月 9 日刊发于《漯河日报》)

# 南 大 户

民国时候,我们村有两大住户。一个是住在村东头的东大户,一个是住在村南边的南大户。南大户有人数达 80 口,田地近百亩,东大户就少一些。因此,南大户是我们村的第一大住户。

对于当代人来说,几代人、几十口人共同在一个家庭中生活、劳作,很是让人难以想象和费解的。其实,在那个土匪猖獗的年代,群居是最合理的生存方式:一可以团结协作,增加家庭收入,二主要是预防匪患。

南大户就是我们家,当时由我太爷当家,家里的男女老少都听从他的领导。“当家”也就是一家之主,就是家长,在其他一些地方也叫族长什么的。

我太爷个子很高,有一米九靠上,而且虎背熊腰,人前一站如铁塔一般。可惜在他的后人中没有一位能赶上他身高的,包括身材较高的我,个高也只有一米七几,还不足一米八。

几十口人的大家庭,也和现在的单位和部门一样,每年也有年度计划,也有明确的分工和具体责任,更有规章制度,奖惩措施。所不同的是,现在的单位,出台的文件都形成书面文字,而我们家没有这些,因为太爷不识字,所有的规则都存在他的脑子里和记忆中。

太爷是种庄稼的一把好手,田里的庄稼什么时间播种,什么时间施肥,什么时间锄草,什么时间收获,他都了然于心,而且太爷对犁、耙、扬等庄稼活儿样样在行。在庄稼收获的季节,也是太爷感到最满足、最高兴的时候,一家人在他的带领下,套上五四大马车,青壮年劳力拿着农具坐上车以后,太爷就高高地站在第一辆马车上,潇洒地扬起长鞭,"叭叭叭"地三声鞭响后,车队就向田里出发了。一时间,车轮滚滚,尘土飞扬,很是壮观,常常惹得村民争相观看。

我们家人多地多,居住的院子自然很大,被村里人称为南大院。南大院子呈长方形状,南北百米长,东西五十米宽,四周全盖着房子,中间很是宽阔。庄稼收割后,就堆集在院子中央进行晾晒和脱粒。没脱粒之前,庄稼如小山一样,竟然能高出房屋很多,站在村子里老远就能看得到,很是惹眼。

据我奶奶说,家里粮食虽然多,但家里人的消耗也很大。她嫁到我们家时,第一次帮家人做饭,就和了整整三脸盆的面,烙了一尺高的烙馍,当她忙碌完洗手准备吃饭时,却发现一张烙馍也没有了,全被家里人吃完了。幸亏锅里还有些红薯稀饭,要不,她这做饭的也就没饭吃了!不仅如此,农忙时节,家里也要改善生活,大肉吃不起,就吃豆腐,一天下来家里人要吃掉一桌豆腐,一桌豆腐重五十多斤。当然,这些都是外人看不到的,他们看到的只是如小山一般的粮食堆。

那年秋收刚过,一直在鲁山境内活动的土匪头子王大麻子,竟带着二十多名土匪,跑了一百多里的路程来到我们家。他的目的很明显,就是要掠夺我家小山般的粮食。

当王大麻子带着匪群在我家大门口大声吆喝着要借粮过冬时,太爷提着几十斤重的铡刀第一个冲出了大门,紧随其后的是我的八个爷爷,他们每人手里都端着一杆打兔子用的猎枪。接着,我爹和他的十几个堂兄弟也荷锄举锹地冲了出来。很快,就把二十多个土匪团团地围在了中央。

我三爷性格暴躁,一下子就把枪口抵住了王大麻子的额头:"狗日的,你是不是活腻了!竟敢打起我们家的主意!"

王大麻子一时慌了神:"我,我,我们只是想借点粮食,没有别的意思!

粮食没有,没有就算了！我们现在就走！”

“想走,门儿都没有！”三爷听了更是火冒三丈,把枪口又向王大麻子的额头上推了推:“你以为我们家是开干店的营生呀？想来就来,想走就走啊?!”三爷接着又大声说道:“把狗日们的枪都缴了！”

众人听着就要动手时,被太爷给制止住了。太爷心里十分清楚,若真动起手来,吃亏的一定是我们家人。因为土匪用的是快枪,就是打子弹的枪,而我们家用的是打弹丸的猎枪,把土匪逼急了,我们胜算不大。加上,土匪与土匪之间有着广泛联系,打斗下去又何时是个头呢?

于是,太爷大手一挥:“放行！”

三爷却不肯,太爷把眼一瞪,他只得乖乖把抵在王麻子头上的枪拿了下来。

王麻子临走,冲太爷一抱拳说道:“谢谢不杀之恩！”说完,便转身离去。

从这以后,我们家再也没遭受土匪的骚扰,而我们村子也很少受到土匪的光顾。村里人和家里人都觉得这件事,太爷处理得很妥当,给村子里换来了太平。

太爷对家庭成员从来都是不偏不向,一碗水端平,无论撕布做衣服,买鞋什么的,不管花色怎样,款式如何,人人有份,但价格是必需一样。这样,也就保证了家庭成员的平等感。

而太爷在购买东西时,往往要下很大的功夫。那时候,北舞渡的物资交流大会很频繁,每隔一段时间就会有个集会。一到时候,太爷就起了大早,套上马车就去赶会。到了地方,他并不急着购买,而是满会场地转悠,碰到感兴趣的东西就会问一问价格。一直转到天要黑下来了,他这才与全会场价格最低的商家讨价还价,因为商家正在收摊,准备打道回府,加上太爷购买的东西数量又多,商家多少赚上一些就很乐意出手。这样,太爷每次都能买上十分便宜的商品,这也让村民很是羡慕,认为太爷很会过日子。

太爷不仅会过日子,而且对家庭成员也有一套又一套的管理方法,比如家里规定了“几不准”,不准偷,不准抢,不准赌博等,也规定有“几不得”,不得骂人,不得背后议论人,不得偷懒耍滑等。反正,太爷认为不符合法律、不符合道德的举动,对家庭成员都提出了严格的要求,并绝对不允许违犯,违犯时太爷就会做出处罚。

让太爷没有想到的是,只因他自己一次的宽容,竟使我们这个南大户四分五裂了。

起因是在我大伯身上，他是我大爷的大儿子，当是我大伯只有十五六岁，因为正是长身体的时候，饥饿就来得快。一次他感到饥饿时，趁家里人不备，就钻进厨房找吃的。当他看到刚买的一桌豆腐时，不假思索就割了一块送到嘴里吃。碰巧的是，他的举动正好被我三爷看到，三爷大声地呵斥他的偷窃行为。而大伯对三爷的批评置若罔闻，不仅不认错，竟硬着脖子跑开了。这对本来就脾气暴躁的三爷来说，无疑是火上浇油，他就急忙找到了我太爷，要求处罚我大伯。

我太爷听罢，就做出了“饿他两天”的决定。可我大爷大奶奶疼爱自己的儿子，就偷偷给我大伯拿东西吃，我大伯自然没有受到应有的处罚。这事被我三爷知道后，就又告到我太爷那里。

也许是我三爷告状时，我太爷正忙着，也许是他从小就疼爱我大伯的原因，这次他竟然没有表态，这使我三爷更加的生气。从这以后，我三爷的三个儿子，我三伯、四伯、五伯，就成了厨房里的常客，经常去厨房偷吃食物。家里人也知道是我三爷纵容的结果，因我大伯偷吃在先，太爷也不好再说什么了。

就这样，我太爷因为这件小事处理不当，就在我们这个大家庭中引发了“马太效应”，我三爷、四爷、五爷以及我六爷、七爷、八爷的儿子也跟着走进了厨房偷食物。事情愈演愈烈，接连发生了到吃饭的时候，大人们却没有饭吃，饭早就被小辈们给抢光的情况。

自然，越发引起了更大更多的矛盾，随着矛盾的不断激化，我爷爷们提出了分家单过的想法。我太爷看到大势已去，也只好点头同意了。

我们这几十口人的大家庭在争吵中，在不满中，在我太爷的无力无助、无奈的安慰和劝阻中最终分开了。

分开家的当天晚上，我太爷去了我家的坟地，哭诉了自己的不是，说他是末代家长，没能守好祖上传下的家业，愧对祖上，还哭得几次昏死过去。没过多久，也许因为这件事刺激太大，悲伤过度，我太爷很快就撒手而去。

太爷死后不久的一天，鲁山的土匪头子王大麻子再次来到我家的南大院，他这次带来的人手比上次还少，既没抢粮食也不拿财物，却带走了我三爷。我三爷被带走后，是死是活，一直也没有消息。

村里有人说，我三爷能被王大麻子轻而易举地带走，是因为我太爷去世的原因；又有人说，我三爷被土匪轻而易举地带走，是因为分家的原因，说我们家里人因分家都分出了仇恨……总之，说什么的都有。

# 刘 富 根

刘富根姓刘，我姓柴，我们既没有血缘关系，也不是亲戚，而且我们的年龄相差不了几岁，但因为我们是一个村子的，所以我称叫他为叔。据说，这种非亲非故不论年龄大小而论辈喊叫的称呼，是先辈们传下来的，到底是哪一辈定下的，如今也无法考究了。

刘富根和我大哥是同年出生的；刘富根身材修长，嘴甜如蜜，很是讨村人的喜欢，而我大哥身材短小，脸黑如炭，嘴笨舌拙，和刘富根相比就越发显示出了他先天的不足来了。但我大哥却喜欢和刘富根玩耍，原因只有一个，那就是雪花膏。

说起雪花膏，其实，它就像是现在的大宝SOD蜜之类的化妆品一样。对于上世纪五六十年代出生的人来说并不陌生，是男女通用的化妆品，有润肤作用，更有沁人肺腑的香气，但对于当时的农村的孩子来说，它的的确确是属于奢侈品。

在那个物资紧张和匮乏的年代，除了购物所需的资金外还需要五颜六色的票据，买米面要有粮票，购肉要有肉票，买布需要布票……总之，那是一个有钱没票就是买不来东西的时代。可话又说回来了，那个时候谁家又有多余的钱呢？

刘富根之所以能搞到雪花膏，是因为刘富根的姐姐在公社供销社当营业员，更主要原因还是，刘富根的姐姐嫁给了公社里一个副主任的儿子。

由于这层关系，刘富根就随时能从供销社提回来一大包的雪花膏，这对村民来说已经是十分荣耀的事了。

刘富根提回来的雪花膏不卖钱只送人，只送给漂亮的女孩子，当然，也要送给我大哥一两包。说是包，其实也就是两个火柴盒般大小的塑料袋子。

大哥得到雪花膏之后，就急急忙忙地跑回家，脸也顾不上洗一把，就把雪花膏涂到脸上，然后就一遍又一遍地问我和妈妈：“香不香，香不香？”

大哥得到肯定的答复之后，就十分得意地对我说："等刘富根再送我雪花膏，我就送你一包！"

我当时别提有多激动了，真的希望刘富根马上再送我大哥几包，好让我的脸也像大哥的一样香喷喷的，让人沉醉。

刘富根的雪花膏送得最多的是女孩子，是漂亮的女孩子，也就是说他看上的漂亮女孩子。但他送雪花膏不是直接亲自送，而是交由我大哥代劳。我想，他大概是怕遭到女孩子拒绝，脸上挂不住，或者是怕引起老师的注意吧！

当时，我大哥和刘富根都在村里的联中上学。所谓联中，可能就是几个村子联合创办初中的简称吧。

不管怎么说，我大哥因为雪花膏的诱惑，自然也十分乐意帮助刘富根。这样一来，大哥成了刘富根和女孩子之间的通讯员，也成了他们的桥梁和纽带。据我大哥讲，因为雪花膏的原因，当时，村子联中的校园内，就有七八个女孩子和刘富根有着来往。

刘富根和女孩子频频来往的结果是可想而知的，最终让一个女孩子怀了孕。在那个年代，这样的事情性质是十分严重的。

女孩的家人不仅闹到了刘富根的家门，也找到了我们的家门。女孩子怀孕的事最终由他姐姐的老公公，也就是公社的副主任出面才得以摆平，如何摆就不得而知了。而我所能知道的就是，我大哥被我父亲狠狠地毒打了一顿，并承诺不再与刘富根往来才得以结束。

不长的时间，我大哥考上了章化高中，而刘富根却执意下了学。说是执意，是因为他本来可以利用他姐姐的那层关系继续上学，但他对学习早了已经失去信心，而不愿再上了。

十七八岁年龄的刘富根就这样下学了。很快，在村子无所事事的刘富根就爱上了看电影。每到晚上，他就拿着自制的六节手电筒，发着贼亮贼亮的光向有电影的村子赶去。六节手电筒，全部用的废旧电池。

废旧电池的重新利用很是简单，就是在电池上打上眼之后冲入盐水用蜡封死，在太阳底下一晒，就能产生一些电量来。这些方法，在当时的农村是经常使用的。

在那个年代，农村没有什么娱乐活动，晚上跑几里十几里看一场电影都让人兴奋不已，也是十分正常的事情，因此，刘富根的追随者很多，我就是其中的一个。

记得有一天晚上，刘富根带我们去了一个离开我们村子有十来里远的村子看电影。到了之后，刘富根就丢开我们走了，等到电影结束时，我们也没见到他。无奈之下，我们几个只好摸黑往家赶，谁知道刚出村子，我们就看到了他贼亮贼亮的手电光芒。

他一见我们就兴奋地说："我又得手了！"

我急问："得什么手了？"

他笑了，反问道："你说呢！"然后就不再言语。

直到后来，我才从经常跟随他看电影的小伙伴口中知道了真相。

原来，刘富根说是看电影，其实只是一个幌子。他一进电影场，就喜欢往女人堆里钻，而且用不了很长时间，就有一个女人随他走出了热闹的电影场。他们一前一后，走进了麦田，也许走进了沟渠，也许走进了偏僻的地方……后来，就分道扬镳、各奔东西。刘富根称这为"得手"。

小伙伴还透露，刘富根在电影场屡屡得手，原因是刘富根有一只十分灵敏的鼻子，他能从女人身上闻出什么气味来。对此解释，我不置可否，但也一直弄不明白。

可不管怎么说，刘富根对窜电影场一直是乐此不疲，直到二十好几了，还没有成家的心思。

就是这个时候，我大哥已经退伍，很快结了婚。

刘富根对自己的结婚大事不着急，却急坏了自己的父母双亲和姐姐，在父母的一致施压和姐姐的劝说下，刘富根终于和一个叫朱春花的女子定了亲。在他们结婚的那天，还有女人们找上门来闹腾，可木已成舟，一切都显得多余了。

刘富根和朱春花结婚两年没有生下任何儿女，家里人包括村里人都觉得是李富根出了问题，为了让老人早日抱上孙子，刘富根的姐姐又托人为他抱养了一个男孩。

这个男孩的到来，为家庭带来了数不清的欢笑声，特别刘是富根，两年来一直紧锁的愁眉终于舒展开了，每天都"乖乖儿乖乖儿"地叫，声音响得满村都听得见。

然而让人想不到的是，刘富根结婚的第四年头上，老婆朱春花竟然怀了孕，还顺利生产下了一个女孩，这下刘富根更开心了。当初，在农村人看来，儿女双全比什么都重要。

随着时间的推移，刘富根的儿子和女儿也到情窦初开的年龄，竟背着自己的父母双亲谈起了自由恋爱,而且恋爱的对象就是他们兄妹自己。一直被蒙在鼓里的刘富根和朱春花夫妻俩,直到兄妹两个正式向他们提出结婚时才知道。

刘富根知道后,勃然大怒,死活也不同意,理由是近亲不可结婚,兄妹更是不能,婚姻法上有规定。而俩孩子也是十分的倔强,据理力争,说虽然他们是名誉上的兄妹关系,但没有丝毫的血缘,若不允许他们结婚就要双双殉情。

对此,一筹莫展的刘富根只好道出了实情。原来,刘富根的儿子其实就是他与别的女人生育的,也是他的亲骨肉。

说出实情的那一时刻,儿子惊呆了,女儿惊呆了,老婆朱春花更是惊呆了!

本来事情到此就该结束了,但一直恩爱的兄妹俩对此变故一时无法接受,都显得十分的痛苦,他们也知道亲兄妹结婚之后的后果,却无法接受这个残酷的现实,家里面一直充斥着伤心的悲痛。

刘富根的老婆朱春花看着一双儿女的伤心劲,心中很是不忍,为了儿女的幸福,她抱着一个豁出去的思想,也说出一个她埋藏在心里十几年的秘密,那就是她生的女儿不是刘富根的,是她和别的男的生育的。别的男人是谁,朱春花没有说出来。

这一下子,刘富根儿女的婚姻大事就迎刃而解。但刘富根的心头上有种卸下了一块小石头,又放上了一块大石头的感觉。

最终,刘富根在儿子和女儿结婚的那天离家出走了。他去了哪里?没人知道。他是否还要回来?仍是没有人知道。但他离家出走的最后一个电话,是打给我大哥的,刘富根说他心里很苦,怎么个苦法,刘富根没有说。

一个满头银发的老人能去哪里呢?

至今算起来,刘富根离开村子已经整整十年了!

# 德　　爷

德爷不是我亲爷，是我们一个村子的。德爷虽然比我爹大不了多少，但他和我爷是一个辈分的，所以我也叫他爷。

德爷大号叫柴德全。

据老一辈人讲，德爷出身不好，是地主成分。土改的时候，要求对农户定成分，也就如现在一些单位下达"创收"任务一样，有计划，有目标，有任务。因我们村是小村子，土地面积本来就少，而上级分配的地主成分的名额却不少，没办法，村里就把本来没有资格的德爷家给"增补"上了。

土改前一年，德爷就担任了村里的初小老师。当时，小学分为初小和高小，也像现在一些村子，是为解决生源不足的问题不得已而为之的。初小为一、二、三、四年级，高小也叫完小，设有五、六年级。

家里的地被分了，房子也被分了，但村子里的人都明白，德爷家的地主成分是为了应付任务而被强行扣上的，村民并没有为难他们家，自然也没有影响德爷的前途。

德爷从小学老师干起，这一干就是40年。40年间，德爷从村里的小学教到乡里的初中和镇里的高中，教的课程有语文，有数学，有历史等。在这些课程中，德爷最拿手的是历史，被他教过的学生都认为德爷教的历史课是最有趣味性的。

德爷在每节历史课前，总要围绕课文讲一个小故事、小典故来诱发学生的兴趣。至今，我还清楚地记得，德爷在讲"滑铁卢战役"这节课之前，就大声地问道："同学们，你们知道西装上衣袖口三枚小纽扣的来历吗？"

我们都摇起了头。

德爷说："我现在就告诉你们……"

我们都瞪大了眼睛。

于是，德爷说道："法兰西第一帝国皇帝拿破仑一生以注重军容著称于世。他手下有位鲁莽将军鲁彼金，此人能征善战，但风纪不整，常常往袖口上抹鼻涕。为此拿破仑多次训诫，但不见效。后来拿破仑令军需将军服的袖口一律安上装饰性尖铜钉，这样，不但壮了军容，也使鲁彼金用袖口揩鼻涕的陋习得以纠正。以后，几经改正，尖铜钉变成了装饰扣，但钉于袖口前诸多不便，才逐渐移到袖口的背面去。”我们听了都觉得很新鲜也很受益。这时，德爷说：“我们翻开课本学习‘滑铁卢战役’这一课……”也从这时候起，一直不爱学历史的我竟深深地喜欢上了历史课。

德爷是在他60岁那年退休回到了村里，他每天除了看书外就是与人聊天。聊天，话题自然离不开他的学生。他说他教了40年的书，教过的学生数不清，学生中现在有出息有谁谁谁，办了什么厂，当了多大的官等，眉飞色舞，如数家珍似的。村人听了，就劝他利用学生这层关系，为村里办些好事、实事。德爷的双眼当即就亮了。

很快，德爷就去了省城，找到他一个在交通厅当副厅长的学生。德爷不仅被他的副厅长学生好生地招待一番，临别还让了捎回了两瓶好酒，这让德爷好生得意。更主要的是，村里很快修上了水泥路，是德爷让村民们告别了泥泞路。后来，德爷又去了趟市水利局，找了他的另一名学生一次，村子里又安上了自来水……

退休后的几年间，德爷一直没有消停过。村里人都觉得德爷是个人物，都认为村子的事没他办不成的，德爷也觉得自己40年的教书生涯，终于换来了自己今日的辉煌。但是，随着时间的推移，德爷的年龄越来越大了，他外出走动的次数也越来越少，特别是最近几年，他就很少出门了。

以前德爷经常向外走动着时，村人并没有发现什么异样，当他消停下来时才发现了问题——德爷竟是一个人生活着。德爷的老伴德奶奶在他退休的那年去世的，但德爷还有两个儿子。村里人都劝他与儿子生活，德爷却连连摇头，一言不发，一副愁眉不展的模样。最后，村人才弄清了原因，不是德爷不愿与儿子生活，而是两个儿子不愿与德爷生活。两个儿子不愿与德爷生活，原因是恼恨德爷。大儿子恼恨德爷没让他接德爷的班。德爷退休的时候，人家还允许子女接班，德爷觉得大儿子性格太倔强，很难与单位同事相处，就让二儿子接了自己的班。看上去，大儿子不愿意与德爷生活，倒也有情可原。但接过班的二儿子也很恼恨德爷，原因是恼恨德爷没本事。他接过班去了德爷的学校，可只上过初中的二儿子能干什么呢？教书育人根本不行，校方让他干起敲钟的活儿，可没上几年班，学校购买了电铃后，淘汰了校钟，他被学校赶回了家。这时，二儿子不怪自己没学识，却怪德爷没本事，没有接个好一点的班！

两个儿子不照顾已年迈腿脚不便的德爷，村里人都自发地轮流照顾德爷。但也有照顾不到的时候，去年冬天，一场大雪突临，竟一连下了三天，下得路面积雪有二三尺厚。等雪停了，雪化了，路通了时，村里人发现，德爷早就僵硬地躺在自己的床上，不知何时已经没了气息。

村人忙去找德爷的大儿子报丧，大儿子二话不说，就把来人往屋外撵，随却就插上了门栓。村人找到了二儿子，二儿子该看电视看电视，该喝茶喝茶，一副事不关己的样了，弄得来人十分没趣。后来，还是德爷的小妹张罗着给德爷办了丧事。德爷被送到殡仪馆时，全村的村民都纷纷出来送行，却一直也没见到德爷的两个亲生儿子的踪影。

事后，有人说，德爷教了一辈子的书，也教育、培养了不少对社会有用的人才，但他却没有把自己的两个儿子教育好！当我得知德爷的事后，相继问了我们村子里的许多人，想了解他们的看法，他们也都是这么认为的。

# 八　爷

八爷在村里德高望重。八爷之所以德高望重，这与八爷年轻时参加过抗美援朝和复员后当过生产队长分不开。据八爷自己讲，在抗美援朝中，他曾一次缴获敌军 4 辆坦克，消灭了 8 个美国鬼子兵。

在我小的时候，农村的娱乐活动十分匮乏，没有电影、电视看，更没有通电，每每放学或者吃过晚饭之后，我和三娃、二歪就相约着去八爷家里听他讲故事。八爷的肚子里装了许多战争故事，远的有李自成进北京、吴三桂引清入关，近的有袁世凯称帝、冯玉祥在河南、延安保卫战，而八爷讲得最多的是抗美援朝中的邱少云、黄继光和董存瑞勇于献身的故事。每讲到此，八爷就两眼放光，拉长声音说：“我和他们还是战友呢？”“战友是什么？”我们几个异口同声地问。“战友都不知道呀？战友就是在一起战斗过的同志！”八爷说着就一脸的自豪。我们听了肃然起敬，八爷竟和这些英雄们在一起战斗过！八爷等我们羡慕够了，总忘不了提起他在抗美援朝中一次消灭8个敌人，缴获4辆坦克的故事。

虽然这个故事我们已听了好多遍了，我和三娃、二歪都能流利地把故事一字不漏叙述下了，但我们还得装得很认真地听，要不，八爷就会很生气，会威胁说永远不给我们讲故事听了。我们只好耐着性子听八爷讲这个永远属于他自己的英雄故事。

"那是我第一次执行侦察任务……"八爷每次总是这样开头，然后扫视一下我们才接着说下去。八爷说，他按部队首长的要求去侦察敌军情况，走到一个山口时，竟看到美军4辆坦克轰轰隆隆沿着山间小道向我军阵地开来。八爷说，放到嘴边的肉说什么也不能让它跑掉。于是，八爷就弯腰疾步跑到敌军坦克必经之路旁边的路沟里隐藏起来。等到第一辆坦克要从自己身边过去时，八爷把早就准备好的一捆手榴弹投到了坦克的履带下面，只听"轰隆"一声，敌军坦克就瘫了，而后面的坦克也一个接一个地停了下来。由于山路窄，敌军4辆坦克进不能进，退也不能退，只能在原地打转转。八爷就找了一个有利地形卧下，抽出步枪静静地等待。果然，敌军忍耐不住就想从坦克里跳出来，一个敌人刚一伸头，八爷的枪就响了，敌人头一歪就倒了下去。敌军坦克不知道八爷身藏的位置，就胡乱向四周放炮，放了一阵子后，没见八爷的动静，又有一个不怕死的敌人从坦克中探出了头，八爷没有丝毫的犹豫又一枪让他毙了命，敌人随后又胡乱地向四周放炮……就这样，八爷一个人采用以静制动的方法，接连击毙了8个敌人后，八爷所在的部队闻讯赶来，一下子就缴获了敌军4辆坦克。

八爷讲完这个故事后，总要问我们："你们八爷我厉不厉害？要知道美国兵那一个个的驴个子可比我高出大半头呀！"说着就直起身用手在自己的头顶比画了一比画。我们都说："八爷厉害！再高的驴个子也打不过八爷！"八爷就嘿嘿地笑了不停，很舒坦的样子。

除八爷自己的故事外，我们几个对八爷所讲的故事百听不厌。每次听八爷讲故事，听到八爷累了我们还缠着不放。直到三娃、二歪和我的母亲扯着嗓子喊着"回家睡觉啦！"的声音在村子上空一次次响起、回荡，我们才恋恋不舍地向八爷告辞。

后来八爷当了生产队长，当了生产队长的八爷就天天忙着，再也没有时间给我们讲故事了。我们生产队300多口人全听八爷的，只要八爷把上工的铁钟敲响，全村男男女女就急急地上田进地。

八爷把铁钟看得很重要，每次敲钟前才把20多斤的钟从家里提出来，挂在门前的柳树上，敲过之后，又把钟从柳树上摘下来，放到家里才和群众一起上地干活。不少群众见了，就劝他："何必呢？还怕人偷？"八爷一听，就一脸的不悦，非常严肃地说："不怕一万，就怕万一。现在这个铁钟，和我抗美援朝时的枪一样。如果当时我的枪没在手里握着，能消灭8个美国鬼子、缴获4辆坦克？如果铁钟不在我的手里，咱全生产队就没法上工进田了不是？"村民听了也不再说什么，只好随他挂摘铁钟。

随着时间的推移，我和三娃、二歪离开了村子在外求学，直到我大学毕业分配到村小学当教师时，才知道八爷在村子里承包的30多亩坡地全被他种上了杨树。杨树已有碗口那么粗了，他每天乐此不疲地为树浇水、施肥和打枝。村民说八爷想钱想疯了。

这时，村小学为了响应上级的号召，就决定建立青少年爱国主义教育基地，八爷作为参加过抗美援朝的老兵，就被聘为爱国主义教育校外辅导员。说是聘用，其实是义务的，学校没出一分钱，即使出也拿不出来，但八爷没有犹豫就答应了。

每逢六一儿童节和十一国庆节或学校有重大活动时，学校总要请八爷到学校给师生们讲课。八爷不仅讲我小时候我听过的许多故事，也讲现在的事情，比如中美撞机事件、中国大使馆被炸、阿富汗和伊拉克、日本神社等事儿。

对于南海撞机事件，八爷说："美国飞机为啥能把咱们的飞机撞坏，把飞行员撞丢呢？不就是他们的飞机个子比我们的飞机个子大吗？就像一个小拖拉机和大拖机相撞了，吃亏的自然是小拖拉机呀！说到底，中国的经济还没赶上美国，如果我们的钱比美国多，那么我们就造出了更大的飞机来，他敢撞？他敢撞个屁！"这时，八爷话题一转，又谈到他种树上："有人说我想钱想疯了，这么大年龄了还种起了树。其实，钱是个好东西，有了钱就能办事。就拿飞机来说，如果政府说我们现在再造个大飞机和美国飞机重新撞一次，我就把30亩地的树全卖了，捐出来。我就不信，咱撞不过美国佬！"说着说着，八爷又谈到了伊拉克，八爷说："美国说打伊拉克就打了伊拉克，还不是因为有钱。如果穷得连饭也吃不上，他敢打人家……"八爷的课常让全校师生听得津津有味，如痴如醉，都觉得八爷的话最解恨。学校本来定好的一小时的讲课时间，每次常常要超出四五个小时，学生才肯作罢。

再后来,我去了城里上班,就很少有八爷的消息了。今年年初,乡下的二叔来看我,说八爷死了。我问:“八爷的身体挺棒的,咋说死就死了?”二叔说:“你八爷是被偷树贼打死的。”“几个偷树贼?”二叔说:“杀死你八爷的偷树贼,当天就被公安抓住了,只有一个。”

直到现在,我一直不相信八爷是被一个偷树贼杀死的。因为八爷消灭8个美国鬼子、缴获4辆坦克的故事,一直在我脑海里萦绕。

# 九　爷

九爷在我爷爷本家的兄弟中间排名第九,也是他们中间唯一能识文断字的人。

据我爷爷讲,九爷不仅识文断字,而且还写了一手漂亮的毛笔字。因此,在那识字人甚少的年月,九爷在村子里很吃香。谁家要写一封信,谁谁家要写婚联、对联什么的就来找九爷。九爷也乐意帮助,从不拒绝,九爷在村子里口碑极好。

那时候,我爷爷的爷爷,也就是我的高祖父还在世上,他领着全家八十多口人在一起生活,耕种着近百亩的田地,倒也丰衣足食。我们家因住在村子的南边,就被人称为“南大户”。“南大户”的称叫,是因为人多,或者地多,没有人说得清,也许两者兼有吧。

在我们这一大家子里,我高祖父拥有绝对的权威,他说一不二,容不得别人辩驳。我高祖父十分喜爱九爷,家里八十多口人也都跟着宠爱他。就拿我爷爷十多个兄弟中,只有九爷一个人上了学堂,就足以说明我高祖父对九爷的宠爱程度。

我高祖父不仅让九爷上了学堂,还不让他下地干农活儿,理由是,我九爷身单力薄,不是干农活儿的料,是读书的料。其实,比九爷年龄还小的十爷、十一爷、十二爷,他们也都已经下地干农活儿了,他们其实比九爷更身单力薄!

在我高祖父的溺爱下，九爷逐渐长成了壮小伙，但仍不下地干农活儿，家里人就有意见了。我高祖父见此，亲自主持给九爷娶了一个女人，也就是我九奶奶。

我九奶奶长得膀大腰圆，比九爷高出大半头，而且干活不惜力。我高祖父就发话，说我九奶奶干活儿一个能顶俩。言外之意，我九奶奶一个人能把九爷该干的农活儿也干出来了。

就这样，家里再没人敢对我九爷说三道四了，就任着九爷待在家里，读书、练字了。

读书、练字之余，九爷就满村子转悠，找人下象棋。九爷的象棋下得很好，全村会下棋的都胜不了他。九爷也被我高祖父封为我们村的“三状元”——象棋状元、书法状元和识字状元。

象棋和书法状元都被村民认可，只有对识字状元持怀疑态度。但经过一件事后，九爷的识字状元也被村民认可了。

当时的农村，在农忙之后，就要请说书人来村里说书。说书的一般都是盲人或者视力不好的。因为眼不好使，干不得别的，只好以说书为生。而那年，我们村里请来的是一个“独眼龙”，也就是只有一只眼的说书者。

说书人来的当天晚上就摆开了阵势，说起了《岳飞传》，说到“气死兀术、笑死牛皋”那段，村民都被其中的情节感染，只有九爷不以为然地问说书者：“气死谁啦？”

“气死金兀术（shù）！”

“屁！那是术（shù）吗？那是术（zhú）！”九爷得意地纠正道：“那叫‘气死金兀术（zhú）’！”

说书人脸红了：“对不住，可能师傅教错了！我马上改正！”

九爷接着又问：“笑死谁呀？”

“笑死牛皋（sōng）！”说书人问，“也错了吗？”

“的确错了！那字读 gāo，是牛皋（gāo）！”

村民怎么也想不到，九爷能给说书人纠正错别字！一下子，让村民对九爷崇拜不已，都觉得九爷是村子里当之无愧的“识字状元”。

可是，“独眼龙”被九爷纠正了两个错字，他觉得自己在村人面前丢失了很大的颜面，就想挽回这不好的印象。可怎么挽，他一时也想不出什么好办法。

说书人在村里说书，是要收报酬的，因为村民都不富裕，就以粮食替代了,等说书结束后,说书人就挨家挨户地收粮。说书人平常吃饭,就由各家各户来派饭,主人家吃啥,他也吃啥。

一天中午,轮到我家给说书人管饭。九爷见到说书人来到我家时,饭也不吃了,拿起象棋就走。因为九爷打心眼儿里看不起说书人,他认为连字都认不全还说什么书!

说书人自然看出了其中的端倪,就拦住九爷:“你也会下象棋?”

九爷听了说书人的话,便生气了:“我是全村的‘象棋状元’,也是全镇的‘象棋状元’,你说我会不会下象棋?!”

说九爷是全镇的“象棋状元”,这还有一段故事。自九爷被我高祖父封为全村“象棋状元”之后,他很不满足,还想争取更大、更多的荣誉。当时,我们村归北舞渡管辖,北舞渡一个卖醋人经常来村里卖醋,也十分喜爱下象棋,九爷就和那个人下了几盘象棋。谁知,卖醋人竟输得一塌糊涂。九爷就洋洋得意,自认为打败了北舞渡镇上的人,自己自然而然的就是全镇的“象棋状元”了。

再说说书人面对九爷的自吹自擂,却毫不在意,问:“你敢和我下一盘吗?”

“我不敢和你下?”九爷被说书人的话给激怒了:“下可以,咱要赌点东西!”

“好!”说书人说道:“我输了,这次说书的报酬全归你!我若赢了呢?”

“你赢了……”九爷从没想过别人会能赢自己,看了看我高祖父威严的目光,想了想说,“你赢了,我跟着当徒弟,跟你说书去!”

于是,两人就地摆上了象棋。九爷虽然在我们村里下象棋无人能敌,可在说书人的面前竟是不堪一击,很快,老将就被将死了。

见此结果,九爷说话算数地说道:“你啥时间离村,我啥时间跟你走!”

说书人笑了。说书人要和九爷下棋的目的,并不是要让九爷跟他当徒弟,他只想挽回自己说书时说错字的面子。因此,对九爷的话,他当作笑谈地摆了摆手作罢。

可没想到的是,说书人走的时候,九爷不顾家人的劝阻,真的跟着说书人游走他乡去了。直到五年后,九爷才回来了。

九爷跟着说书人出走的时候,人是好好的,可回来时,却断了一条腿,走路一瘸一瘸的。家人问其原因,他说是被土匪给打的。九爷的腿是不是被土匪打的,无人考究。九爷这五年在外干了啥,也没有人知道。

九爷回来没多久，日本人就攻破了舞阳县城，并很快占领了北舞渡镇。因为我们村是北舞渡西边的交通要道，为防止共产党、国民党从此处对北舞渡的日本人发动攻击，日本人就派了一个班的兵力进驻在我们村上。

日本人来了之后，白天，就让青壮年村民帮他们修筑炮楼，晚上就聚在村公所喝酒打闹。因九爷瘸了腿，干不得重活，他就自告奋勇地帮着日本烧水、倒茶什么的，晚上，就陪着日本人喝酒。

对此，村民恨透了九爷，说他是狗汉奸，说他见到日本人比见到我高祖父还要亲……

日本人的炮楼修好的那天，日本人很高兴。九爷也替日本人高兴，专门从家里拿了一坛子高粱酒给日本人助兴。一坛酒没喝完，十来个日本兵七窍出血，全趴下死了……

一个班的日本兵被杀，让日本人很震惊，当即就在舞阳境内设置了几十道关卡，围堵九爷。按说，九爷是晚上杀死日本人的，日本人第二天早上才设的围堵关卡，九爷有足够的时间远走他乡，逃脱日本人的追查。也许是他腿脚不便的缘故，也许是怕家人受到连累缘故，他还是没有逃脱，还是被日本人抓住了。

九爷被日本人枪毙的那天，我高祖父哭得死去活来说："你杀日本人干啥？你究竟图个啥啊……"

村里人也不理解，九爷杀日本人究竟图个啥。

直到日本人被打败了，国民党被打跑了，中华人民共和国成立那年，县里给我家送来了烈属光荣的匾牌，九爷的身份才被揭开：他是我们村子里的第一个共产党员。

知情人士还原了九爷游走他乡那五年的事情。原来，九爷跟的那个说书的"独眼龙"，其实就是地下共产党员，他以说书为掩护积极发展党的组织。九爷跟随他没多久，就被推荐参加了八路军，一次在与日本的战斗中，腿被日本人的子弹穿透。无奈之下，九爷只好回来了。回来后，眼看着日本人要驻进炮楼以后，八路军消灭他们会难上加难，着急之中，就设计毒杀了一个班的日本兵。

这些，我高祖父已经无法知道了。因为我九爷被枪毙的那年，他因悲伤过度也离世了。细算起来，已经有好多年了。

# 二　哥

娘去北舞渡赶会之前，是帮我和二哥做了饭，又等我兄弟两个吃了饭，刷了锅喂过猪，再把我们兄弟两个送上了去学校的路上之后，她才动身走的。

那个时候，二哥12岁，在上初一，我6岁，上小学一年级，我俩都在村子里同一个学校上学。

我和二哥一同离开家没走多远，二哥竟撒开脚丫子跑了起来。我一见就着急起来："二哥，等等我；二哥，等等我！"二哥面对我的呼叫，头也不回，反而跑得更快了。不久，人就没了踪影。我心里就狠狠地骂："坏二哥孬二哥狗二哥猪二哥！娘让你和我一同上学的，你竟丢下我一个人跑了，到时候，看我向娘告你的状，让娘好好地收拾收拾你不可！"

在我们三个兄弟当中，我和大哥都很老实，二哥却俏皮捣蛋，不仅欺负我，有时还欺负大哥，尽管大哥比二哥大五岁，在北舞渡高中上学。在我们兄弟中间霸道的二哥不怕爹，只怕娘，二哥在欺负我和大哥时，娘只要一说话，二哥就变得乖巧了。因此，娘十分喜欢二哥。从后来娘不跟大哥不跟我，而跟二哥一起生活就足以证明。

中午放学时，我对二哥丢下我一个人不管还耿耿于怀，我也早就做好了向娘告状的准备，并且还为告状时，自己是否流泪作了预演。

当我气恨恨地走到离家很近的时候，却看到我家大门前围了很多人，人群中间传了撕心裂肺的哭叫声："我走时你还好好的，我回来时你咋就死了呢？你这一死，我们家的日子可咋过呀！"我还听到有人不停地劝说："别哭了，别哭了，不就是一头猪吗？值得这样伤心吗？"可哭声仍没有停下来的意思。

我一时呆在那里手足无措。

没过多久，二哥也放学回来了，只见他像猴子一样，麻利地钻进了人群，我见此，也跟着二哥钻进了人群中央。

这时，我才看清楚，人群的中央坐着娘，而娘的跟前就躺着我家的那头老母猪。娘一边用手拍打着老母猪，一边痛苦地喊叫着："你醒醒啊！你咋不醒醒呀！"

二哥一见娘那伤心的样子，泪也哗哗地流了出来，问："娘，咱家的老母猪咋死啦？"

娘一看见二哥，哭得更凶了："二娃呀，咋家的聚宝盆没了呀……"

从娘断断续续的哭声中，我听明白过来。原来，娘从北舞渡赶会回来时，看到关老母猪的猪圈的门敞开着，老母猪已不知去向了。娘当时就慌了，就在这时，我家的老母猪竟从远去一摇一晃地走了回来，娘一见就急忙迎上去，可老母猪走到娘面前时，一下子竟扑倒在了地上，嘴吐白沫死去了。娘见此，一屁股坐在地上，抱着猪痛哭起来。

村里人一致认为，我家的老母猪从猪圈里跑到了村头的田地里，是吃了麦药死的。

娘哭，二哥也哭，只有我没哭。我本来也想哭的，可看到一直很霸道的二哥一把鼻涕一把泪的表情，我反而想笑了。于是，我就呆呆地看着二哥哭。

后来，被二哥发现了。他就凶狠狠地瞪着我："娘哭成这样，你咋不哭？"

我说："我哭不出来！"

"哭不出来也得哭！"二哥说着，伸手在我脸上打了一巴掌。那火辣辣的疼痛，让我忍受不住也哭了起来。

娘哭，二哥哭，我也哭。尽管我是被二哥打哭的。

村里人劝不住娘，连我爷爷也劝不住娘。爷爷随即就给我大哥和我爹打了电话。

大哥从北舞渡高中回来劝娘，仍劝不住，他自己也被二哥那毒辣辣的目光给盯哭了。

为了一头老母猪，我们家娘哭，大哥哭，二哥哭，我也哭，从中午一直哭到天黑。直到在铁山水泥厂上班的爹赶回来，说了一句："死的猪若能哭活的话，我也陪着你们哭。"这样，娘才停住了哭。

我一见娘停住了哭，就忙跑到院子里，在水缸里舀了满满的一瓢水，咕咚咕咚地喝了个精光。二哥一见，狠狠地从我手中夺过瓢，说道："娘还没喝呢?!”然后,舀上水端给了娘。

接下来,关于死去的老母猪如何处理,产生了分歧,爹和我、大哥、二哥是“吃肉派”,想把猪杀了吃肉,只有娘是销售派,她说,老母猪是我们家的摇钱树,它每年生的猪崽,才换来了我们三个兄弟的学费,老母猪对我们家有恩,是我们家的恩猪,她不忍心吃猪肉。二哥听了娘的话,不再坚持自己的观点了,竟举手同意了娘的意见。

对于二哥的“变节”,我和大哥心里恨透了二哥。

村子里杀猪卖肉的冬生叔被二哥叫来了,冬生叔丢下 50 块钱,就把我们家的 300 多斤的老母猪给拉走了。因为冬生叔有言在先:“药死的猪我是从来不敢收的,看在乡里乡亲的面上,我算是帮助你们,只好收下了!”

冬生叔的话说到这样的份上,爹和娘也不好再说什么了。

哭猪的故事,应该到此结束。

去年春节前,我带着儿子回老家过春节。娘一见我带着她的孙子回了家,高兴得冲我二哥说:“今年春节给我宝贝孙子杀头猪,让咱也过个好年!”二哥满口应承下来,就去了猪圈准备杀猪。

三岁的儿子听了娘的话,就问:“奶奶,猪是什么?”

娘笑了:“猪可是咋家的命!”说着拉起儿子的手说道:“奶奶带你去看猪!”

不一会儿,儿子兴奋地跑了回来,大声地喊叫道:“爸爸,爸爸,我二伯家的猪比我们班的同学还多!”

我说:“人咋能和猪相比呢?”

儿子毫不理会,很认真地说:“我们小班一班有 45 个同学,而我二伯的猪圈很大,我快数到 100 了也没数过来!”

的确,我二哥这几年靠养猪发了,他的养殖规模已由当初的几头增加到了上千头。上幼儿园小班的儿子,只会数 100 内的数,又怎能数得过来呢?

晚上,娘做了满满的一锅大锅菜,我和二哥还喝起了酒。我和二哥的话题,自然离不开他的养猪创业经历,说着说着,也许是酒精的作用,我有些伤感地说:“那些年,因为一头老母猪,我们家里人竟整整哭了一个下午!”

我说罢,发现二哥没有接我的话头,就抬头看他,却发现,他的脸上的泪珠不停地往下流。

我感到奇怪:“二哥,你怎么啦?”

二哥呜咽着说:“我觉得那次太对不住娘了!”

“那次?”我更迷惑了。

“是呀!”二哥接着说道:“那次的老母猪是我用老鼠药药死的!为了能吃上猪肉,我听信了冬生叔的话,说只要把咱家的那头猪药死后,就能吃到猪肉……”

我一听傻了,却怎么也不敢相信。

二哥伤心地说:“这事千万可别告诉娘,我怕她伤心!”

我重重地点了点头,算是答应了二哥。

可这件事,在我心里存得越久,我就越感到堵得慌。于是,睡不着觉的今天晚上,我就打开了电脑,写下了这篇哭猪的文章。

我知道,一辈子不识一个字的娘即使拿到了这篇文章,她也读不懂文章的内容——这也算是我为二哥保守秘密的一个交代吧!

# 尚振华

尚振华,名武,乳名浪当,是新中国成立前舞阳县十大恶霸之一。先后担任国民党舞阳县北舞渡区区长,绥靖第一师副师长,国民党新编第七十五师副师长。鼎盛时,手下兵力达万人,管辖许昌、临颍、郾城、襄县、舞阳、叶县等六县地区。民间曾流传着“杀不杀问问尚振华”的歌谣,足见其手中权力之大,霸道之极。

尚振华在担任北舞渡区区长之后,大肆抓捕共产党人,使隐蔽在地下活动的共产党党员相继被捕,损失惨重,让舞阳县如火如荼的革命活动一度陷入低谷。然而,在此之前,尚振华却是中国共产党革命活动的积极追随者和拥护者,而且,在从事革命活动时,多次负伤、坐牢,意志不移。

尚振华是漯河市北舞渡尚庄村人,25 岁那年考入信阳河南省立第三师范,在校期间接受了革命思想,向往革命并于次年参加毛泽东在武昌举办的农民运动讲习所学习,同年加入了中国共产党,成为了一名中国共产党党员。

南昌起义前夕,尚振华所在武昌农讲所的全体学员和工运干部组成一个团,归贺龙二十军第三师管辖。南昌起义失败,担任班长的尚振华在战斗中因臂部受伤后更换便装,通过一路乞讨于年底返回北舞渡。尚振华回到北舞渡后,协同舞阳县其他共产党员成立了舞阳农民协会,积极发动农民群众开展打土豪劣绅的斗争,并成立了中共舞阳特别支部委员会,是舞阳县的共产党在与上级失去联系的情况下成立的第一个党组织。随后,尚振华被党组织派往桐柏县工作,并通过自身的努力,使与上级党组织失掉关系一年多的舞阳党组织又重新接上了关系。再后来,尚振华回到信阳河南省立第三师范继续从事学运活动,领导开展了师范学生与校长的斗争,后被开除学籍。没过多久,根据党组织的安排,尚振华率领武装在信阳、正阳交界的萧店一带同土豪武装战斗中,被子弹打中右腿膝盖骨,被当地农民抬到大同医院救治……

尚振华早期从事革命工作,对革命所作的贡献是不可抹杀的,但他后期的蜕变与他父亲的死亡有着最直接的关系。

尚振华的父亲是一个老中医,一生勤劳持家,拥有良田 280 亩,但生性懦弱,老实本分,胆小怕事。知道尚振华从事革命工作后,多次对他进行劝阻,尚振华对父亲表面答应,但背后仍积极投身革命。父亲屡次劝解尚振华无效后,便一直生着闷气。

那年,从事革命活动的尚振华因叛徒的出卖,被国民党七十八师抓捕,叛处 7 年有期徒刑。四年后,由于国共实现了第二次合作,尚振华被提前被释放。当他从狱中回到家时,得知父亲因自己被捕入狱后,忧伤过度早于一年前已经病逝。但父亲的灵柩却一直放在家中,整整放了将近两年的时间。问其原因,母亲啼哭道:“你父亲临终前叮嘱我,振华何时回来,何时把他殡葬!”作为孝子的尚振华闻着父亲尸体腐烂的气味,当即放声大哭。哭罢,又问母亲:“党组织可否来过?”母亲连连摇头。

尚振华恨从心生,安葬父亲之后,就去找了当时任舞阳县国民党县长张承先。张承先和尚振华是信阳第三师范的同学,在校时曾极力拉拢尚振华加入国民党,尚振华不齿为伍,使张承先很是不悦,今见尚振华投靠自己,甚是喜欢。当即任命尚振华为北舞渡区区长,随后让人介绍他加入了国民党。从此,尚振华开始了对共产党人的反革命生涯。

在上世纪四十年代初期的三年间,是河南历史上罕见的灾荒年,旱灾、涝灾、蝗灾十分严重。据史料记载:1942 年全省收成不及一二、民众饿死者 150 万人以上,逃荒者在 300 万以上,而舞阳更是严重,有歌谣这样说的:

淹三年旱三年，蝗汤过后泪涟涟，
河里杂草论称卖，雁粪遍地拾不来，
大闺女不值半斗米，小媳妇露宿荒郊外。

舞阳人民生活在水深火热之中，作为北舞渡区区长的尚振华却借灾荒之年霸占土地400亩，并变本加厉逼款派粮，抓兵拉夫，促使爆发史称“一万老婆闹定陵”反抗事件：1941年8月，以北舞渡地区，襄城、郾城交界地区的近万名老年妇女如滚滚洪流，见乡保所就砸，见保就打，见仓库就打开分粮，并痛打尚振华一顿。

日本侵略军攻占舞阳时，尚振华率部投降，被委任为绥靖军暂编第一师副师长，当了汉奸，助纣为虐设立了军法处，公开绑人到刑场执行枪杀，据说这是漯河历史上最早设立的军法处。日本投降后，国民党并不追究尚振华投靠日本之行径，而以保存实力为由大加褒奖，又被委任为国民党新编第七十五师副师长。为独霸抗战成果，尚振华带领所部对舞阳县共产党十一区政府进行了血洗，把抓获的十一区长、十区副区长等11人枪杀，余下7人全部活埋，还先后捉拿解放军战士近30名进行活埋，手段残忍，令人发指。

舞阳即将解放，尚振华的母亲病危。临去前唤尚振华于床前，断断续续地说：“娘对不住你呀！你要原谅娘啊！其实，你爹死去时，党组织多次派人来到家里要帮助咱安葬你爹，是我执意不允，才使你爹的尸体在家停放了近两年的。”

尚振华听了大惊。

“你要知道，这些都是你爹临死前的主意。他怕你跟随共产党会惹来杀头之祸，才再三叮嘱娘，让你回来再安葬，并让我隐瞒共产党人来看望他之事……”尚振华的母亲话刚说到这里，就闭上了眼睛。

尚振华一听，大哭不止，并接连喊叫道：“爹娘生儿，爹娘也害儿啊！”一时间，泪水如珠子般纷纷从脸颊滚落……

此时，解放军陈谢兵团以摧枯拉朽之势解放了舞阳县城，兵逼北舞渡。尚振华连夜安葬了母亲后，化装潜逃。尚振华潜逃后，化名为常新建，寓意重新开始新生活。但潜逃数年最终在重庆市被抓获，押回舞阳县枪决于北舞渡沙河坡，时年50岁。

后来，有人为尚振华算了一笔账，在他一生的50年中，除去他前半生不懂事或学习期间的25年，再除去后来潜逃的5年，剩余的只有20年之中，他前十年1927年至1936年为革命奔波，后十年1937年至1946年却是为反革命服务，不多不少正好对半。

# 牛大头系列

# 新 闻 稿

在下笔写这篇小说之前，我觉得有必要介绍一下我自己，我姓牛叫大头，从 19 岁起利用业余时间开始了文学创作，以写小小说为主，断断续续地写了十多年，也陆陆续续在一些报刊上发表了近百篇。我的启蒙老师是我们这里一家报社的编辑，他不断地给我鼓励，在编发我的作品时，会写出中肯的评语，谈谈文章好在哪，缺点在哪。在不断的进步和提高中，我被小城称为“人才”。

因为是“人才”，我就被电视台看中聘为新闻记者。当上记者的第二天，领导就让我跟随杨老师去采访，县里要对 2005 年度先进工作单位和个人进行表彰。

一进会场，杨老师就扛着摄像机不停地拍摄起来，特别是主席台上坐的领导，他拍摄得特别认真。拍了五六分钟的时间，杨老师关了机，拿了几份材料，对我说“走！”

我说：“会议还没结束呢！”

“不管他们，我们的镜头够了！”说着又拉了拉迟疑的我。

我只好随他走了。

路上，杨老师说：“你写过不少小小说啊！我看过一些，写得真不错。”

我笑笑。

杨老师又说：“今天这个稿子你写吧？”

我说：“我怕写不好！”

“小说你都能写，写新闻稿对你来说更是小菜一碟！”杨老师很认真地说：“新闻比小说要好写得多！”

回到单位，我立即着手写了起来。

**幸福县对2005年度先进单位和个人进行表彰**

本台消息:12月25日上午,幸福县在幸福大酒店隆重表彰2005年度先进单位和个人,该县36个单位和108位先进个人受到表彰。

(画面)幸福县在2005年工作中,全县上下齐心协力,以经济发展为主线,以招商引资为重点,以增加群众收入为出发点和落脚点,全年现实经济收入2个亿,比2004年翻了一番,取得了骄人的成绩和辉煌的成果。

这些成绩的取得,离不开全县各条战线上干部职工的努力,为鼓励先进,鞭策后进在2006年的工作中百尺竿头,更进一步。县委、县政府对县工商、税务、电业等36个先进单位分别奖励价值5万元昌河面包车一辆,对李国胜、王文化、许得志等108名先进个人分别奖励价值3000元电动自行车一辆。

会议希望受表彰的单位和个人在今后的工作中,戒骄戒躁,再立新功,也希望没有受到表彰的单位和个人,要向先进单位和个人看齐,奋起直追,勇争一流。

写罢,我拿给杨老师看。杨老师只看了一眼,就说:“领导呢?咋没领导呢?”

我问:“啥领导?”

杨老师说:“参加会议的领导!”

“表彰先进单位和先进个人,又不是表彰领导,写他们干啥?”

“这你就不懂了吧!有领导参加的会议,不写领导咋能算是新闻呢!”杨老师说着就拿起了笔在我的稿子上画写了起来。一会儿工夫,就修改好了。他说:“按我改了的重抄一遍,下午就可以播出了!”

我就认真地抄写了一遍。

**幸福县对2005年度先进单位和个人进行表彰**

本台消息:12月25日上午,幸福县在幸福大酒店隆重表彰2005年度先进单位和个人。县委书记王胜,县委副书记、县长赵三力出席了会议,并作了重要讲话。

(画面)表彰会上,王书记说:幸福县在2005年工作中,全县上下齐心协力,以经济发展为主线,以招商引资为重点,以增加群众收入为出发点和落脚点，全年现实经济收入2个亿，比2004年翻了一番，取得了骄人的成绩和辉煌的成果。

王书记还指出，这些成绩的取得，离不开全县各条战线上干部职工的努力，为鼓励先进，鞭策后进在2006年的工作中百尺竿头，更进一步，决定对先进单位和先进个人进行表彰。

县长赵三力希望与会人员认真学习王书记的重要讲话，希望受表彰的单位和个人在今后的工作中，戒骄戒躁，再立新功，还希望没有受到表彰的单位和个人，要向先进单位和个人看齐，奋起直追，勇争一流。

当天晚上，我们电视台就播出了这条新闻，上面全是领导的画面，没一个受表彰单位和个人的镜头。第二天一上班，我就问杨老师："你咋没拍受表彰单位和个人的镜头呢？"

"拍他们干啥？只要有领导就行了！"随后，杨老师又补充道，"新闻稿就这样，有领导就写领导，就拍领导！"

当天，我随杨老师又采访了一个农户，他靠养猪发了家、致了富。回来后，杨老师想了个《他靠什么发了家》的题目，然后让我写稿子。我记住了杨老师以前说过的话，顺手就写了起来。

**他靠什么发了家**

本台消息：幸福村的王铁头以养猪发了家、致了富，年收入达到3万元，成了村子里的暴发户，而在一年前他却是一贫如洗，连儿子上学的学费都交不起，这么巨大的反差，促使记者对王铁头进行了采访。

（画面）这位中年汉子就是王铁头，一谈起以前的贫困，这位强壮的汉子眼圈就红了。的确，一年前的王铁头因为妻子长年有病，经常过着吃了上顿没下顿的日子，靠着村里人的接济过着清贫的生活。

正当他对生活失去勇气，并有自杀念头时，县领导得知了他的情况，急忙给他送来了米面油盐和生产生活用品，鼓起了他生活的勇气和信心。同时又帮他筹措了资金，建起了一座养猪场。

如今的王铁头富了，但他逢人就说，没有领导就没有我王铁头，更没有我王铁头的今天！

我拿着新闻稿给杨老师看，杨老师看了一下，就伸出了大拇指："好，好,写得太好了！你进步真快!"

这篇新闻稿播发了之后,王铁头接连找了我几次,说我写假新闻,说领导没给他送过米面油盐,领导更没帮他筹措过资金,他的资金是亲戚借给他的,而且他从没想过自杀……

我说:"新闻稿就是这样写的,只有这样写了稿子才能出彩！不信你问杨老师。"

杨老师"嗯"了一声。

趁他和杨老师说话的空当,我溜出了办公室。自此,我与王铁头再没碰过面。

我真的好怕与他见面。

至今,我已经在电视台工作三年了,虽然遇到不少像王铁头一样找我麻烦的人,但却不影响我写新闻稿件的质量,而且每年都有好几篇作品获得省市大奖呢!

(2006年6月刊登于《漯河日报》)

# 因为一口痰

一大早,孙超人就来到单位,刚把钥匙插进三楼办公室的门锁,就感到喉咙里有一口痰不吐不快。他一转脸把痰吐向楼下,推门走进了办公室。

再说孙超人这口痰,不偏不歪正好落到局长牛大头的脸上。正准备上楼的牛大头感到脸上黏糊糊的,用手一摸,定睛一看,见是含有血丝的浓痰。顿时,心里涌起了翻江倒海般的呕吐感。于是,牛大头恼恨地冲楼上喊叫道:"是谁在楼上?"

牛大头的喊叫声没让三楼的孙超人听到,却让在二楼办公的张庆国听到。张庆国急忙从办公室跑了出来,双手扶着护栏,伸头往下看。一见是局长牛大头,就笑着说:"牛局长,您也来这么早啊?"

牛大头狠狠地瞪了张庆国一眼，想说什么却没说出来，只“哼”了一声后，径直走向了办公室。

上班铃声拉响后，单位办公室主任李大民走进了牛大头的办公室。他把一个报表递到牛大头面前说：“牛局长，这是各部门上报的今年上半年的先进个人名单，您过过目，我准备今天上午就把荣誉证书印制出来。”

牛大头接过报表看了看，目光最后落到了张庆国的名字上，他随手拿过钢笔，把张庆国的名字划掉，又把报表重新递给李大民说：“就按此名单，抓紧时间印制荣誉证书。”

李大民从牛大头的办公室出来后，顺路拐到了张庆国的办公室。李大民和张庆国两人私下关系非常好，对于牛大头把张庆国从先进个人名单里划掉，李大民觉得有必要让他知道。然而，让李大民意料不到的是，张庆国听后当即火冒三丈，蹦跳着要找牛大头去理论一番。

李大民着急了，一把抱住了正要夺门而出的张庆国的腰，死活不放手。张庆国两手用力一推，李大民被推倒在地，脚脖子正好伸到了办公室桌下面，难忍的疼痛使李大民大叫起来。

张庆国见此，心里也冷静了许多，忙把李大民从地上搀扶起来，并立下不出卖朋友的保证，李大民这才一瘸一拐地回到了自己的办公室。

李大民刚坐到办公桌前，打字员小静把刚拉出来的上半年工作总结递了过来：“牛局长刚打过电话，让你把总结快点送过去。”

“你把总结给牛局长送过去。”李大民没好气地说：“这点小事也要让我去办！”

“我才不送呢！”小静不乐意地嘴一撇：“送材料不是本小姐的工作！”

“让你送你就送，还讨价还价呢？！”李大民火了，“你没看到我脚崴住了！”

“你崴你的脚，关我啥事？”小静说着转身就走。

李大民见此，怒吼道：“要走，从今天开始你就不要来办公室上班了！”

“谁稀罕！”小静嘴一咧，“我就不来办公室上班！”说罢，满脸怒气地出了办公室的门。

小静走到单位大门口时，被门卫老张看到了。一直爱开玩笑的老张就逗小静：“大美女，刚上班又要回家啦？你不怕领导查你的岗，罚你的款吗？”

正在气头上的小静，当即刻薄地回敬道：“你一个看门狗，咋这么爱管闲事？你也不照照，狗模猪样的还充起领导来了！”

一番话说得老张满脸通红、无地自容。

老张心里愤愤不平地回到门卫室坐下，就听到大门口有汽车喇叭响。老张因受了小静的辱骂，根本没有心情理会。一会儿，一个青年人推门进了门卫室，一见老张就大声地指责道：“我按了那么长时间的喇叭，你咋就不开大门呢？”

“我没听到。”老张说着就拿起了大门的钥匙去开门。

“你是聋子吗？”青年人气焰嚣张地嚷道，“像你这样的聋子门卫，早就该辞退！”

老张没再言语。

青年人开车进入单位后，从车后座下来一个矮胖矮胖的中年人，径直去了局长牛大头的办公室……

矮胖中年人临走时对牛大头说道：“大头啊，我建议你马上把门卫辞退！这样的聋子当门卫有损单位的形象。”

牛大头鸡啄米般连连点头：“王县长，您放心，我马上处理，马上处理！”

王县长刚走，牛大头一个电话叫来了孙超人。牛大头说：“立即辞退门卫老张！”

孙超人犹豫道：“现在就让老张走人，谁来接替门卫呢？”

“若没有人接替，就由你来干！”牛大头严肃地说：“对于把王县长拒之门外这件事，你作为主管门卫工作的保卫科长，能脱得了干系？难道就没有责任吗？！”

孙超人一时无话可说，只好接替老张干起了门卫工作。

据说，就因为这么一口痰，又绑人又麻烦的门卫这活儿，让孙超人干了一年多。

（2009 年刊登于《百家故事》第 1 期）

# 提 拔

单位办公室主任调走后位置一直空缺着。造成空缺的原因是“一把手”牛大头和两位副局长,关于任命谁为新任办公室主任产生了分歧。牛大头认为新任办公室主任的最佳人选是孙超人,两位副局长一致认为张庆国当办公室主任最合适。

两位候选人孙超人和张庆国在同一所大学毕业,同一年到单位上班又同时被提拔为单位办公室副主任。论工作能力、业务水平不分伯仲,关键是单位领导各有偏爱才造成了现在办公室“群龙无首”的局面。

为了解决这种不利于工作开展的问题,尽快产生新任办公室主任。那天,牛大头专门召集两位副局长,决定通过测验候选人的方式来产生办公室主任。

牛大头说:“这种测验很简单,就是给两位候选人交代两件一模一样的工作任务,看谁完成得好,看谁给我们的答案最满意,就任命谁为办公室主任。”说完,扭头看了看那位两副局长:“你们有什么意见和建议?”

两位副局长觉得这样选举办公室主任,既民主又公开透明,体现了公平公正,就连连点头。于是,牛大头就把在会议室外候着的张庆国叫了进来,说道:“中秋节马上到了,我们单位准备给职工发些福利,你到许慎市场看看有没有月饼。”

张庆国跑去后,不到5分钟就回来了。牛大头问:“有月饼没?”张庆国回答:“有,好多摊位都摆满了月饼,满市场都是。”牛大头又问:“价位咋样?都是哪种牌子的月饼?”张庆国一时语塞:“你也没说让我问月饼的价格和牌子啊?”

牛大头笑了笑,挥手示意让他出去了。

牛大头随后把孙超人叫了进来,把同样的任务给他进行了布置。10分钟后,孙超人回来了。牛大头问:“月饼品种多吗?”孙超人说:“月饼品种真是太多了，有双福牌的、思乡牌的，也有思念和团圆牌的，而且价位不等，双福牌的价位最高，每提要 800 元，思念牌的价位适中，每提要 150 元。我还和卖思念牌月饼的老板讨了价，说需求数量多的话价位可以降到每提 100 元。"

牛大头看了两位副局长一眼后，让孙超人到会议室外候着，并叫来了张庆国。牛大头对张庆国说："第二个测验题是，单位准备给各部室配备一台电脑，你到联想电脑专卖店去了解一下价格。"

20 分钟后，张庆国从联想电脑专卖店回来了。牛大头问："联想电脑价格怎么样？"张庆国说："联想电脑品种多达 50 种，价格不等，高档的有 8 万多元的，中档的有 1 万多元的，低档的有 4000 多元的，我把各种型号的电脑价格全部记了下来。"说着，把一张写得密密麻麻的字条递了上来。牛大头接过字条看了看又问："我们单位每个部室配备一台中档联想电脑，他们能优惠多少钱？"张庆国支吾道："我这就去问问？"

牛大头摆手让他出去了。叫来了孙超人，把同样的任务给他进行了交代。30 分钟后孙超人回来了。牛大头问："价格怎么样？"孙超人就说了，和张庆国说的一模一样。牛大头又问："我们单位每个部室配备一台高档的联想电脑，他们能优惠多少钱？"孙超人从衣袋里拿出一张名片说："我回来时专门向联想专卖店的老板要了张名片，现在可以打电话问他优惠价。"

牛大头笑了笑，挥手让他出去后，问两位副局长："通过两次测验，俩人谁的工作能力强，不就见出分晓了吗？"

两位副局长见此，异口同声地说："我同意孙超人同志担任办公室主任职务。"

当晚，牛大头赴了一个饭局，回到家时已将近 10 点钟。一打开门，孙超人就从客厅的沙发上跳了起来，兴奋地说道："舅舅，你简直太有才了！你若不是通过测验的方式来提拔办公室主任，那两位对我有偏见的副局长说啥也不会让我担任办公室主任的！"

牛大头得意地笑道："你舅若没有两下子，能当这么长时间的单位'一把手'吗？！"随后，牛大头一脸严肃地说："我和你的关系绝对不能对外人讲，特别是本单位的人，一定要严格保密！"

孙超人频频点头，连连称是。

（2013 年刊登于《漯河文学》第 3 期）

# 提拔其实很简单

一上班，牛大头就把三个主要科室的负责人张三、李四和王五叫到了单位的小型会议室，让他们汇报各自部室近半年来的工作情况。张三首先发言，张三说："半年来，我们市场经营部在以牛局长为首的局党委的正确领导下，在全体人员的共同努力下，发扬出了求真务实，真抓实干，迎难而上，勇于拼搏的工作作风，全面超额完成了局下达的工作任务……"

"呜呜呜"，牛大头的手机设置的火警个性铃声打断了张三的汇报。牛大头拿起电话，接通后忙说："小丽，你有事吗？"

小丽说："老公，我在市区长江路超市为你看中了一套西服，你现在就赶过来试一试，看看合适不合适？"

牛大头说："我现在正在开会，没有时间呀！"

"我不，我不嘛，我现在就让你过来！你要快，我在丽人美容院等你！"

面对小丽嗲嗲的撒娇声，牛大头只好答应"马上过去"。

小丽是牛大头的第二任妻子，人长得非常漂亮，更主要的是小丽比牛大头小了整整12岁，是典型的"老少配"。因此，牛大头对小丽宠爱有加，百依百顺。

牛大头挂了电话后，就急着收拾桌面上的材料，刚收拾妥当，他仿佛想起了什么，就直视着张三问："你知道丽人美容院在什么地方吗？"

张三说："在长江路。"

"我知道长江路！"牛大头显得有些生气了，"你能不能说得具体点？"

张三说："具体点？您知道佳人洗脚城吗？佳人洗脚城的右侧就是丽人美容院！"

牛大头"哦"了一下，又把目光投向了李四："你知道丽人美容院的具体方位吗？"

李四说："我知道，丽人美容院的右侧是升平歌舞厅，也就是说，升平歌舞厅的左邻就是丽人美容院。”

牛大头又“哦”了一声，转头问王五：“你呢？能说出丽人美容院的具体方位吗？”

王五说：“如果我没记错的话，丽人美容院在市图书馆的对面，市图书馆在长江路北，丽人美容院在长江路南，正好对应着。”

牛大头听后二话没说，就直起了身，夹起公文包离开了会议室。

牛大头在往小丽所说的丽人美容院赶的路上，就给单位的人事科长打电话。牛大头在电话里对人事科长说：“关于上级让单位上报的副局长人选，我看就报王五吧！”

人事科长很认真地说：“张三、李四、王五三人的工作能力和水平难分高低，要不，把他们三个一起报上去，让上级领导自行定夺？这也省得提拔谁不提拔谁，让他们对咱有意见。”

牛大头不高兴了：“我让你报王五，你就报嘛，啰唆个啥！”话音刚落，牛大头就意识到自己语言的过激，就解释道：“张三、李四时常进入娱乐场所，这样的人咋能让他们当领导呢！王五同志就不同了，他常常进入图书馆充电学习，这样的人不提拔，提拔谁呢？”

人事科长有些不相信地问：“牛局长，说句不该说的话，你咋知道，张三、李四经常进入娱乐场所，王五时常进入图书馆充电学习呢？”

牛大头很严肃地说：“刚才我让张三、李四、王五三个人汇报工作时，小丽给我打来电话，让我到市长江路丽人美容院找她，我就很随意地让他们三个指出丽人美容院的方位，张三说丽人美容院在佳人洗脚城的右侧，李四说是升平歌舞厅的左邻，只有王五说与市图书馆对应着。他们指认的方位不就足以说明问题了吗？我们单位距离市区长江路50多里，若他们不经常进入这些场所，咋就知道丽人美容院在哪呢？”

人事科长一听，对牛大头这样看问题的逻辑，便有种哭笑不得的感觉，想要再说什么时，牛大头却以不容置疑的口吻又开了腔：“你现在就把王五作为副局长唯一候选人上报上级！”

人事科长只好连声说“好”。

原来，单位里先前的孙副局长调走后，他的位置就一直空缺着，上级就让牛大头在本单位内推荐个副局长人选。牛大头就对张三、李四和王五进行了一个多月的考察，可无论对他们三个纵向比还是横向比，均分不出谁劣谁优来。一时间牛大头拿不定了主意，于是，他就在今天召开了他们三人的工作汇报会，目的就是选拔副局长候选人。没想到，小丽的一个电话，就轻而易举地解决了困扰牛大头多时的难题。

王五作为唯一的副局长候选人上报不久，上级任命王五为副局长的批文就下发了。

张三和李四得知王五被推荐为副局长候选人的经过，俩人都是满腹的牢骚和委屈，张三说：“我叔叔家就在丽人美容院附近居住，我能不知道佳人洗脚城吗？”李四说：“升平歌舞厅是我表哥开的，我咋会不知道呢？”但让他两人最感到委屈的是，王五这小子之所以知道美容院的对面是市图书馆，是因为王五的老婆就在市图书馆上班。

张三、李四的牢骚话传到了王五的耳朵，王五满脸就呈现出鄙视的表情：“这两个傻球！什么我老婆在市图书馆上班，我喜欢学习充电，净他娘的扯淡！若不是老子送了现金1万元，我说十遍丽人美容院在市图书馆对面，他狗日的也不会把我推荐！”

（2006年刊登于《当代人》第6期）

# 实习要说也简单

张小军在郑州大学上大三，学的是新闻学专业，临放暑假，他的老爸张庆国就找到牛大头，想让张小军到他所在的县电视台新闻部实习。牛大头当时把胸脯拍得嘭嘭响，让张庆国一万个放心，保证万无一失。

牛大头在电视台只是一名普通的记者，无权无势的，他之所以向张庆国下了保票，是因为他觉得实习生不要单位的工资，工作也不少干，单位里一定非常乐意。因此，他也就没把这件事放在心上。

没过多久，张小军从学校回来了。当天晚上，张庆国一个电话把牛大头约到聚仙楼酒店。牛大头赶到，见到包间只有张庆国和张小军，就明白请他吃饭的原因了。牛大头这才记起，张小军实习的事一直还没向领导汇报，当即,二话没说就给部室副主任孙超人打了电话。

孙超人赶到后,牛大头就把张小军想到部里学习的事向他说了。孙超人听后,思索片刻说:“这事儿我得给李主任汇报一下。”李主任叫李胜,是部室的正主任。

孙超人打过电话没多久,李胜也赶了过来。李胜得知情况后,就给电视台副台长王力打了电话。哪知,王力下午刚出差去了四川支援灾区重建工作,说一周后才能回家,关于张小军的事等他回去再说。

李胜显得非常抱歉地对张庆国说:“等王力副台长回来,就让张小军到新闻部实习!这也不是什么大事,问题不大。”

张庆国听着端起酒杯笑道:“小军实习这事儿早两天晚两天的也无所谓,今天请你们来就是交流感情的,就是喝酒的!来,喝酒,喝酒!”

一周后,王力副台长从四川回来了。得知消息的张庆国当晚就又在聚仙楼设下了宴席。当时,作陪的有牛大头、孙超人、李胜等人,围了满满一桌,很是热闹。

酒过三巡,菜过五味。王力副台长略显醉意半开玩笑地说:“张小军到新闻部实习这事,我现在就给赵台长汇报一下,免得他说咱越权工作,摆不正自己的位置!”

一席话,说得满桌人嬉笑不已。

王力拨通了赵台长的电话,把事情说过后,赵台长一口回绝了:“不行,今年我们单位一个实习生也不能用!”

王力有些难为情地看了张庆国一眼,随着对赵台长说:“想到单位实习的是我家的亲戚,这孩子非常老实,我敢保证他不会惹出什么乱子来的!”

“你的亲戚也不行!”赵台长义正词严地说:“马上就要开奥运会了,为了确保单位在奥运会期间的安全,今年不用实习生!这也是上级的要求!”

“要不,他到单位实习我替他担保,这样可以吧?”

“不行!”赵台长有些火了,“说不行就不行!托关系找我到单位实习的学生不下30位,我都一一拒绝了。你作为副台长,咋就不知道‘安全重于泰山的道理’?!”

王力无奈地挂了电话,满桌人都显得十分的窘迫。还是张庆国举起了酒杯,打破僵局说道:“小军实习不实习都是次要的,今天我们痛快地喝酒才是主题!来,来,来,为我们今后的友谊共同干杯!”

事情本该到此结束。然而,第二天一上班,张小军却来到了电视台新闻部报到，说是赵台长让他来实习的。这让王力、李胜、孙超人、牛大头都吃惊不小。

牛大头问张小军："赵台长不是不同意你到单位实习的吗？"

"他后来又同意了，今天早上还是他打的电话让我到新闻部报到的！"

牛大头不相信地又问道："是赵台长亲自给你打的电话？"

"对呀！"张小军显得十分兴奋地说，"你知道昨天晚上我们散席后，在回家的路上我碰到谁了？"

"谁啊？"

"王小强。"

"王小强是谁？"

"咱们县王县长的大公子嘛！"张小军显得有些得意地说道，"王小强一个电话打过去，赵台长就同意让我来台里实习了！真想不到，王小强这个人的神通可不小啊！"

牛大头连连称是，头点得像是鸡啄米一般。

（2008 年 8 月 27 日刊登于《漯河广播电视报》）

# 厕所里面安空调

幸福县人事局局长牛大头从厕所里出来，已是大汗淋漓。他急忙走进办公室，嘴里不停地抱怨道："这天气，想把人热死哟！"

牛大头的抱怨声引来了秘书小王的注意，正为牛大头倒茶的小王听后，附和道："据天气预报说，今天的气温达 43 摄氏度呢，已超过了人体的温度！"

牛大头一边洗脸一边说："热，热，真热呀！"

小王随后又接腔道："要不，厕所里面也安个空调吧！"

牛大头一听，竟停止了手中揉搓毛巾的动作："对呀！"接着就指示道："你让孙副局长来我办公室一趟。"

不出片刻，孙副局长就走进了牛大头的办公室。

一进门，牛大头一改往日的严肃，示意孙副局长落座，然后直截了当地说："这鬼天气真热，我想在厕所也安一台空调，你认为如何？"

孙副局长听后，半天无语。牛大头急了："你咋不说话了！"说着，掏出一根烟给孙副局长丢了过去。孙副局长接过烟，点着就吸，直到一根烟吸了一大半，这才开了腔："我个人认为，厕所安不安空调的问题，要经过全体班子成员讨论后再定夺！"

"和我的想法不谋而合了！"牛大头显得很高兴地说，"要发扬民主嘛！征求一下大家的意见也好！你去通知一下，这会就在今天下午召开吧！"

下午3点钟，在单位三楼会议室按时召开了空调安装问题专题会，班子成员到齐了。

牛大头开门见山地说："为方便大家如厕，我想在厕所也安装一台空调，想听听大伙的意见，看看有没有这个必要。"

顿时，会场上一片死寂。时间一分一秒地流走，牛大头怕冷了场，只好以提问的方式进行了，他首先点到了孙副局长："老孙，你先谈一谈吧，厕所安台空调有没有这个必要？"

孙副局长胸有成竹地说："我认为可以！因为，同志们一进厕所就会热出一身臭汗来，出来以后很难立刻投入工作，安装空调以后就可以避免这种情况发生，自然提高了工作效率。我个人认为很有必要。"

"好"！牛大头接着往下问办公室主任，"张主任，你认为呢？"

张主任痛快地说："我赞同孙局长的意见，有必要！"

经过这一问一答式的发言，与会人员一致同意厕所安装一台空调。牛大头这时又开了口："既然大家都认为厕所有安装空调的必要，按照民主程序，咱们来表个决吧！"说着，自己就带头举起了手，参会人员也就齐刷刷地全举起了手，牛大头扫视一下会场，说："全体通过，散会！"

当天晚上，牛大头再进厕所时，厕所已经装了空调。

谁也没想到，第二天一上班，孙副局长就拿着请示报告走进了牛大头的办公室。是关于孙副局长自己办公室安装空调的请示，报告上说，他办公室的空调是5年前购置的，年久失修，已无法发挥制冷功能，要求购置一台新空调。

牛大头不好说什么了，毕竟自己让厕所安装了一台空调嘛。当即，就签批：同意购置。

随后办公室张主任也来了，也拿了一份请示报告，说办公室也该装个空调了，要不，外单位来人看到堂堂的局委办公室里竟没有一台空调，有损单位形象。牛大头二话没说，签了同意。

接着人事科长也拿来了一份报告……

一个上午下来，牛大头就同意了单位各科室十几台空调的安装请求，牛大头觉得自己的确没办法拒绝别人安装空调的要求，要知道，有人若说一句"我们的部门在你眼里，难道还不如厕所？"就让他无言以对。还能说什么呢，只能同意了。

不久，财务室会计来到牛大头的办公室，一脸的苦瓜相："牛局长，装空调的事，能不能往后拖一拖，账面上的资金只够发本月干部职工的工资了！"

"工资可以往后拖一拖，但安装空调的事不能拖！"牛大头很认真地说，"这么热的天，让同志们在没有空调的房间工作，我于心何忍呀！只要我签字同意了的，你把资金及时下拨就是了。"会计听了也不好再说什么，只好转身落实资金去了。

当天下午要下班时，有人给牛大头打来了电话："姐夫，今晚咱到聚仙楼玩儿吧，我请你的客！"

"请什么请，算了算了！"牛大头哈哈笑着说道。

"不行，这客我一定请，你一天时间就帮我卖了十五台空调，我不请客过意不去的！"

"你这小子，咋说这样的话！"牛大头装作很生气地说，"谁让我是你姐夫，我不帮你帮谁呀！"

（2005 年刊登于《民间故事》第 12 期）

# 局长的小车惹了祸

星期一刚上班，一个农民模样的老汉走进了单位的办公室，他唯唯诺诺地说："请问牛主任在吗？"

牛大头放下报纸没好气地说："你找他有什么事？"

"你就是牛主任吧？"老汉从牛大头的话音中听出了什么，"是这样的牛主任，你们局长的小车撞死了我家的一头猪——"

牛大头一听，局长的小车撞死了人家的猪，事关重大，就慌忙站起身来，非常热情地说："大爷，您请坐！"说着又急忙倒了一杯热茶端了过去，"大爷，事情的经过，您再具体地给我说一说。"

老汉受宠若惊地接过牛大头递过来的茶，说道："我是城东小王庄村的。前天，我家的猪和小狗在我家大门前的公路上撕咬着玩。小狗被小猪逗恼了，就狠狠地咬了猪，猪一慌就疾跑，而狗呢穷追不舍。于是，小猪被小狗追得满公路上乱窜……这时一辆小轿车疾驰而来，因速度太快，一下子就撞到了我家猪身上。当时，我正在家里择菜，听到猪的惨叫，就跑出家门，看到了一辆小轿车，把猪撞倒后，连停也没停，就跑远了。但我却看清了那辆车的牌照，是12345。我到交警队一问，才知道是你们单位局长的车，所以我就赶了过来，想请你把这件事给我处理处理……"

牛大头听后，知道撞死老汉那头猪的小轿车确实是局长的车。可是，这部车是四位副局长共用，是哪位局长开车撞了老汉的猪呢？牛大头对此做不了主，就连忙给单位的"一把手"打了电话，把事情的经过简要叙述了一遍。"一把手"一听就说："你调查一下是谁撞的，再……算了，你看着处理吧。要维护领导在职工中的良好形象，对这件事要保守秘密。你妥善处理一下吧！"

有了"一把手"的这些话，牛大头就急忙查找出车记录，可那天的出车情况刚好没有登记，问那部车的司机吧，那天他刚好请假。再说，车钥匙四位副局长人手一把，要直接问他们吧，又会引起他们不高兴。牛大头一时间不知如何是好了，一副愁眉不展的样子。当了多年的办公室副主任，一直得不到提拔，而现在正主任出差，由他主持办公室的工作，本想在自己主持工作的几天时间内，好好表现一下自己的才干，没想到碰到了这么一件棘手的事情！

老汉一见牛大头的难受样，于心不忍地说："俺其实也没别的要求，只要给俺赔一头猪就行了！"

牛大头一听这话，顿时来了精神，忙问："你那头被撞死的猪有多重？"

老汉说："二十来斤重。"

牛大头有了想法，说："赔你一头猪你乐意吗？"

老汉说："俺是实在人，讹人的事，我做不出来，赔俺一头就行了！"

"如果我们单位赔你两头猪你要不要？"牛大头笑着说。

"这、这、这……"老汉"这"字连说了几个也没说出个所以然来，撞死一头猪赔两头，天上掉馅饼的好事上哪找去！

"如果赔你五头小猪呢？"牛大头看着老汉有些激动的样子，，显得非常开心、得意。

"是真的？"老汉不相信地问，"你们真的愿意赔我五头小猪？"

"是真的！不过有个条件，如果你答应的话，我可以再加一头。如果你觉得不合适的话，我只能赔你一头了！"

牛大头说了想法，老汉犹豫片刻，终于答应下来。

牛大头严肃地说："这件事只限你和我知道，不能透露给第三个人。"

牛大头拿出计算器，敲了几下后，说："给你现金，你自己买猪吧，一头猪按 150 元算，六头是 900 元，给，你数一数。"

"数什么数！"老汉接过钱直接放进了衣袋里。

老汉临走时，牛大头一再交代道："我给你说的那件事，明天你务必给我落实了！"

老汉喜滋滋地说："牛主任，你放心吧，我一定按你的意思办！"

第二天，一上班，就听到吹吹打打的唢呐声由远而近，领头的是那个老汉和他的儿子，两人抬着一面锦旗，兴高采烈地走来，锦旗上面写着"帮农民致富，为群众分忧"十个醒目的大字。

很快，县电视台、电台的记者闻讯赶来，拍照的拍照，录音的录音，忙得不亦乐乎。当晚，电视台就播出了题为《某某单位为农户捐献致富猪》的专题片中，牛大头在电视里一而再，再而三地重申，这是他们单位领导为帮农民致富采取的新举措。

这事过后不久，当了十多年副主任的牛大头就转了正，据说是单位领导从这件事上看出牛大头很能干，也很讲工作方法，是个难得的人才。

（2005 年刊登于《民间故事》第 10 期）

# 都是电话惹的祸

牛大头从聚仙楼大酒店走出来，已经喝得酩酊大醉了。他头重脚轻没走一百米，就再也没有力气走下去了，便身不由己地一屁股坐在人行道的道边石上。尽管昏昏沉沉地想睡觉，但他还意识到在大街上睡觉是有失体面的。于是，他摸索着从腰间掏出手机，给家里打起了电话。

“喂，谁呀？”电话里传出了一个小女孩稚嫩的声音。

“妮子，是我，我是你爸。”

“爸，你咋还不回来呀？”

“我……我……马上回去。你……你妈呢？”

“爸，你又喝多了吧？”小女孩说道，“我妈刚才出去了。”

“去……哪了？”由于酒精的作用，牛大头的舌头说起话来已经有些发硬。

“我也不知道，她说去去就回来的！”

“好，待……会……你……妈回来时，让她来接我一下。”

“好，好，可你现在在哪儿呀？”

“我……在……”牛大头的话没说完，通话就断了，电话没电自动关机了。牛大头有些无奈地放下了电话，身子一歪便倒在了地上呼呼睡起了大觉。

小女孩听见电话里没了声音，就老大不乐意，嘴里嘟囔着说：“让去接，也不说在哪儿,真是的……”

正说着,小女孩的妈妈推门进来了,听到小女孩的话就问:“妮子,怎么了?”

小女孩就如实说了,说爸爸让去接他,可没说在哪就挂了电话。妈妈听后焦急地说:“是不是你爸爸又喝醉了酒?”

小女孩用力地点了点头。妈妈一听急忙放下手中的物品,对女儿交代道:“你在家里做作业,我去接你爸!”

小女孩阻拦道:“你也不知道我爸爸在哪儿,你去哪儿找他呀?”

妈妈说:“我先到你爸爸的办公室看看再说!”说完,人就像风一样飘出去了。

再说牛大头,躺在大街上也不知睡了多久,最后被夜晚的凉气冻醒了。此时酒劲已消去了六七成,他迷迷糊糊地站了起来,拍了拍身上的土,摇摇晃晃地回了家。

回到家,脱衣上床时,本来面朝外睡的妻子,一见牛大头回来,一翻身给了他一个后背。牛大头自知理亏,对此也毫不介意,钻进被窝不久就进入了梦乡。

第二天早上,牛大头醒来,迷迷糊糊想起昨天晚上的事,就对穿好了衣服准备下床的妻子说:“你昨天晚上跑到哪里玩去了?”

“我昨晚一直在家,哪里也没去!”妻子没好气地回敬道。

“不对吧?”牛大头若有所思地说,“我昨天晚上明明给家里打了电话,是女儿接的,她说你出去了呀!”

“昨天晚上为等你回来,我和女儿一直坐到 11 点才睡的,你给鬼打电话了吧!”妻子显然被牛大头的话给激怒了,气呼呼地冲室外说道,“妮子,你过来,你给爸爸说清楚,你啥时接了他打回来的电话?”

妮子闻声推门进来,不满地对牛大头说:“我和妈妈等你到大半夜,你却一个电话也没往回打,你咋说我接了你的电话?”

牛大头不相信,他觉得一定是妻子和女儿合伙骗他,赶紧把手机接上了电源,又忙不迭地在已拨电话栏里寻找,可找了半天也没找到打进家里的电话号码。

牛大头对此迷惑不解:我明明是给家里打了电话的嘛,咋就不承认呢?咋就没有电话号码呢?

牛大头带着疑问上班去了。一进单位,就发现单位同事的神情与往常不太一样，三个一堆五个一群地聚在一起窃窃私语。牛大头刚进办公室，就听人称“快嘴”的王丽对他兴奋地说道：“这次局长可惨了！”

“怎么了？”牛大头一惊。

“怎么了？你还不知道吧！”王丽神秘兮兮地把嘴贴到他的耳边来说：“昨天晚上，局长的老婆来接局长回家，正好碰上局长和秘书小青在办公桌上搞那事呀！局长老婆一气之下，把局长的办公室砸了个稀巴烂，还把局长的脸抓得面目全非！……”

“不会吧！”牛大头有些不相信地说：“咱们局长做事一向小心，咋会让老婆逮到了呢？”

“这是千真万确的事呀！”王丽一见牛大头不相信，声音提高了许多，“这也活该局长倒霉！据看门的老头说，局长老婆来到局里时还说是局长打回家电话让她来接他的呀！你说咱局长是不是吃错药了……”

牛大头听到这儿，心里“咯噔”一下，急忙翻开手机，一查，在自己的手机已拨电话栏里竟有局长家的电话号码。他顿时明白过来，自己昨晚打的电话是打到局长家里了。

这时，王丽仍不停地说着：“这次局长肯定是要下台了……”

牛大头怎么也想不到自己打错了一个电话竟惹出了这么大的祸来。他连忙把局长家的电话号码从手机中删除掉了，因为他心里非常清楚，局长若知道是他打的电话，不把他生吃了才怪呢！

（2005 年 4 月 8 日刊登于《漯河日报》）

# 牛大头主任生了病

牛大头主任生病了。

牛大头主任生病的消息是牛大头的老婆通过电话告诉大家的，牛大头的老婆说她是受了牛大头的委托，特意告诉大家一声，目的就是希望大家，要有“牛大头主任在与不在一个样”的心态，努力干好自己的本职工作。当时，接牛大头老婆电话的是新来的小王，小王挂了电话后，就及时把牛大头主任生病的消息给全体人员做了通达。说是全体，其实，除了牛大头主任外也就三个人，一位是张三，一位是李四，再一位就是新来的小王了。张三知道牛大头主任生了病，欣喜若狂地嚷开了：“这糟老头子，生病了！得的啥病？”

小王说牛大头的老婆没告诉他。张三就一言断定：“他得的不是癌症晚期，就是艾滋病！”

李四一听，也接上腔说道：“这两种病都不行，他最好得的是无药可治、生不如死的怪病，让他活活地受折磨，然后在无比痛苦中死掉——”

张三听罢，兴奋地说：“对，对，就让他狗日的得上莫名其妙的怪病，让他生不如死！”

张三和李四这么恼恨牛大头主任是有原因的，前段时间，局领导考虑着让张三担任副主任，报告都给上级打了上去。可是，到了牛大头这里，他说什么也不同意，说张三不思进取、得过且过，是一无是处之人，提拔这样的人会给单位造成不良影响，令职工不服，等等。局领导面对牛大头的坚持，也不好再说什么，这样张三提拔的事情就被牛大头给搅黄了。而李四呢？也是不久前，同在一个单位工作的老婆迟到了，被牛大头逮到，牛大头当即给财务部门下达了罚款 50 元的通知单。李四得知后便找牛大头说情，想着自己跟着牛大头一起工作了三四年，他一定会给面子，谁知话没说两句竟被牛大头骂了出来，并因他的说情又加罚了他老婆 50 元。为此，李四遭受了老婆一个多月的辱骂。

当然，这些事新来的小王是不知道的，他听着张三和李四咒骂够了牛大头时，才试探着开腔问道：“牛主任病了，咱们得去看看他吧？”

“看他？”张三一听火了，“看他还不如把我拉出去枪毙了！”

李四也接着说：“让我去看他，除非把他女儿给我作二房！要看你自己去看！我俩决不会去！”

小王一听这话，也不再说什么了。

下班后，小王本来也不想去看生病的牛大头的，因为老婆和孩子一起回了娘家，无事可干，心想闲着无事干，还不如去看一看牛大头主任，对自己下步的工作有百利而无一害。想到这，他就买了几斤水果，去了人民医院。

走到牛大头所住的病房前，刚要敲门，听到里面传出了一个很熟悉的声音:“牛主任,您一定要安心养病,身体是革命的本钱啊!”话音一落,又一个熟悉的声音从室内传了出来:“我俩听说您有病了,心里一天都非常难过,我俩一直盼着早点下班来看望您呀! 那个新来的小王,我俩约他一起来,他不来倒也罢了,谁知他竟说,让他来看你,除非你的女儿给他作二房呢——”

小王听着,气得浑身颤抖,想要昏死过去。因为此时,他已经听出话音了,说话的那两个人,前者是张三,后者是李四。

(2004 年刊登于《沙河风》第 10 期)

# 牛大头选举

近段时间,幸福村一向被人瞧不起的光棍汉牛大头,竟接二连三地被一些人请吃请喝起来。

这事说怪也怪,说不怪也不怪;牛大头是个好吃懒做、游手好闲之徒,以往,人们见了往往是避而远之,如今,幸福村里要进行换届选举。几位想当村官的人,都想从牛大头手上得到一票。因此,请牛大头吃喝也就没什么奇怪可言了。

张三先一步找到牛大头。张三说:“大头哥,这次选举,我得靠你支持呀!”

“支持?”牛大头一脸不解,“支持啥?”

“选举时,你投我一票,不就是支持吗?”张三满脸的讨好。

“说着容易做着难啊!”牛大头说道,“你让我支持我就支持吗?”

“你……”张三瞪大了眼睛,理解不透牛大头话里的意思。

牛大头接着说:“现在是抓经济、讲实惠的年代,没有这个那个的,谁支持谁呀?”

张三明白了牛大头的意思,忙说:“大头哥,你只要为我投上一票,有什么要求,我一定尽力为你去办!"

牛大头慢悠悠地开了腔:"听人说,新开业的聚仙楼酒店,饭菜做得挺不错的嘛!"

张三顿时明白过来:"走,咱去聚仙楼,我请客!"

于是,牛大头在半推半就之间去了聚仙楼。先敬酒后碰杯,随后划拳又猜枚,几瓶白酒下肚,牛大头舌头发硬,头发晕,腿也发软了,但他的心里非常清楚张三请客的目的,就借着酒劲表了态:"张三老弟,这次选举,我牛大头一定为你投上庄重的一票,你放心好了!"

一席话说得张三心花怒放,屁颠屁颠地把喝得烂醉如泥的牛大头连拖带背地送回了家。

接着,李四来找牛大头。随后,王五也来了……就这样,牛大头度过了数天花天酒地的生活后,幸福村投票选举的日子来到了。

牛大头望着手中的选票,看了看候选人的名字。沉思片刻之后,嘴里嘟囔着说:"你们都想当村官,哪个狗日的不想当!"说完,就在选票上工工整整地填上了三个字:"牛大头。"

(2003 年 7 月 10 日刊登于《青年导报》)

# 今年植树种什么

植树节前夕,牛大头这个县绿化办公室主任竟和主管林业的王副县长闹翻了脸。原因其实很简单,县里要举行一场声势浩大的植树造林活动,与往年一样,由县里统一组织树苗,对各单位分配指标,县里就把此项工作交给王副县长和牛大头具体负责落实。俩人在研究县城附近的幸福大道两侧种植什么树木时产生了分歧,牛大头的意思是全部种成杨树,杨树成活率高,而且易生长,可改变以往政府部门"年年栽树不见树"的不良形象,而王副县长的意思是杨树没有观赏价值,起不到绿化与增收的效果,要种就种桃树。桃树不仅可以美化环境，到了季节也可以出售桃子增加群众收入。

牛大头不以为然："政府的形象都因这几年的植树造林活动在群众中一落千丈，应该抓紧时间挽回，再说，桃树怕涝，万一雨水多一点，就可能再次出现'植树不见树'的状况。"

王副县长说："只要我们真心为民，挖空心思为他们着想，群众也会理解我们的一片苦心的！不像你所说的那么严重，再说，我们的出发点本身就是无可非议的嘛！"

牛大头说："我可不愿让老百姓说咱总是种些'花而不实'的东西呀！"

就这样俩人相持不下，谁也说服不了谁。这时，县绿化办副主任就出来打圆场，他折中地说："要不，把幸福大道两侧一边栽成桃树，一边栽成杨树？"

王副县长一听，就有些不悦了，想自己是一个分管林业的副县长，自己的意见竟被他们听而不闻，当成了耳旁风，就说道："今年植树造林就全部栽植成桃树。就这么定了！"说着人就要走。

牛大头见了，也生了气，心想你以前是分管工业的，刚刚分管林业工作，对林业工作可以说一窍不通，就搞起了"一言堂"，今后的自己的工作还咋能干好呢？于是，就板起了脸，说："要种桃树，你领着去干吧！今年我不参与！"说着也气呼呼地直起了身。

王副县长顿时火冒三丈："你以为我们县的植树造林工作离了你牛大头就干不成了吗？实话告诉你，离了你，县里的植树造林工作，不仅搞得会更好，也更有成效！"

牛大头也怒火冲天地说："你厉害，有本事你把我撤了呀！你现在就把我绿化办公室主任的职务撤了，不撤你是狗日的！别把自己看得太高了，就凭你！想撤我，门儿都没有！"说着就迈开大步走了。

气得王副县长冲他的背影一个劲地吼："我要收拾不了你，我就不姓王……"

看着牛大头走得没了影子，王副县长就气呼呼地找孙县长去了。孙县长是正县长。

当时，孙县长正对秘书科的人员交代写汇报材料，说是省里来了工作组，要对县里的禽流感防控情况进行调研。王副县长就站在他的办公室里等，直到孙县长把迎接检查的工作安排好之后，才回过头来问王副县长："你有事吗？有事就赶快说，待会我还要参加禽流感工作汇报会呢！"

王副县长这才满腹委屈地简要地把牛大头如何不配合工作的事作了汇报。

孙县长听了,说:"牛大头在林业部门工作了多年,有一定的工作经验哟! 你刚刚分管林业工作,要多听听他的意见才对呀! 他可是林业工作的专家呀!"

王副县长说:"牛大头对我也太不像话了,竟说我若不撤他的职就是狗日的! ……"

"好啦,好啦!"孙县长打断了王副县长的话说道,"不都是为了工作吗? 吵两句,说两句,何必认真呢! 要不,今天下午,我们仨人在一起重新研究研究,今年种植什么树木最合适! 你先去忙吧。"

话说到这种份儿上,王副县长也不好再说什么了,只好离去。

下午,孙县长就召集了王副县长和牛大头开了专题会议,俩人仍坚持自己的观点,加之上午的争吵使得俩人的意见有了些水火不能相容的成分,并且有准备在孙县长面前再次争吵的倾向。

孙县长见此就有些不悦了:"种桃树不行,种杨树也不合适,我看就种松树算了!"

王副县长小心翼翼地问:"种松树合适吗?"

"有什么不合适的! 松树一年四季常青!"

牛大头一副欲言又止的样子,但最终也没吱声。

王副县长又开了腔:"我们县里培育松树苗的农户没有几家,再说,他们培育的树苗全部加起来,也不到我们这次植树造林所需树苗的三分之一呀!"

"树苗的事,你们就不要操心了,由我帮助你们联系!"说完就站起身走了。留下王副县长和牛大头两个像斗败了的公鸡似的,脸上挂满了无奈的表情。

当天晚上,牛大头就提了礼物去了孙县长的家里。牛大头一见孙县长就毫不遮拦地说:"老同学,这次你可一定帮我个忙呀!"

孙县长问:"帮啥忙? 你直说吧!"

"我爹在乡下老家,培育了10亩地的杨树苗,这次植树造林,你看能不能种植杨树……"

孙县长顿时明白过来,怪不得牛大头一再坚持今年植树造林种植杨树,原来……孙县长当时就火了:"你看看,你还有没有共产党员的样子,为了个人的利益，竟然做出以权谋私的事来了，你的党性何在！今天上午，我就想狠狠地批评你，王副县长作为你的领导，你咋能那样对他呢？我可告诉你，你今后若再做出这样的事来，我可饶不了你！到时候别怪我心狠！"

牛大头见孙县长发了这么大的火，羞得无地自容，只好连连点头，一个劲地承认起错误来了。

牛大头前脚刚走，王副县长随后也走进了孙县长的家里。王副县长说："孙县长，我岳父种了几亩地的桃树苗，你看能不能帮我处理一些！"

孙县长顿时脸就青了："牛大头坚持种杨树，是为了他爹，你坚持种桃树是为了你岳父，你们还像个共产党员吗！党和人民给你们的权力，都变成你们谋私利的工具了呀！你们呀，你们，你们全他妈的混蛋！你现在就从我这里滚出去，我永远也不愿看到你们这些共产党的败类！"

王副县长灰溜溜地走了。

王副县长走后不久，孙县长的手机铃声响了起来，是孙县长乡下侄女打来的，侄女说："三叔，我爹让我问问你，咱家里10多亩的松树苗，你咋个处理的？"

孙县长说："告诉你爹，明天我让财政局长直接带着现金去取树苗，每棵树苗在市场价的基础上，再提高5元，你们把钱收住后，点下树苗棵数就可以了，挖苗、装车这些活儿都由他们自己来……"

侄女说："三叔，这样不太合适吧？"

孙县长说："有什么不合适的？我说合适就合适！……"

# 名字变迁

牛大头出生第三天，出国考察回来的爷爷第一次见他就惊呼道："好大的头呀！头大智商高，聪明，这孩子就起名叫大头吧！"就这样，他被冠上了"牛大头"的称号。

牛大头出生的时间正是七八月份，天正热。因为天气热，牛大头整天哭闹不睡觉。时间一久,家人就非常的烦恼,就说:“你整天哭闹个不停,闹得人心烦,你别叫牛大头了,你叫‘牛闹闹’吧。”从此,在家里,牛大头就被家人称为“牛闹”。

上幼儿园时,牛大头见班上一个叫杏甜的小朋友长得非常漂亮。一次牛大头一进班就拉住杏甜的手,非要亲亲她。杏甜不允,牛大头就强行抱着杏甜亲了个嘴,杏甜哭着找了老师。老师大怒,说:“你这么小就这么坏!你叫什么牛大头,你叫‘牛坏’!”老师这么一说,全班的小朋友都叫牛大头为“牛坏”了。

牛大头上小学时,一个姓王的班主任批评了他,为了泄私愤,王老师在课堂上讲课,他竟在作业本上画王八。当牛大头刚把画得大大的王八旁边写上“王老师是王八”这几个字,准备向同桌炫耀时,王老师已站在了他的身边,并从牛大头的双手下抽出了那幅图,当即脸色变得铁青,话不成句地说:“你、你、你……”牛大头忙解释:“我是希望王老师您长命百岁啊!人们常说,千年王八万年龟……”老师听后,竟然说不出话来。这件事后,同学们都叫牛大头为“牛皮”了。

上中学时,牛大头竟和女同学谈起了恋爱,俩人经常不上课,进公园,上影院,爱得死去活来的。知道他的人都说他早熟,叫他“牛早”。

上大学,牛大头把一个女同学的肚子搞大了。为了不影响学习,牛大头带着女同学做了流产手术。做过手术后,牛大头却不再和那个女同学来往了,女同学非常生气,逢人就说牛大头是只吃人的狼,大伙也就叫他“牛郎”。

大学毕业分配到单位上班后,牛大头特勤快,不论单位的领导还是职工,都叫他“小牛”。一年后调办公室担任秘书,人称“牛蜜”,又过一年,当了办公室副主任,人叫“牛副”,时隔不久,转正,被唤“牛主人”。三年后,单位人事变动,牛大头当上了单位的“一把手”,单位上下全叫他“牛老一”。

叫了20年的“牛老一”后,牛大头光荣退休,在举行的欢送会上,单位干部职工踊跃发言,都说牛局长在20年的工作中,为单位创造了不菲的财富;单位盖起了综合办公室楼,职工有了家属楼……今后一定继承和发扬牛局长的光荣作风,把单位建设得更好,让职工的效益更多。

牛大头退休第一年,人们都叫他“牛局长”;第二年,人们改叫“老牛”;第三年,被称为“牛老头”……第十年头上,牛大头死了。当他家里传出哀乐时,住在他家附近的人们就问:“谁死了呀?”知情者说:“牛大头。”有人就问:“牛大头是谁啊?”知情者说:“不知道牛大头,你该知道‘牛老一’吧? 就是在某某单位当过局长的那个人,‘牛老一’就是牛大头!”那人摇了摇头。知情者说:“在单位还干过办公室主任、秘书,人叫‘牛主人’‘牛蜜’的那个人。”那人仍摇头。知情者非常耐心地说:“牛大头就是在上大学时,把女同学的肚子搞大的‘牛郎’,上中学和女同学谈恋爱的‘牛早’,上小学把老师画作王八的‘牛皮’,上幼儿园亲小朋友的‘牛坏’呀!”那人说:“我真的不知道牛大头是谁啊!”知情者一副无计可施的样子说:“你知道不知道‘牛闹’?”那人两眼放出了光:“你说的这个人是不是小的时候,白天夜里不睡觉,经常哭闹个不停的‘牛闹’吧?”知情者连连点头。

“‘牛闹’就是牛大头啊!”那人责怪地说道:“你早点说‘牛闹’我不就知道了吗?”接着又惋惜地说道:“算起来,‘牛闹’还没我年龄大,咋就死了呢?”

# 养狗轶事

幸福村地理位置偏僻,交通不便,加之处在三县交界地带,俗称“三不管”,因此,村里经常发生偷盗事件,社会治安极差。这就愁坏了新上任的村主任牛大头,他一连跑了三趟镇派出所,均无功而返。第一次去报案,派出所的工作人员特别热情地接待了他,说让他先回去,公安干警马上就去。可牛大头左等右等,直到村里发生了第二起偷盗案件也没有见到公安人员的影子。第二次去报案,派出所的同志仍很热情,仍和上次一样让他回去了,也和上次一样发生了第三起案件时也没见到公安的人影。为此,第三次报案时,牛大头就窝了上两次的火,这次他直接找到了所长,开始所长也很热情,也说让他先回去,马上干警就去。牛大头因为已经上了两次当,便有些不放心地向所长说:“可别学上两次呀! 说马上去,可接二连三地发生了几起案件也没见你们的影子啊!”所长一听这话,就老大的不乐意,收起笑脸说道:“人民公安为人民! 你咋能不相信我们呢?!”

牛大头忙赔上笑脸说:“不是不相信,只是你们那两件事,确实让人无法相信——”

“怎么啦?”所长一听便来了火,“你知道吗?现在所里经费紧张,再说你们村离这里二十来里地,一来一回就要用去不少油料,如果你能拿出点出警费的话,我现在就到你们村上去破案!”

牛大头听出了话音,他们是想要些钱。要知道村子里穷得叮当响,拿出一分钱都十分困难。前几天村里开了党员会,牛大头自掏腰包买了两盒“老黄皮”烟,被老婆骂得面目全非。这次若再垫钱进去,老婆不把自己生吃活剥了才怪!想到这儿牛大头就站了起来,说:“既然这样,那就算了!”

所长见状,便大度地说:“我也知道你们村子是个穷村,要不,你把来往的油料钱拿出来如何?”

牛大头连连摆手:“算了,算了!我们自己想办法吧!不麻烦你们了!”

牛大头在回家的路上,越想心里越不是滋味,人穷被人欺呀!连派出所这样的因没钱也不出警破案了!靠天靠地,不如靠自己呀!牛大头想来想去,觉得村子里要想防贼防盗,只有家家户户来养狗,让狗来帮村民看家护院,这也是唯一能保证本村财产不受损失的办法了。

于是,牛大头回到村子后,就号召全村每家每户来养狗,其实,不少村民为了防盗,早就养起了狗,这次加之牛大头的号召,各户村民都积极地行动了起来,喂狗蔚然成风。一时间,幸福村里家狗成群,出现了半夜有响动,处处闻狗叫的景象。

幸福村家家户户都养起了狗,唯独赵二狗不养。赵二狗是个无妻无儿、一个人吃饱全家不饿的光棍汉。虽然牛大头多次上门做工作,可他认为,自己家里值钱的没有,那些贼人要偷也是偷有钱人家,偷他可没有多少油水,再说了自己懒得还不想做饭,却去伺候一只狗!

牛大头对此也不好再说什么了。但赵二狗这种贼不偷穷人的话没说出多久,他家里却真被人偷了,而且贼人偷走了他家里最值钱的东西——两袋麦子。

那天晚上,赵二狗在牛大头家打了大半夜的牌,回到家竟见房门大开,家里的两袋麦子被人偷了。当时,他愤怒极了,说狗日的我一定要抓到你。除了面缸里的面外,这可是他半年的口粮。为了抓贼赵二狗成了村里的义务巡逻员,常常白天睡觉,晚上就在村子里面转悠,整夜不睡。可半个月过去了,却连贼的影子也没见到,为此心灰意冷,他只好作罢。可面缸里已见了底了,再不想办法,就没有吃的了。赵二狗就厚着脸皮去找牛大头,牛大头听了赵二狗的来由,就让老婆给赵二狗两袋麦子,老婆极不情愿,牛大头就冲她吼:“让你给他两袋粮食,你没听到呀!”老婆只好依了他,这让赵二狗感动得眼圈都红了。随着牛大头就骂了赵二狗一顿,说他不听话,是狗屁不通的东西!对此,赵二狗一脸的诚恳,并表示即便是自己不吃也要养起狗来。

牛大头这才不说什么了。

赵二狗回去,就抱了一只狗养了起来。这样,幸福村 300 户人家,家家都喂养了狗。

很快年底临近,县里开了总结会,牛大头也去参加了。回来的时候竟披红戴花,满脸喜色,经询问得知幸福村受到了县里的表彰,还得了几万元的奖励呢!不少村民都去了牛大头的家里,见有一个奖状,拿起一看,上面有烫金大字写着:“授予幸福村养狗专业村。”牛大头说:“县领导非常看重我们村,说过罢年要大力扶持咱们,准备给我们拨 50 万元的资金,要我们大力养狗呢!”全体村民对此欢欣鼓舞。

当时,赵二狗没去。晚上,牛大头却来找赵二狗,拉着就去了饭店,赵二狗对此受宠若惊,急问原因,牛大头笑而不答。菜上齐了,任牛大头怎么劝说就是不动筷。牛大头追问再三,赵二狗才吞吞吐吐地说道:“俗话说,无功不受禄,我总觉得吃这顿饭受之有愧——”

牛大头一听,笑了起来:“这顿饭菜,你可是受之无愧呀!不是你,我们村今年可不会被评为‘养狗专业村’的呀!”

赵二狗顿时瞪大了眼睛。

牛大头接着说:“县里规定,养狗专业村的标准是一个村必须有 300 户养狗。而我们村一共 300 户,一家不养狗就不能达标呀!”

赵二狗“哦”了一声,算是松了一口气。

牛大头接着说:“我偷了你的两袋麦子,你可不能记恨我呀!”

赵二狗听后,怔了一下,随即说:“为了让我养狗,不得已而为之,何错之有!来,来,吃,要不菜就要凉了……”说着夹起一大块肥肉放进了嘴里。

(2005 年刊登于《民间故事》第 5 期、2005 年刊登于《沙河风》第 9 期)

# 下水管被堵之后

刚上班不久,局长牛大头就急匆匆地向卫生间赶去,可人刚进卫生间当即就转身出来了,并重重地带上了门。他满脸怒气地掏出手机,对办公室主任孙超人吼道:“你到四楼来看一看,卫生间脏成什么样了?”说完“啪”地挂上了电话。很快,办公室主任孙超人就气喘吁吁地跑了上来,惊慌失措地问:“牛局长,怎么啦?” 牛大头用手重重地点了点卫生间的门,不再作声。

孙超人推开卫生间的门一看,不由得“哎呀”了一声。只见卫生间内污水横流,足有没脚深。特别是污水里漂浮着一层大便,看着就让人想呕吐。孙超人轻轻地掩上门,像做错事的孩子一样,说:“我马上叫人疏通!” 牛大头 “嗯”了一声,没再言语就迈步上楼方便去了。

孙超人望着局长的背影,掏出手机拨通了后勤科长的电话。他在电话里对后勤科长说道:“四楼卫生间的下水管道被堵住了,你赶快来处理一下。”后勤科长连声说好。

片刻工夫,后勤科长就赶了过来。孙超人严厉地说:“你看看吧,卫生间成了什么样子了!”后勤科长只看了一眼,就不愿再看第二眼了。急忙说道:“我马上叫水电工过来处理!”说着就拨打起来手机,很快电话通了。

后勤科长心急火燎地问:“小王,你在哪?”

“我在老家。”

“我限你十分钟赶到局里来!”

“科长,不行呀,我现在在乡下老家,离咱单位有五十多里地呀!”小王为难地说。

“什么?” 后勤科长顿时像泄了气的皮球,捂住听筒,向孙超人汇报说,“水电工一时半会赶不过来,这可怎么办呀?”

“怎么回事呢?”孙超人极不悦地问。

后勤科长如实回答说水电工回了乡下老家。

孙超人说:“他老家在哪？局里派车去接他!”可话一出口,他便有些后悔了,因为局里的车除了局长的专车在家外,其他车辆全派出去了。

怎么办呢？正在这时，局长牛大头从楼上走了下来。孙超人见此迎上去说:“牛局长,咱单位的水电工回了乡下老家,一时半会很难回来,为保证卫生间能及时疏通,要不,就用您的车把他接来——”

牛大头看了一眼卫生间,就显得有些不耐烦地说:“去吧,去吧!”

孙超人顿时如释重负地通知了牛大头的司机,让他去接水电工。

一个小时后,水电工赶了回来,孙超人和后勤科长如同见了救星般异口同声地说道:“小王,你赶快把卫生间疏通疏通!”

小王没有答言,迅速脱去了皮鞋,一脚就踏进了污水中,使得孙超人和后勤科长连退了数步,把身体转向了一边。

小王进入卫生间之后,就在墙角边拿起一个手指粗的铁棍,对着蹲坑里胡乱地捅了几下,就听“呼噜”一声,污水顺着下水道猛流起来,片刻污水就下去了一半。

过了一会,听见小王喊“好了”时,孙超人和后勤科长这才转过身来,一见污水全下去了,都显得特别兴奋。后勤科长说:“还是我们小王同志,真行!”而孙超人则一转身,兴高采烈地到局长办公室汇报工作去了。

(2005 年刊登于《沙河风》第 8 期)

# 扫　黄

看了县局里传来的举报信,幸福镇派出所所长牛大头不由得拍案而起,恼怒地吼道:“这些利欲熏心的家伙,简直是无法无天了!”

这也难怪牛大头动火发怒,举报信上很清楚地记录了匿名举报人暗访幸福镇饭店、酒楼的详细经过,证据确凿地挖出该镇的饭店,十之有八九存在着“三陪”服务。县公安局的主要领导对此非常重视,均在举报信上做了批示,责令牛大头立即采取行动彻底清除“黄毒”。

牛大头自然不敢怠慢,当即召开了全体干警会议。会上,牛大头一副痛心疾首的模样说:“‘卖淫嫖娼’的丑恶行径,在新中国成立之初,党和政府就进行了狠狠的打击,使之灭绝殆尽。如今,却在我们的辖区之内死灰复燃,且有愈演愈烈之势。同志们,我感到震惊啊!在我们的眼皮底下竟有‘黄毒’流淌,而且事先竟然一无所知,这让咱全所干警的脸面该放在何处呢?为此,我决定,今天全所出动搞一次‘扫黄’,对全镇所有的饭店、酒楼进行一次突击检查,看看同志们有什么想法。”

副所长张三说:“是该检查一下了。”

指导员王五说:“要狠狠地打击!”

民警余六说:“决不心慈手软!”

牛大头听后说:“那好,具体安排如下……”还没说上两句话,就见张三双手紧捂着肚子,不好意思地冲大家笑了笑,疾步向厕所走去。

张三走进厕所,并不着急方便,而是从上衣口袋里掏出了一部手机,快速地拨了一个电话号码。电话一通,张三就压低声说:“喂,是大狗吗?我是你哥。你听着,我们就要进行‘扫黄’了,你赶快让店里的那几个小姐外出躲一躲……”

关了手机,张三装作若无其事的样子走出了厕所,令他意想不到的是,一眼就看见王五正站在厕所门口,看样子,像是已经站了很久了。张三顿时惊呆了,可王五只对他笑了笑,就一步迈进了厕所,很快,厕所里就传来了王五拨电话的响声……

张三刚要进会议室,恰巧余六急匆匆从室内跑了出来,俩人一下子撞了个满怀。余六对此毫不介意,一侧身,风风火火地也向厕所奔去……

张三一进会议室,就听到牛大头说:“行动前给大家5分钟的准备时间,散会!”于是,与会人员很快散了,只有牛大头在自己的位置上没动。目送着大家走出之后,他才从腰间掏出了手机。

“喂,芳芳,我是牛大头……”

“牛哥,小妹的店里你放心就是了,我不会给你脸上抹黑的,我就让那……”话筒里传出娇滴滴的甜美声音,让牛大头听得心醉。

打罢电话,牛大头快步走出会议室,见大家已准备妥当,就命令说:“出发吧!”片刻,两辆警车如离弦之箭,驶出了派出所的大门。

在牛大头的率领下,民警对全镇饭店、酒楼进行了拉网式、地毯式的严密检查,最终一无所获。

回所的路上,牛大头显得满腹委屈:“这可恶的举报人,咋能无中生有呢?”

其余的人忙附和道:“也真是,让咱们白忙活了一场!”

(2003 年刊登于《沙河风》第 2 期)

# 规　矩

牛三要结婚,就把他大伯牛大头从城里请了回来,让他做迎娶新娘的“照事者”。“照事者”是我们这个地方的方言土语,就像一个单位的负责人,一个科室的主任、科长一样。所不同的是,迎娶新娘的“照事者”,只负责迎娶车队的工作,把新娘顺利娶回家后,也就完成自己的使命了。

做迎娶新娘的“照事人”一般都是村子里德高望重且懂得迎娶新娘诸多规矩的人。牛大头虽然现在在县城工作,但他在村里干了十多年的村长,村子里的红白喜事,全都是他做的“照事者”,每次都办得顺顺利利,而且,许多人不知道的规矩,他却能熟记于心。

牛三娶新娘的那一天,是阴历二月初九,这是牛大头定的时间。当时,有人提出了异议,说:“天气预报说初九那天有雨,要不把牛三娶新娘的日期定到初十吧!”牛大头把眼一瞪:“初十是什么数? 初十是双数! 双数咋可以结婚呢? 只有单数才能结婚!”那人问:“为什么双数不能结婚,单数才能结婚?”牛大头没好气地说:“这是规矩,是祖上传下来的规矩!”众人一听,都不敢再说什么了。

牛三娶新娘的那天,为了显摆自己的能耐,专门找来了 18 辆小轿车,有桑塔纳,有北京现代,更有奥迪 A6,在自家门口摆了长长的一溜,引来了全村人羡慕的目光。

牛大头作为迎娶新娘的“照事者”,按规矩就坐在 18 辆车中的第一辆车上。第一辆车作为指挥车,也就是开路车,整个迎亲车队速度的快慢,全由第一辆车控制。

牛大头坐上第一辆车后,娶亲的车队就浩浩荡荡地出发了。牛大头对坐在后排的放炮手谈起了放炮的规矩:“过桥要放炮,过村要放炮,遇井遇水塘和道路转弯时也要放炮……”

不知不觉间,车队已走了三十多里的路程。忽然牛大头“哦”了一声,急忙对身旁的司机说:“停车,快停车!”司机好生迷惑地踩了刹车。

迎亲车队第一辆车一踩刹车,后面的17辆车也全停了下来。牛大头一下车,就心急火燎地一辆挨一辆地清点人数,他嘴上还念念有词:“第一辆两名,一名司机,一名放炮;第二辆三名,一名司机,两名押车……从第五辆车到第十八辆车都是一名司机。”

牛大头不顾外面大雨的淋浇,把18辆车乘坐人员点了点后,就随手拿起了一个木棍,在泥土上画了起来,很快就算了出来,18辆车的总人数是24名。这下,牛大头更慌了。

牛大头也不顾擦拭一下脸上的雨水,一上车,就对牛懂说:“你下车回去!”牛懂一听,愣住了,片刻看了看车窗外的雨说:“外面下那么大的雨,你让我回去干啥?”牛大头说:“娶亲的人员不能为双,只能为单,现在24个人,你下去吧!”牛懂一听就火了:“24个人凭啥让我下去?”“凭啥?”牛大头火了:“司机能下?司机下了谁开车?录像的能下?录像的下了谁录像?押车的能下?押车的下了,新娘家里人不说咱没一点规矩才怪呢!只有你下车了,你下了车,放炮的活儿我还可以干!”牛懂又看了看车窗外,嘴里嘟囔着:“你想让谁下车谁下车,反正我是不下!”

牛大头听了牛懂的话,火气更大了,刚想发作,坐在他旁边的司机开了腔:“下这么大的雨,牛懂下了车咋回家?外面一辆公交车也没有。再说,车上多个人少个人又没有多大的关系嘛!”牛大头白了司机一眼:“娶亲的人员只能是单数,这是祖上传下来的规矩,你说坏就坏规矩啊!若这样会不吉利啊!”司机满不在乎地答道:“啥规矩?规矩是人定的,再说,现在是什么年代,啥吉利不吉利的,还信那个!”说着就发动了车,不顾牛大头不满的表情,径直往前开了。

娶亲车队顺利地把新娘接上车后,牛大头看了看表,差5分不到11点钟,按照规矩,新娘娶到婆家不能超过中午12点,而新娘家与婆家有五十多里的路程。于是,牛大头就一个劲儿催司机加快车速往家赶。

一时间,汽车把路面上的雨水碾起老高。高速行驶的车辆自西向东一个劲地跑,加之外面的雨下个不停,能见度非常低,走到一个十字路口,忽然,一辆小型货车自南向北疾驶来,司机一见,用力打了方向,躲了过去。然而,第二辆车却没有躲过去。第二辆车是新娘乘坐的。小型货车狠狠地撞向了新娘婚车的车窗部分,新娘当场被撞得脑浆迸裂。

喜事办成了丧事。牛大头为此住进了医院,在住院期间,牛大头不停地骂牛懂和那个司机,骂他们不按规矩办事,若迎亲的车队人数是单数的话,就不可能发生这样的事情。而牛三附近村子的人,也都大骂牛懂和那个司机,是他俩害死了牛三的媳妇。并暗自提醒,遇到自家办喜事的时候,一定要把人数的单和双反复地算个清楚。

牛大头住了一个月的医院,出院时精神已经恢复。这时,他才发现,那次为牛三娶亲的人数不是双数,而正好是单数,因为他只顾算别人了,却忘记把自己算进去了。于是,牛大头就回了村子,向人们说牛三媳妇的车祸与牛懂和司机无关时,可人们总是严肃而又肯定地说:“要不是因为娶亲的人数是双数,牛三的媳妇就不会死!”

(2007 年 4 月 11 日刊登于《漯河广播电视报》)

# 把养老金送到离休人员手中

牛大头走马上任 S 局局长的第一天,就召开了中层以上管理人员会议,听取各部门工作汇报。

牛大头先前是从事人事和劳动保障工作,因此,对人事和劳动保障工作非常专业。当他听人事科长汇报说单位有十多名离休人员,大多数随自己的儿女去了外地时,牛大头下意识地看了看人事科送上的离休人员情况报表,问道:“这些离休人员中,咱们单位是否和他们本人保持着联系?”

人事科长王小丽摇了摇头:“他们当中有的在海南,有的在新疆,有的还在黑龙江居住，路途遥远，加之他们之中年龄大的已经耳背了，只能靠电话与他们的家人联系。”

牛大头“哦”了一声说：“也就是说，这十多名离休人员的身体健康情况，是否还在人世你们人事科根本无法掌握？”

王小丽点了点头。

“这样怎么行呢？”牛大头显得十分不高兴地说，“我们单位每月都通过邮局把他们的养老金寄去，却浑然不知他们的情况？”

王小丽无语。

牛大头接着说：“他们如果健在，单位给他们养老金是应该的，如果他们中有人已不在人世了，我们还寄养老金，这对单位来说是一笔不小的损失！因此，我认为对离休人员的现状，有必要进行一次摸底排查，彻底搞清他们的情况。”

与会人员听了纷纷点头。

牛大头又说道：“对离休人员的摸底排查工作，就从明天开始进行，活动定名为‘不忘老同志，养老金送手中’。对这次活动，同志们有什么意见没有？”牛大头说着用眼扫了一下坐在自己身边的两位副局长，两位副局长会意地连连点头，并说：“对离休人员开展‘不忘老同志，养老金送手中’很有必要。”

牛大头说：“既然大家没有意见，这事就定下了。散会。”

第二天，牛大头就带领人事科长王小丽去了海南李大毛的家里。当时，李大毛正在家教孙子做作业，牛大头和王小丽的出现让他激动万分，他说：“快三十年没见到单位的人了，真让人想念啊！”

牛大头说：“单位一天也没有忘记你们这些老同志，你们在职时为单位的发展做出了巨大的贡献！为了了解你们这些老同志的生活情况，单位专门开展这次‘不忘老同志，养老金送手中’的活动，就是帮助你们解决生活中的困难，好让你们安享晚年！”说着，就把当月的养老金送到了李大毛的手上。

李大毛的激动之情无以言表，一个电话叫回了自己的儿子，叫他好好感谢牛大头一番。李大毛的儿子是私营企业的老板，资产超过了千万，对父亲的话言听计从。牛大头在海南的一周内，李大毛的儿子陪他们看遍了所有的名胜古迹。

牛大头第二站去了新疆王胜的家里，王胜同样对牛大头和王小丽的到来,很是感激。新疆虽然没有海南的繁华,但蓝蓝的天、白白的云和清新的空气也让牛大头乐不思蜀。

第三站是在黑龙江的孙明家……

牛大头和王小丽回到单位已是第三个月的头上。牛大头马不卸鞍地召开了全局人员参加的“不忘老同志,养老金送手中”总结大会。对这次活动的必要性、重要性给予了充分肯定和高度评价。牛大头说:“通过摸底调查后,发现退休干部张力已去世两个多月,挽回经济损失 5000 元,为单位节省了支出。不仅如此,我们又把单位对老同志的关心和爱护送了过去,何乐而不为呢?从今往后,单位每年要举行一次‘不忘老同志,养老金送手中’活动。”

会议结束以后,牛大头把 3 万余元的报销凭证拿给了财务科,王小丽也拿出了近两万元的报销凭证进行了报销。财务科科长说,这是单位近二三年来,报销最大的一笔款项。

(2008 年 8 月 6 日刊登于《漯河广播电视报》)

# 谁当副局长

单位要提拔一名副局长,候选人有三位,一位是办公室主任牛大头,一位是财务科长张二狗,另一位是人事科长孙超人,真可谓是僧多粥少。

在这三位候选人中,只有孙超人资历浅,工龄短,单位的广大职工都知道,把孙超人作为副局长候选人,其实是聋子的耳朵——摆设,起个凑数的作用而已。孙超人对此也心知肚明,自己该干啥干啥,一副事不关己高高挂起的样子。

牛大头和张二狗对提拔之事就不能泰然处之了,两人不仅同龄而且水平不相上下,能力旗鼓相当,难分伯仲。两人私下里均相互作了比较,不论纵向还是横向,都很难分出个高低,能不能当副局长也都没有十足的把握,自然两人的心里就都忧心忡忡、忐忑不安……

单位的职工对牛大头和张二狗谁当副局长并不关心，而是带着一副看大戏的心情静观这场龙虎斗。可孙超人却不能袖手旁观，因为他是牛大头一手提拔起来的，若牛大头能当上副局长，对他来说是有百利而无一害的。于是，他专门去了牛大头的家里，为他出主意和想办法。两人经过大半夜的分析和商讨，最终想出了一个出奇制胜、稳操胜券的办法，这个办法的可行性令牛大头欣喜若狂，整夜兴奋难眠。

孙超人从牛大头家里出来已是深夜两点多钟，但他没有直接回家，竟然又去了张二狗的家里，张二狗毕竟是他妻子的亲姑夫呀！……

次日，上午上班不久，单位的“老一”就在他的办公室里接了一个电话：“请问张局长在吗？”

“张局长？”“老一”感到莫名其妙，“我单位没这个人呀？”

“咋会没这个人呢！”对方以不容置疑的口吻说，“我是说张二狗局长呀！”

“张二狗不是局长是科长！”“老一”忙纠正道。

“张二狗一周前告诉我，他已当上局长了呀！”

“老一”不再说什么，脸上顿时下了一层霜，“啪”的一声就挂了电话。

下午上班不久，又有人给“老一”办公室打电话，说是找牛大头局长的……

第二天，单位就宣布了新任副局长名单，这次提拔这么快就水落石出令职工们感到意外，更让职工们感到意外的是，新任副局长既不是牛大头也不是张二狗，而是孙超人。

（2004 年 4 月 30 日刊登于《漯河日报》）

# 局长和秘书

新调来的局长牛大头，长得矮胖矮胖，走起路来一摇一摆的，如企鹅一样。因为体胖面黑，所以根本看不出他的实际年龄。

局办公室秘书小王，说是“小王”，其实也老大不小三十好几的人了，因为牛大头叫他“小王”，大伙也就跟着叫了。

小王作为局办公室的秘书，每天要给牛大头送文件、材料，请其签阅，自然接触频繁。每每见面，小王就叫牛大头为“牛局长”，而牛大头就叫王秘书为“小王”。

牛大头对他的“小王”称谓虽然与前任局长“王秘书”的称谓有所区别，但小王也没觉得有什么不妥之处。可直到有一天上级要对单位的人事档案工作进行检查之前，因为人手不够小王被抽调到人事科帮忙，无意间小王就翻到了局长牛大头的档案，上面填的出生年月是 1974 年 4 月，而小王则是 1972 年 4 月出生的。当时，他就对人事科长说道：“牛局长原来比我还小呀！他没我大，竟叫我‘小王’，真是的！改天给他纠正过来。”

人事科长笑笑没说什么，他以为小王只是随口说说，不会往心里去的，谁知没多久，单位召开党员民主生活会，小王在会上就向牛大头提了出来：“牛局长，以后你可不能叫我‘小王’了，要知道，我比你大两岁，这样叫我不合适。”当时，在座的人，包括牛大头都笑了起来，觉得小王对此过于认真了。笑过之后，牛大头还是向小王解释道：“叫‘小王’显得亲切，再说叫你‘小王’叫顺溜了，一时半会很难改过来，叫‘小王’又有什么不好呢?”在座的其他人也觉得小王有些小题大做了，就附和着牛局长对小王说：“这只是个称呼，改什么改呀!”“称呼与年龄的大小没多大的关联，比如现在农村一个村的人论起辈分来，一个刚刚出生的小孩就当了爷爷呢?”……小王听了他们七嘴八舌的道理，也不好再说什么了。自然而然地，牛大头依旧称他“小王”。

一转眼，临近年底，县里各种检查如走马灯似的接踵而来，小王应接不暇,刚送走了计生委的检查组,就来了纪委的。对于别的单位的检查组牛大头可以安排副职和有关部门来接待,而对县纪委的检查组,牛大头自然不敢大意,只能亲自接见了。

纪委检查组带队的是一位姓李的副书记,牛大头把他们迎到办公室后,就对小王吩咐道:“小王,给纪委的各位领导倒杯茶!”

小王听后,就忙着倒水了,根本没机会把所有来人看上一眼,直到他把沏好的茶一个个地端到检查人员面前时,才有机会看上一眼。没想到,当他把茶端到李副书记跟前时,李副书记竟开了口:“你不是王二孬吗?”小王一听,有人叫他的小名,抬眼一望也认出了对方,所谓李副书记竟是初中的同学李二狗。两人已有十多年不曾见面了,这次相逢都显得异常兴奋,就旁若无人地聊了起来,特别是提起两人一起偷瓜的事,因被瓜农发现,李二狗被迫跳进了粪池……

第二天,牛大头局长再不叫小王为“小王”了,而改口为“老王”。这让小王感到不太习惯。

不久,市里一位副市长到单位搞调研,小王仍负责接待工作。谁知一见面,小王一眼就认出了对方,原来副市长是他大学时的同学。

副市长调研结束要回市里时,一而再、再而三地邀请小王去他家里做客,小王虽然嘴上答应了,可心里说自己是不可能去做客的。

但自从副市长走的那天起,局长牛大头再见小王时竟又改口叫他“王哥”了,而且这一称呼直到他自己调走也没改变过。

(2005年9月23日刊登于《漯河日报》)

# 跪搓板

下午快到下班时,牛大头已经喝醉了酒。喝醉酒的牛大头非常清楚不按时回家的后果是什么,于是他不顾老同学的阻拦,执意离开了酒席向家里赶。

牛大头一摇一晃地推开家门时，却见老婆正端坐在客厅等候。牛大头一见心里直发虚，忙往书房里溜，却被老婆给喝住了："站住！又喝酒了？"

"没、没！"牛大头摆出一副无辜的样子争辩道，"没喝，我真的没喝！"

"真没喝吗？"老婆站了起来，走到他跟前，用鼻子在牛大头的嘴边嗅了嗅，就大叫起来，"没喝，真的没喝！这么大的酒气哪来的？"

"我……我……"

"我什么我呀？明知故犯，罪加一等！"老婆以不容置疑的口吻说道，"自己拿搓板去！"

牛大头极不乐意地去了卫生间，慢腾腾地从里面拿出一个一尺来长的搓衣板，然后放到客厅的正中央。他犹豫着转过头来，正好看到怒目圆睁的老婆正瞧着他，慌忙把双腿一弯，就跪到了搓板上，嘴里"哎哟"了一声。

老婆痛心疾首地又开了口："我已警告过你多次，可你偏偏死不悔改！就在搓衣板上好好地反省反省吧！"

牛大头是单位的"一把手"，在单位里是呼风唤雨、说一不二的角色，可回到家里在老婆面前却变成了一只温顺的小绵羊，这自然是有原因的——

牛大头出生在地地道道的农民家庭里，老婆却出生在干部家庭，当初两人谈恋爱时，老婆的家人极力反对，理由是门不当户不对，而老婆却顶着各方压力与牛大头结了婚。为此，牛大头的老婆与其父母三年不曾来往。后来，老婆的爹娘见木已成舟，更见牛大头没有工作，日子过得异常艰辛，老婆的爹就在退休时让牛大头接了班。

牛大头自然对老婆感激不尽，说一辈子当牛做马也要报答老婆对自己的恩爱之情。牛大头如今虽然当上了局长，但他深知没有老婆也就没有自己的今天，所以对老婆更是言听计从。

牛大头当上局长不久，老婆就给他约法三章：一是不准喝酒，二是下班之后按时回家。当时，牛大头信誓旦旦地表了态，说一定按照老婆的要求去做，若有违犯甘愿跪搓板自罚。

下午上班不久，几个上高中的同学来找，让他请客，并说怎么也想不到，牛大头竟当上了局长，而且是他们同学之中官当得最大的一个。说得牛大头忘乎所以，才喝醉了酒。

牛大头自知理亏，又见老婆怒气冲天，只好乖乖地跪到了搓板上。心想一会儿老婆消了气，自己也就解放了。

正在这时,单位里的赵副局长两口子提着一些礼物推门进来了,真真切切地看到了牛大头跪搓板的情形。房门没关牢是牛大头和老婆意想不到的。牛大头从搓板上站了起来,红着脸笑了笑,心想这下脸面要丢光丢尽了。

牛大头的老婆先是一怔,接着便是一脸平静,向赵副局长的老婆解释道:“俺家老牛为了减肥,钱也没少花可就是不见效,甚是苦恼。不久前听美国的朋友介绍说用搓衣板按摩膝盖,可以起到很好的减肥效果。”

赵副局长和其老婆一听,都睁大了眼睛,齐声问:“真的吗?”

“效果很好!”牛大头老婆满脸认真地说,“俺家老牛用这种方法不到一周时间,就瘦了十多斤哩。不信你们问问老牛!”

牛大头连声说:“这种减肥方法效果最佳,不错的!”

赵副局长的老婆听后说:“哎呀,俺家老公也该用这种方法来减减肥了!”

第二天一上班,牛大头所在单位的人员全知道了“搓板减肥法”,而且他们对此深信不疑,说局长牛大头都用这种方法减肥,准没错!身体肥胖者都自发地上街买了一块搓衣板。

(2005 年 8 月 19 日刊登于《漯河日报》)

## 同意报“消”

牛大头是私营企业的老板,他常挂在嘴上的一句话是:“没有规矩不成方圆。”厂里开大小会议,他总要反反复复讲这句话,以此教育手下的员工一定要按照规矩办事。

前不久,我应聘到牛大头的办公室做秘书。刚上任的第一天,就碰到县环保局到厂里检查工作,因领导都不在家,更主要的是他们都不愿见,就由我来接待。

因临近中午检查，别的管不了，饭是不能不管的， 桌下去花去了300多元。几位检查的领导因没厂领导作陪，心里老大不乐意，但我总算是把他们打发走了。对于检查，按牛大头的话就是“能躲一天是一天”！

接下来，就该报销我支出的费用了。我把票据一开，就直奔牛大头的办公室。把情况一说，牛大头看都没看，就在票据上签了字。我接过票据准备离去，无意间却发现牛大头在票据上签的“同意报销”的“销”字，错写成了消失的“消”。作为厂办的秘书，这事可不能不说，要不牛大头非要低看我不可。于是，我就对牛大头说，报销的“销”是金字旁，不是水字旁。

牛大头一听，顿时瞪大了眼睛，惊讶地说：“不可能呀，我写‘消’字从我发家起已写了20多年了？咋会错呢？”

我认真地说：“你虽写了20多年，的确是写错了呀！”

“不可能！”牛大头仍不相信。

我见他不相信，就给上三年级的儿子打了个电话，让他火速把《新华字典》给我送过来。经过一番查找、对证，牛大头这才承认自己写错了字，便把正确的“销”字补了上去。

我拿着签了字的报销发票去了厂财务室。财务科长接过我递过去的发票一看，就嚷开了：“小伙子，年纪轻轻就干起了违法乱纪的事了！哎呀，你还别说，这小子模仿得挺像的呀！”说着，又拿着发票让旁边的人看，看过的人都附和着财务科长，说：“像。”

我大惑不解，便问道：“我模仿啥了？”

“你模仿牛厂长的字呀！”科长说着还用指头点着那几个字让大家看，“你们看，同意报，这三个字最像了！”

我这才明白过来，忙说道：“这确实是牛厂长的亲笔字呀！”

“牛厂长能写出这个‘销’字？”

“是的，我给他纠正过来的啊……”

“去去去！”财务科长不耐烦了，“就是他签的字，你不让他把‘销’字纠正过来，也别想从我这里领到钱！”

“为什么呢？”

“不为什么，这是规矩，懂吗？规矩！”

无奈，我只好再找牛大头。我向他说明了来意之后，牛大头笑了起来：“我说我没写错吧，你偏说我错了，到底是谁错了呢？”

我不语。牛大头又说道：“你不说，我可不给你签字！”

我只好说:“是我错了。”

“这就对了嘛!”牛大头提起了笔,把发票上的“销”字划掉,又重新填上了一个大大的“消”字。

我看着这个“消”字特别刺眼,刺得我几乎不能把眼睛睁开……

(2004 年 8 月 20 日刊登于《漯河日报》)

# 网络情缘

牛大头的工作很清闲,常常是一杯水、一张报、一支香烟熬一天。前段时间单位为他的办公室装了一台电脑后,他便爱上了上网聊天。

那天,他喝足了茶,看完了报,吸够了烟之后,就坐到电脑前。上线后就看到了已聊过多次,名叫“美丽少妇”的网友。牛大头以往和她聊得很开心,于是,就在键盘上打了“你好,我们可以聊聊吗?”的话语给对方发了过去。

“美丽少妇”很快回了话:“好哇,聊什么呢?”

“随便吧!”

“美丽少妇”问道:“你一个月拿多少工资?”

牛大头说:“不多,一万一。”

“哎呀!那还不多呀!你一个月的工资比我老公一年拿的还要多呀!”

牛大头发给对方一个笑脸。

“美丽少妇”又问:“你的住房一定很大吧?”

牛大头说:“一幢别墅,有一千平方米。”

“天,那么大呀,比我家的强过千倍!”

牛大头发过去一个很自豪的图案。

“美丽少妇”接着问道:“你结婚了吗?”

牛大头说:“结了。”

“老婆漂亮吗?”

“她呀,丑陋得要死,既黑又胖且矮,根本对不起观众!”

“是吗?她那么丑,你咋不跟她离婚呢?”

“为了孩子啦,怕给他幼小的心灵带来伤害,所以只好煎熬自己了呀!”

“美丽少妇”呵呵笑道:“可怜天下父亲心呀!”

牛大头说:“要不,你做我情人吧?”

“我和你老婆一样丑陋呀!既矮又黑且胖呀!”

“不会吧!即便是这样,我也喜欢!”

“美丽少妇”发来一个害羞的图像。

牛大头接着问道:“你老公待你如何?”

“他呀,一个月的工资不足五百元,还不够我买一套服装,你说能好吗?”

“哦,可怜的女人!你若跟着我,我不会亏待你,一定让你衣食无忧、吃穿不愁!”

“真的吗?”

“我不骗人的!”

“那么,你的电话是几?有空我们在网下见,多好!”

于是乎,牛大头高兴地在键盘上打道:“131838——”打了一半,想起自己今天上班来才换了个移动手机号,就把先前的删掉,重新输入了这个只有他自己知道的号码。

这时,另外一个科室的同事走了过来,看到他的聊天昵称就叫了起来:“就你那穷光蛋丑样,竟叫‘英俊大款’呀!你应该叫‘丑陋穷光蛋’才对呀!”

“去去去,别影响我的情绪!”

“嗨!”同事看到聊天栏上的语言又叫了起来,“吹牛是吧?自己还没解决温饱问题,竟要让他人衣食无忧哩!”

牛大头一听顿时火了:“滚、滚、滚开吧你!”

同事见牛大头真生了气,就悻悻地走了。

同事刚走出办公室的门,“咔嚓”一声响,竟断电了。

牛大头有些无奈地站起身,这时,他手机响了,是短信,打开一看,上面写道:“我这里断电了!”是“美丽少妇”发过来的。

牛大头想,真是巧了,俩人竟同时断了电,刚编辑了短信:我这里也断电了！刚要发送时，看到“美丽少妇”的手机号码，顿时怒火冲天，狠狠拿起鼠标摔了个粉碎，嘴里恼怒地骂道：“你这个狗日婆娘，还‘美丽少妇’呢？下班回家，看我咋收拾你——”

（2005 年刊登于《沙河风》第 10 期）

## 熟　　人

牛大头和他的情人在一起游山玩水了半个月才回的家。

本来牛大头是向老婆“请”了一个月的假的，主要是因为情人的老娘病了，情人闹着要回来，牛大头只好提前回来了。

牛大头和情人回到他们所在的小城时，已是深夜 11 点多钟了，牛大头和情人商量了一下，决定再同住宾馆一晚上，明天各回各的家。可是，当牛大头订好房间时，情人的姐姐又打来了电话，说她娘的病情加重了。牛大头的情人听后，二话没说就一溜烟地走了。留下牛大头一个人觉得十分无聊，就决定回自己的家去。

牛大头早已编好对付妻子的谎言，因此没多考虑就向家里走去。

宾馆离牛大头的家也就几百米远的距离，很快牛大头就到了家，可牛大头用钥匙却怎么也打不开门，牛大头知道自己的老婆对“防火、防盗、防破坏”这三防一直是异常小心的，因此在开门无望的情况下，就用手机给老婆打了个电话。老婆听说他就站在门外边，竟然哆嗦了几下，才说马上开门。可过了半个小时，老婆才打开了房门。

进了屋，牛大头发现老婆神色慌张，好像有什么事情瞒着自己。

牛大头准备洗漱时，被老婆拦住了，说明天再洗，天太晚了。这与她平时天再晚也要让牛大头冲下澡才能上床正好背道而驰。

牛大头要方便时，被老婆拦住了，说卫生间已坏多时，不能使用了，并建议他到街上找公共厕所去。从这两件事中，牛大头已经察觉出了什么，但他不露声色地向老婆诉说了外出半个月的相思之苦，趁老婆陶醉之机，一个箭步冲向卫生间，推开房门，看到一挺帅气的男人正若无其事地梳理自己的头发，对开门的牛大头却是一副视而不见的表情。直到他梳理好头发时，才转过脸来，冲牛大头轻松地微笑了一下。牛大头看着他的脸，心中的怒火已消去了许多，不由得问道："我好像在哪里见过你呀？"

帅气男人很友好地说："是吗？我们是熟人嘛！你在你们家的卫生间第一次见我，可我在我们家的卫生间已见过你不下三次了吧！"

（2004 年刊登于《沙河风》第 11 期）

# 一 无 所 有

厂长牛大头要过生日的消息职工根本不知道，是牛大头自己在"减员增效"动员大会上无意中透露出来的。当时，牛大头一再声明，这次生日，考虑到职工们的困难，他拒收任何人的任何礼品。话是这样说的，弦外之音，大伙都心知肚明。

厂长要过生日，做属下的是应该送些生日礼物的，可关键是，厂子里已半年没发工资了，职工们的生活都难以维持，哪有多余的钱送礼呢？这使众职工犯愁。

说实话，自牛大头当上厂长之后，一直红火异常的厂子很快就走起了下坡路。产品滞销不畅，仓库货物堆积如山。而牛大头对此却漠不关心，仍旧是天天上酒店，日日进发廊，手拿公款花天酒地、胡吃海喝。如今，厂子濒临倒闭，他也从不关心源头寻找症结所在，一味以"减员"来"增效"。

按说，职工们对牛大头的所作所为早已心存不满，厌恶之极，谁也没有心情去理会他的狗屁生日。但牛大头毕竟掌握着全体职工的去留大权，而且又在"减员增效"这个节骨眼上，向外透漏了自己的生日，不是在对职工暗示着什么吗?

不给牛大头送礼吗?那百分之五十的减员范围,说不定立马就会落到自己的头上。思来想去,觉得还是要送些生日礼物为妥。送啥呢?有人提出给牛大头点首歌,以示庆贺。大家觉得这礼物好,因为花钱少又表达了自己的心愿,何乐而不为呢?于是,全厂职工你一角他两角地凑齐了点歌所需的费用。

当天晚上,电视台"点播园"栏目,女主持人伶牙俐齿地说道:今天是厂长牛大头的生日,全厂300名职工特意为他点了一首歌,歌曲的名字是"一无所有"。

一曲未完,职工们早已泪流满面。

(2003年6月9日刊登于《河南法制报》)

# 辞退不了的门卫

单位不大,也就二三十个人,但麻雀虽小五脏俱全,也有大小领导,也有各个管理部门,自然也有门卫室。

单位的门卫室只有一个门卫,姓张,是名退休教师,大伙都叫他"老张"。老张对待工作兢兢业业,一丝不苟,在他当门卫五年的时间内,单位没发生一起偷盗事件,并且单位连年被县里评为"治安先进单位"。当然,这与老张认真负责的工作态度是分不开的。

可是一周前,局长牛大头女儿的自行车竟在老张的眼皮底下被贼人偷走了。

那是星期六上午的事儿,当时,老张正在门卫室看电视,牛大头的女儿骑着一辆崭新的自行车来了。骑到门卫室门口时,就停了下来原地扎住车,冲老张打了一下招呼:"张伯伯,我把自行车先放在这里!"说着,就急匆匆地跑了。待老张看到自行车没上锁时,就向牛大头的女儿喊了一声:"你咋不把自行车锁起来?”牛大头的女儿回道:“我马上就走的,不锁了!”对此,老张也不好再说什么了。

按照单位的规定,外来车辆一律停放在单位的停车场,而门卫室前是单位的大门通道,更是不允许停放车辆的。如果是别人,老张早就开口制止了,可今天碰到的是单位“一把手”的女儿,并且马上要走,他也不好再说什么了,话到嘴边咽了几咽也没说出口。

就在这时,老张忽然感到内急,且有一泻千里之征兆,这才知道早上老伴送来的包子作了怪,包子是昨天吃剩下的,本来老伴准备倒掉,可他不让,觉得浪费了可惜,到现在才明白了,吃隔夜的食物对身体有害。但当时他也不顾得想那么多了,就急急忙忙向厕所奔了过去。

当他如释重负地从厕所出来时,却发现门卫室前局长女儿骑的自行车竟然不见了……

牛大头对此大光其火,说:“单位五年来没丢过一件东西,可一丢就丢到我的头上!这样不负责任的门卫留之何用?赶快把他辞退掉!”

人事科长不敢怠慢,当即就把领导的决定通知了老张本人。老张对此也毫无意见,毕竟是自己的过错造成了损失,让走就走嘛。

但人事科长转念一想,让老张走很容易,可让谁来接替老张当门卫呢?他随着就返回了牛大头的办公室,当面把没人接替老张的事作了汇报。牛大头听后,说:“你手头上有没有合适的人选?”得到“没有”的答复后,就一锤子定了音:“没有就招人,招到人让他立马走!”

就这样,本来马上走人的老张就留了下来,等招来新门卫时再走了。

人事科长把招聘门卫的启事贴出去只有半天的时间,就接二连三地收到十多个电话,都是为应聘门卫的事打来的。这本是高兴的事,可人事科长却怎么也高兴不起来,因为来电话者大多是小城有头有脸的人物,且都咄咄逼人,志在必得。

人事科长自然作不了主,就急忙向牛大头作了汇报。牛大头听后也觉得非同小可,半天无语,最后才说:“等等再说吧!”

但那些应聘者却等不及了,第二天又打来了电话,追问招聘的事,特别是纪检委的王副书记说话十分露骨:“若我的老丈人不被招聘上,今后有你单位好看的!”还不等人事科长解释,“啪”的一下就挂了电话。而公安局的孙副局长说话更狂:“我老同学赵二狗这次当不上门卫,今后我让你单位一天不得安宁!”还有检察院的……

让牛大头做梦也没想到，招聘一个门卫竟然“惊动”这么多的领导和头头。无奈之下，只好让人事科长把贴出的招聘启事撤了下来，并亲自一一向应聘者解释、道歉，说单位里的招聘启事没经单位领导批准，是人事科长的个人行为，单位根本没有招聘门卫的想法，还向对方承诺要对人事科长进行严肃处理。

通过牛大头周密细致地做工作，招聘一事这才了事，没引起大的风波。而老张呢？直到现在还在牛大头单位的门卫室工作，细算起来，又有七个年头了。

（2008 年 7 月 12 日刊登于《漯河日报》）

# 下 狠 手

孙超人没调到现在的单位之前，就不断听人提起过一个叫牛大头的人，说他倔强，说他认死理，还说他不通情理，桀骜不驯，目无领导，绰号“牛×”，并举例若干。孙超人听了，只当笑话了，没往心里去。可没过多久，孙超人就调到了现任单位任局长了，这下可真领略了牛大头的“风采”了。

那是孙超人到现在单位任职的第一周的第五天早上，因为没别的什么事，孙超人很早就来到了单位。打开办公室的门，就提着电水壶到茶水房打水喝，刚走出办公室就迎面碰到了牛大头。孙超人就主动地打招呼道：“大头来得早呀！”牛大头也应声道：“你比我还早呢?!”

就在这时，孙超人听到办公室内放在办公桌上的手机铃声响了起来，他忙把电水壶递向牛大头：“帮我打壶水，我去接个电话！”可牛大头并不接他的水壶，而是面无表情地转身走了，边走边说道：“上幼儿园时，老师都说过，自己的事情自己办，当局长了反而忘记了！”

孙超人见此，只好提着电水壶回办公室接听电话去了，心里自然有种莫名的不悦。

没过几天，单位召开全体干部职工大会，说穿了就是孙超人局长与单位全体干部职工见面会。会上，孙超人自然要说单位过去的成绩、现在的发展和今后的展望。因为办公室写有讲话稿，孙超人就照着上面的念。念了单位的基本情况，念了发展的喜人局面，最后念到单位涌现出的先进人物时，他说道："这些人对待工作'克克业业'，一丝不苟，是大家学习的榜样！"他还把声音提高，并作了短暂的停顿，他想等掌声，可下面却鸦雀无声。正当孙超人不解其因时，牛大头却从座位上站了起来，说道："孙局长，讲话之前没熟悉过讲话稿吧？'克克业业'的正确读音是'兢兢（jīng jīng）业业'，今后可得加强学习呀！要不，我们单位的干部职工都不学习会认错字啊！"

一番话，说得孙超人面红耳赤，不知如何是好。还是办公室主任张庆国比较机灵，当即拿过孙超人的讲话稿看了看，就恼怒地冲打字员小青吼道："你也太不负责任了，竟把兢兢业业，打成了'克克业业'！"小青被训得无言无语地低下了头。

事情本该就此收场时，牛大头却又站了起来，义正词严地说道："这和小青没有关系，在开会之前，我是看过这篇讲话稿的，小青确实是打的'兢兢业业'，小青有什么错？错的是我们的孙局长呀！"这下，张庆国无计可施了，只好拿眼狠狠地盯着牛大头。牛大头仍面无表情地说："你瞪什么瞪，难道我说错了吗?!"这可把张庆国气得肺要炸了。

孙超人见此，为挽回影响，就站起了身向全体与会人员道歉道："对不起大家，是我的错，敬请大家原谅！"

牛大头在下面小声地嘟囔道："知错就改还是好同志嘛！"

对于这件事，孙超人并没有以权谋私、打击报复的打算。可办公室主任张庆国却不依了，他认为单位不应该助长这种不正之风，因此必须打击一下牛大头的嚣张气焰，否则，单位今后的工作开展起来就会有阻力。

孙超人听了，觉得很有道理，就点头默认了。两天之后，张庆国就以开局长办公会议的名义，把牛大头从办公室调到门卫室看大门去了。

牛大头在办公室工作也不是什么重要角色，就是每天发发报纸，送送信件，打扫一下卫生的勤杂工。对于自己调到门卫室，他倒显得十分的高兴，说是领导的器重，使自己得到了提拔重用。牛大头说这样的话，自然也有他的道理。

也就是牛大头上任门卫工作不久的一天晚上，早就睡了的牛大头听到单位大门口，不断传来汽车喇叭的鸣叫声。牛大头看了看表，又透过门卫室的窗户看了看门外的车辆，毅然躺下了。很快，又传来了拍打大门的声响，牛大头仍躺在床上没动。随后，牛大头的手机鸣叫了起来，他接通后，就传了办公室主任张庆国恼怒的声音：“牛大头，你在哪里？”

“我在门卫室。”

“为什么不开大门？”

“因为单位有规定，晚上 12 点以后，单位大门落锁，任何车辆不得出入呀！”

张庆国一时无语，半晌才又说道：“大门口的车是局长孙超人的车！”

“孙局长的车不也是车吗？单位出入管理规定上没说，孙局长的车可以例外的啊！”

“你……”

“你什么你？难道我说错了吗？”

当晚，因为牛大头的固执，孙超人的车到底也没有开进单位，只能停在了司机所在的小区。

第二天发现，车辆被人为地刮了，黑黑的车身露出一道道白色的道痕，汽车竟成了斑马。

孙超人这次真的火了，因为张庆国把车辆“毁容”的罪责全归到牛大头的身上，再加上牛大头一而再、再而三地让孙超人丢丑，孙超人已经到了忍无可忍的地步。

当即，孙超人就召开了单位领导班子会议，就对牛大头的问题进行专题研究。会上，有人建议把牛大头再次调回办公室，让他担任单位男女厕所的所长，负责厕所的打扫、保洁和维护工作。还有人建议设个陷阱让牛大头往里面钻，比如，牛大头值班时，单位车辆被偷，等等。借此，辞退牛大头。

听了大家的言语，孙超人反倒平静了起来，沉思半晌才说道：“这个牛大头，逼得我非下狠手不可了！”大家听了面面相觑。随后，孙超人又说道：“今天的会议就到这里，散会！”

会后，单位的主要领导，包括不少职工对孙超人“下狠手”一说，议论纷纷，莫衷一是，但孙超人孙局长要整治牛大头是不容置疑的，而且大家的意见一致相同。

然而，让人想不到的是，会后的第二天，孙超人却出人意料地做出了一个决定，让牛大头担任办公室副主任。原因是，牛大头秉公办事，敢于直言，是一个大公无私的好同志！而且任命的红头文件当天就下发了。牛大头看着自己的任命文件，泪竟流了出来，连声说道："孙局长，真是伯乐啊！"

据说，牛大头被任命为单位办公室副主任后不久的一次会议上，孙超人再次把"兢兢业业"读成了"克克业业"，牛大头却充耳不闻。有人就追问牛大头："你再给孙局长纠正纠正错别字吧？"

牛大头却一脸正色道："以前咱是普通职工，无所畏惧。现在，咱已是中层管理人员了，维护领导的形象，这点觉悟我还是有的啊！"

……

# 背黑锅

星期五晚上，局长牛大头正领着手下几个人在聚仙楼吃饭，忽然接到老婆打来的电话，说她刚下班，还没吃饭。牛大头听了二话没说，就交代老婆到聚仙楼大酒店 99 号房间来吃饭。

当牛大头的老婆赶到聚仙楼 99 号房间时，饭菜已经上齐，众人正翘首以待地等着。一见她进来，除牛大头外其余的人都慌忙站起来让座。牛大头的老婆谦让了一番，就坐在了下首唯一空着的位子上。

当牛大头的老婆落座后，众人边吃饭边嚷着让牛大头讲笑话。牛大头爱讲笑话在单位是众所周知的事，单位里的人就投其所好，一逢机会就让他讲上一段。这次也不例外。

牛大头没有丝毫的犹豫，就清了清嗓子，说道："在台湾，一女和情人在床上被丈夫逮住了。女的不在乎地对她的丈夫说，我要不是党员早就跟你离婚了！夫怒道，我要不是党员早把你俩给宰了！那情人一听激动地高呼，国民党万岁万岁万万岁！"

众人听了一时笑得前俯后仰，有人笑得当即就把满嘴的饭菜吐了出来，齐夸牛局长的笑话讲得好。

过了半晌，众人才缓过劲来。有人看见牛大头的老婆没有笑，就建议让她也讲一个。牛大头的老婆却连连摆手："我不会讲，我真的不会讲！"

有人就嚷:“我们牛局长讲笑话都讲得那么好,你不可能不会!”

牛大头的老婆一直不知所措,为难地说:“我真的不会讲,不信你们问问你们牛局长?”说着用眼看了牛大头一眼。

众人就起哄,说:“俗话说,夫唱妻和,哪有老公会讲笑话,老婆不会讲的道理!”

牛大头见了,说道:“你把我昨天晚上讲给你的笑话,讲出来不就得了!”

牛大头的老婆为难地说:“那是黄色笑话!”

“啥黄色白色的,只要人家听着高兴,就是好笑话!”牛大头接着说道,“讲吧,没事!”众人也附和着让她讲出来。

牛大头的老婆就满脸通红地讲了起来,她说:“老师给小朋友解释‘乳’就是小的意思,比如‘乳猪’就是小猪,‘乳鸽’就是小鸽子。之后他要求大家用‘乳’字造句。小明造句道,我家条件经济不太好,只能住40平方米的乳房里。老师说,我晕,这个不行,换一个。小明接着造句道,我每天上学都要跳过我家门口的一条乳沟。老师说,我晕死,不行再换一个。小明说,老师,我想不出来了,把我的乳头都想疼了。老师当即晕了过去。”

众人一听,都张嘴哈哈大笑,还夸牛大头的老婆说:“嫂子真能讲笑话,讲笑话的水平和牛局长不相上下!”

这些话,说得牛大头老婆的脸红彤彤的。

正在这时,他们房间里的电竟然停了。一时间,伸手不见五指。众人就七嘴八舌地发起了牢骚。

突然,就听了一声刺耳的尖叫声:“谁这么不要脸,把手伸到我的胸部!”众人都听出来了,是牛大头老婆发出的。

再说,牛大头老婆的话音刚落,电又来了。人们当即就看到紧邻牛大头老婆而坐的单位办公室主任孙超人,一见来电,站着的他就一屁股坐到了自己的位子上。

牛大头的老婆哭叫着离席而去。牛大头铁青着脸盯着孙超人看了又看,把孙超人看得惊恐不安。随后,牛大头也满脸怒气地离了席,众人也跟着离去了,只留下孙超人一个人呆坐着。

第二天一上班,牛大头就召开了局长办公会议。他率先举手同意免去孙超人的办公室主任的职务,由办公室副主任王丽担任办公室主任职务。其他班子成员见牛大头第一个举了手,也跟着举手通过。

任免通知一下发，孙超人就走进了牛大头的办公室，向他说明自己是无辜的，是被人栽赃陷害，背了黑锅。可无论孙超人如何解释，牛大头硬是不相信。牛大头说："昨天晚上吃饭时，全桌 8 个人，只有你我是男人，其余的都是女人，做那种事的就在你我之间，我摸我自己的老婆有必要吗？"一席话，说得孙超人哑口无言。

孙超人刚离开牛大头的办公室，王丽就走了进来。王丽进来以后，一屁股坐在了牛大头的腿上，撒娇道："牛局长，我真的好佩服你！要不是你的好主意，他孙超人说啥也不会服气的，我的办公室副主任不干到老才怪呢？"

牛大头得意地哈哈大笑，并拉过王丽的手看了又看说："你嫂子也真是笨得可怜，这么一双纤细的小手，她竟然感觉不到是男人还是女人的！"

# 单位领导骂不得

孙超人所在的单位满打满算也就七个人，但这样的小单位也是麻雀虽小五脏俱全，单位里有领导有中层人员也有小兵。孙超人就是其中的小兵一个，单位的领导是牛大头。

牛大头在单位里一言九鼎、说一不二，孙超人这个小兵对他可一直是唯命是从。

但什么事也有例外。这不，例外就出现在今天早上。孙超人昨天晚上看美国电视剧《越狱》看得有些晚，今天上班就迟到了。

本来，对于他们这样的小单位来说，由于人员少管理松懈的原因，迟到早退这种现象每天都在发生着，也是屡见不鲜了。但今天所不同的是，单位领导牛大头竟然破天荒地板着脸，站在大门口查岗。

牛大头这次之所以站在门口查岗也是有原因的，就是早上起床的时候和老婆拌了几句嘴，他懒得和老婆啰唆，一气之下就去了单位。本想在单位门口消消气之后，再去办公室的。可没想到，气还没有消，竟看到孙超人揉着红肿的眼来上班了。

牛大头抬腕看了看表，当即就对孙超人呵斥道："8点上班9点到，你也太目无组织和纪律了吧！我希望你写一份1500字的检讨书，下班之前交给我！"说完，就气呼呼地走了，只剩下孙超人窘迫得一时不知所措。

正在这个时候，两个同事一前一后，急匆匆地走进了单位的大门，一看到傻站着的孙超人还开玩笑，说他一定是得了"痴呆症"。孙超人见此，愁云一扫而光，径直走进了牛大头的办公室。

"牛局长，我迟到了，写一份检讨书我是没什么意见的，可有人上班比我还晚得多，他们也得写！"

此时，牛大头的火气还没消，再看到一向百依百顺的孙超人竟对自己讲起了条件，当即就火冒三丈，厉声道："他们迟到写不写检讨书，这是我决定的事，你凭什么在我面前指手画脚！但你的检讨书必须在下班之前送给我！"

孙超人听了，也火了："他们若不写，我也不写！"

"他们不写可以！"牛大头恼羞成怒地用手指着孙超人的鼻子说道，"你若不写，这月的工资你就别想领！"

"放你妈的狗臭屁！"孙超人发怒了，"你凭什么不让他们写检讨书，却让我写？我看你是狗娘养的！"

牛大头一时气得浑身发抖："你再敢骂我一次！"

孙超人就又骂了一次，牛大头浑身抖动得更加激烈。

谁知道，话音刚落，单位的四个同事拥进了牛大头的办公室，二话不说，伸手就对孙超人猛打，抬脚就对孙超人猛踢……一时间，孙超人根本没有招架之功和还手之力。孙超人便一边躲避一边大声嚷叫道："我与你们无冤无仇的，你们凭什么打我！"他的四个同事仍不言不语，仍手脚并用地猛揍孙超人。

所幸的是，很快，门卫李大爷闻讯赶了过来，在他的一再劝说下，才把孙超人拉进了门卫室，避免了被同事连续群殴。

在门卫室，孙超人捂着肿胀的脸，一脸委屈地说："我只是骂了牛大头，他们四个人凭什么打我？"

"你真不知道，还是假不知道！"门卫李大爷笑了，"牛豪打你，是因为你骂了他的亲大哥；李兵打你，是因为你骂了他姐夫；周峰打你，是因为你骂了他表哥；杨山打你，是因为……"

孙超人听了,恍然大悟道:“我们单位总共七个人,除了你和我之外,原来,他们都和牛大头有着亲戚关系呢!”

李大爷点了点头,随即说道:“我的大孙子现在正和牛大头的女儿谈恋爱,若到明年,你再骂牛大头时,说不定我也得出手揍你!”

孙超人想了想,说:“若是这样,我觉得自己挨他们的打一点都不亏!”

# 民主局长牛大头

牛大头被单位职工称为民主局长,自然有着原因所在。他到单位走马上任局长伊始,就发出了让民主之风吹遍单位各个角落的豪言壮语。

为了加快单位民主制度的改革进程,牛大头亲自指导出台了单位民主建设管理制度。不仅每周的卫生流动红旗的悬挂、每月工作之星的上报进行民主评议、评选,而且单位人事的任命工作也都进行民主评议、评选。按牛大头的原话,就是要彻底扭转以往单位存在“一人说了算,大伙儿跟着干”的局面,要大吹民主之风,大搞民主之事,提高干部职工的民主意识,发挥出干部职工的民主权利,从而增强团队的向心力和凝聚力。

远的不说,就说近的吧,单位办公室老主任退休后,单位不少人对空出的岗位跃跃欲试。一些人还私下里找到牛大头进行公关,都被他义正词严地给拒绝了。局长牛大头掷地有声地说,单位办公室主任人选,这次要通过竞争上岗民主投票的方式产生,其他的非民主式的任命坚决不要。

于是,单位办公室主任职务民主竞聘工作有条不紊地进行中。在参与办公室主任竞争的报名中,有想法、有念头的同志得知张庆国参加报名之后,都很无奈地纷纷打了退堂鼓。

你想啊,张庆国是单位元老级的人物,在单位兢兢业业地工作了近二十年,不仅工作能力强,而且扎实能干,更有着深厚的群众基础,特别是他一直担任办公室副主任职务,对办公室工作十分的熟悉。

大家都觉得与张庆国竞争办公室主任职务,无疑是拿着鸡蛋碰石头,是干了一件天底下最愚蠢的事情。自然而然地，他们都知难而退了。

但有一个人，明知山有虎，偏向虎山行，不顾众人的劝阻，毅然决然地报了名。他就是新到单位不足两个月的大学毕业生孙超人。孙超人有何德何才敢向张庆国竞争？单位的同志对此议论纷纷：有人说，孙超人是个有背景的人。有人马上反驳，即使有背景，在民主评选方面他丝毫没有一点优势。最终大家都形成了一种共识，孙超人是有着初生牛犊不怕虎的勇气，是借机锻炼自己，也是张庆国的一个陪衬而已。

单位办公室主任竞争工作如期举行，局长牛大头十分重视，还亲自主持着竞争上岗会议。在竞争演说中，张庆国结合自己的工作经历，引经据典，有理有据，口若悬河地阐述了他当选办公室主任后，如何发挥出承上启下、联系左右、协调内外的作用，为促进单位迅猛快速发展作出贡献。他的演讲多次被热烈的掌声打断，更赢得了叫好声一片。而孙超人站到台上，面对众人的目光显得十分的胆怯，只结结巴巴说了一句“若我能当选，我不辜负大家的希望！请大家相信我，我一定能胜任此项工作”，就下台了。

在投票之前，局长牛大头还提出了若干的要求，希望大家抱着对个人、对单位负责的态度，投上自己神圣的一票。

经过当场唱票，竞争办公室主任的两名候选人的得票数很快就出来了，单位职工总共 51 名，张庆国获得了 50 票，孙超人获得 1 票。大伙都心知肚明，若孙超人自己不给自己投一票的话，可能就是零票了。

面对如此民主评选结果，职工们的欢呼声、叫好声不绝于耳。

坐在主席台上的牛大头挥了挥手，让大家静下来以后，才说：“你们投过票了，我们领导班子还没投，我们投过之后再宣布结果！”

职工们看着坐在主席台上的牛大头和两位副局长接过选票后，很随意地画了画就递给了唱票员，唱票员当即唱票道：“孙超人再加三票！这样张庆国得票 50 票，孙超人得票……”

牛大头不等唱票员说完，就挥手果断地打断了唱票员的话，一脸严肃地说道：“我们这次民主评选活动，真正体现了公开、公平、公正的原则。根据民主评选结果，张庆国获得 50 票，孙超人获得 151 票，那么，孙超人就以超出张庆国两倍还要多的压倒性优势当选办公室主任一职！”

职工们一听顿时炸开了锅，不满声响成一片：孙超人明明是 4 票，咋成 151 票呢……

牛大头再次挥了挥手，厉声说道：“单位领导班子人员，一票顶 50 票，三票不是150票吗？这账都不会算呀？散会！”

据说，民主局长牛大头的民主评选方法，被幸福县的一位领导得知后，还大加赞赏，要准备在全县推广呢！

# 牛倔强再婚

牛倔强是牛大伯的绰号，他的真名叫牛大头，因为生性倔犟，不少人都忘记了他的真名，反而只记住了他的绰号。

要说牛大伯的倔强，这要追溯到他五六岁的年龄。那年春节，牛大伯的姑姑姑夫带着一岁多的女儿来家里走亲戚，姑夫当时给5角钱让他到代销店去买糖，并交代：“你买五块糖，我看你识数不识？”牛大伯高兴地去了。

当他兴高采烈地把五块糖交到姑夫手中时，牛大伯的姑夫就故意逗他：“你买错了？家里有八个人，你咋买五块糖？一人不够一块嘛！”牛大头争辩道：“是你让我买五块糖，少三块不是我的错！”说着拿起一块就有滋有味地吃了起来。无论家里人怎么劝，他却置若罔闻，该干什么干什么，说什么也不再去了。

家里人觉得这孩子真的倔强，从此，叫他牛倔强。

大学毕业参加工作后，牛大伯虽然倔强，但工作上少言寡语、踏实能干，单位领导看在眼里，喜在心头，在一次准备调整中层管理人员时，就自然考虑到牛大伯。任命没下来之前，人事科长找他谈了一次话，问他若担任单位办公室主任后，有何打算。牛大伯毫不掩饰地说：“首先，加强单位车辆管理工作，对每台车每月实行定量供油，局长的车也不能例外；其次，加强就餐管理，拒绝任何形式的非公事吃喝现象；再次……”

人事科长向单位领导一汇报，领导二话没说，就把牛大伯从任命名单上给划掉了。当时，有同事好心劝他找领导解释一下，他只是笑笑，仍该干啥干啥。

几年前，上级要求各单位开展职工民主评议领导班子活动。因为是第一年开展民主评议,单位领导十分重视,领导班子成员实行分包制度,对职工做思想工作,要求评议一定要划优秀。纪检书记找到了牛大伯,说一年来,在单位领导班子的正确指导下,单位取得了巨大的成绩,是有目共睹的,并举了许多单位变化的例子。牛大伯听后说:“成绩是有的,但问题也不少,就拿单位新购的几辆车来说吧,上级三令五申是禁止的,但单位领导班子还是每人都换上了新车,而且公车私用现象十分严重!”

纪检书记说:“不管咋样,要以大局为重!”牛大伯当即就点头同意。谁知,在民主评议的当天,牛大伯还是给领导班子划了个不合格,这让单位领导大为恼火。不久,就以“给年轻人创造施展才华的平台”为由,让不够退休年龄的牛大伯退休了。

牛大伯刚退休的那段时间心情十分郁闷,后来看到不少退休的老同志都喜欢在小区附近的游园里打麻将,就很快参加到他们的队伍中,并沉迷其中不能自拔。好多次过了吃饭的时间,他才在牛大婶的唠叨下,极不情愿地回了家,为此,牛大伯和牛大婶俩人产生了矛盾。

那次,牛大婶的小侄子结婚,邀请牛大伯和牛大婶务必一起去参加婚礼。牛大婶给牛大伯一说,牛大伯说啥也不愿回去。牛大婶就苦口婆心地劝说,乡下人好排场,你回去了给他们的婚礼增光添彩不少,因为你毕竟是国家工作人员……

可任牛大婶怎么说,牛大伯硬是不同意。从不爱发火的牛大婶最后发火了:“你不就是怕耽误你少打几圈麻将吗?亲戚的婚礼你也不参加了!”

“亲戚是你的亲戚,与我何干?”牛大伯也火了,“爱去,你去,我是不会去的!”

牛大婶哭了起来:“我已经给小侄子说过了,他的婚礼你一定会准时参加的啊!”

“我说不去,就不去!”牛大伯说着转身就走。牛大婶当即拦住他的去路,说啥也不让他走。这时,牛大伯的手机响了起来,一看是麻友打来的,就越发急躁,想把牛大婶甩掉却甩不掉,就火冒三丈:“这日子过着没什么意思,不行,这就去离婚!”牛大婶也不甘示弱:“离婚就离婚!”就这样俩人就办了离婚手续。

牛大伯和牛大婶离婚后,一个住在儿子的家里,一个住进了女儿的家里。儿女和亲戚觉得俩人只是耍脾气,过一段时间就会好的。一个月后,儿女们找牛大伯谈合婚的情况时,他竟说什么也不同意,还说,我的倔强是出了名的，大伙都叫我牛倔强，我这次是一定要倔强到底的，说到天花乱坠我也不会复婚的。儿女和亲戚朋友对此很是无奈。

离婚半年后，麻友们见牛大头已死了复婚的心，就四处打听为他介绍老伴。特别是李大娘，很是热心，先后给他介绍了四个，可每个一见面后，不是对方没了下文，就是牛大伯没了下文。

第一个是个 40 多岁的孙阿姨，孙阿姨早在 10 多年前就下了岗，因为单位垮了，既没养老金也没医保，自然受了不少苦。一见面，孙阿姨就毫不掩饰地问牛大伯的退休金情况，儿子的收入情况。最后，撂下一句话："我儿子和我一样也下岗在家，若能给我儿子找个像样的工作，我就跟你过，若不能，就算了！"说完这些话，头也不扭地走了。牛大伯想说什么，却一句也没说出来，烟一根又一根地抽着。

接下来是稍大点的张婶，张婶一见面也是开门见山："我老伴死的时候丢下一大堆欠账，大约有五六万元，你帮我还上了账，我明天搬来跟你过日子！"牛大伯看着她的背影，呆呆地出神，直到烟烧到了他的手指他才回过神来。

接下来是王婆婆，王婆婆倒没先前的那两位直率，拐弯抹角地说："儿子也成家立业了，有了自己的家庭，按说只要我们同意也就没什么事了。可我的孙子特乖巧，我想把他培养成才，因此，你得帮助我，贵族学校每年也就几万元，你能拿得了吗？"牛大伯一时被烟呛得咳嗽个不停。

随后是赵大娘，赵大娘快人快语："给我儿子买套房子，四室二厅的，不行，就拉倒！"

李大娘介绍了四个全部告吹后，牛大伯觉得自己再婚已没有什么希望了，这些类似交易形式的婚姻，他宁愿不结婚。

没想到，一个月后的一天，李大娘又帮他介绍了一个。牛大伯本不愿再见面了，但在李大娘催促下，只抱着再试一试的态度见面了。

一见面，对方没谈任何"交易式"的话题，而是问道："烟瘾还是那么大？还是常咳嗽吗？"一时间，牛大伯的泪流了出来，说道："咱今天就复婚吧！"

牛大伯和牛大婶结婚时，好多人说比他们第一次结婚时还热闹许多。

在宴席上，牛大伯见自己的儿女们接连不断地给李大娘敬酒，而且满脸都是感激和敬佩，却把自己冷落在一旁，就不满意地说："今天的主角是我和你娘，给她倒哪门子酒？"

儿女们听了开心地笑个不停，异口同声地说："没有李大娘找的四个以

‘交易’为主的‘婚托’,凭你倔强的性格,说啥也不会和我娘复婚的啊!我们对李大娘可感激不尽啊!”

原来,为了让牛大伯复婚,李大娘找了孙阿姨、张婶、王婆、赵大娘四个熟人,让她们扮演了以利益为主的“婚托”,使牛大伯受到强烈的刺激,最终乖乖地与牛大婶实现了复婚。

牛大伯听了“嘿嘿嘿”地笑个不停,最后感动地说:“李大娘的好心我领了,从今天起我不再打麻将了,要和老伴好好地走完余下的路程!”

话音没落,掌声就响彻了整个厅堂。

(2012 年刊登于《沙河风》第 4 期)

# 两瓶茅台酒

三娃去了一趟县城,回来时手里就掂了两瓶茅台酒。一进村,他就大声地喊叫了起来:“爹!俺二叔让我给你捎回来两瓶茅台呀!”他的喊声自然吸引来了不少村民,都纷纷地围了上来,这个说:三娃,真是茅台酒?让俺看看;那个说:三娃,让俺尝一口如何?……

三娃一听,头仰得高高的,摆出一副不悦的表情说:“你说尝就尝啊!这两瓶酒一千多块哩!俺二叔送给俺爹的,能有假?真是的!”说着迈开大步向家赶,说走边说:“这是‘国酒’,只有国家领导人才能喝得起的酒,在咱村,只有我爹有这个口福了!”

原来,春节临近了,爹就劝三娃去城里看看他二叔。他二叔牛大头在城里当局长,当时,三娃极不乐意,说:“看什么看,二叔的日子可比咱红火呢!”爹一听,就显得有些生气了:“叫你去,你就去吧!要过节了你作为晚辈不应该去看看?”三娃一见爹生了气,当即就应允了。

第二天,天没亮三娃就提着两只柴鸡去了城里。赶到牛大头的办公室里已临近中午,但牛大头的办公室里却挤满了人,三娃只听了一会儿,就明白他们都是找二叔要账的。有的是饭店的老板,有的是汽车修理厂的经理。他们一个劲地对牛大头说着好话,说要过年了,把我的账结了吧,要不我们真的没法过年了。牛大头说,我也知道你们经济紧张,可单位里实在是一分钱也拿不出来呀!过罢年,过罢年后就给你们解决如何?对方不乐意,牛大头张口闭口没钱。就这样,双方相持不下。三娃等了很久,那些要账的也没有离去的意思,他就受不住了,就大声叫道:“二叔,俺爹让我来看看你,这不,爹让我给你送两只柴鸡,看你忙得不行,我这就回去了!”牛大头听到喊声,这才透过被围着的人群说:“三娃,你等下!”说着从办公桌下面提出了两瓶茅台酒,“把酒给你爹捎回去,过两天我回去过年!”三娃接过酒就走,牛大头想送一送,可那些要账的把他的去路堵了个严实。

三娃把两瓶茅台酒提到爹的面前,从包装袋里掏出来说:“爹,二叔给你的两瓶酒值一千多块呢!”其实三娃也不知道这两瓶茅台酒价值多少钱,他以前听人说过很贵,也就胡乱估计了个价钱。爹说:“这么贵呀!”“可不是吗,这茅台酒在以前只有国家领导人才能喝得起呢!”

爹若有所思地说:“咱可喝不起了呀!这两瓶酒可抵上咱家一年的收入啊!”

三娃说:“咋喝不起呢!这是二叔专门让我捎回来给你喝的。”

爹不再说话,一副沉思状。这时三娃上小学一年级的儿子走了过来,对着酒瓶上的字念了起来:“茅台。”并说:“爸,我认识这几字!”三娃就拍了拍儿子的头:“好,好,这几年学没白上,了不起!”儿子听了三娃的话,显得异常兴奋,就拿出铅笔说:“爸,这几个字我还会写呢!”“真的!”三娃高兴地说,“你写给爸爸看。”儿子就用铅笔在茅台酒酒瓶标签上写了起来,比猫画虎地很快歪歪扭扭地写了出来。三娃见了,很是高兴:“这孩子真的能写哟!”

爹这时才回过神来,一见酒瓶标签上写上了字,顿时就火了:“你这孩子咋能乱写呀!你有本子,在这上面乱画个啥!”说着就找来干布擦,可怎么也擦不干净,就更火了:“你这成事不足、败事有余的东西,被你画成这样,咋给人家送礼呢!”

三娃一听:“爹,咱给谁送礼?这是二叔让你喝的呀!”

“这酒咱可喝不起!”爹没好气地说,“几百块钱一瓶的酒,你能喝得起?”

三娃不敢作声。爹接着说:“我想把这酒送给二歪,让他帮咱把今年春节来慰问的领导领到咱们家。到时，领导们哪个不给咱们送上三五百的慰问金？”

三娃一听，就明白了爹的用意。二歪是村主任，在村里说话非常算数，他说让领导慰问谁家，就慰问谁家。去年春节期间，二歪把来村里慰问的领导全领到了四狗家，让四狗收入了近两千元呢！其实四狗家是村里数一数二的富户。三娃想想就急切切地说：“爹，要不今晚上我就把这两瓶酒送过去！”

爹说：“酒标签上被这娃弄得一塌糊涂，这不太好吧？”

三娃说：“让二歪喝酒的，也不是看酒标签的！没事，没事的！”

爹不再说什么了，只是狠狠地瞪了孙子一眼。

当晚，三娃就提着两瓶茅台酒进了二歪的家。二歪见了，高兴得笑出了满脸的核桃纹，当即就拍着胸脯表了态：“今年县乡领导再来我们村里慰问，谁家也不去了，就去你三娃家！”三娃听了这话就满心满意地回了家。

你还别说，二歪真的没有食言，县、乡领导来慰问，全被二歪领到了三娃家，不说生活用品，就领导送上的慰问金就超过了二千元。这时三娃才不得不佩服爹的远见，要是被自己喝掉的话，一文不值，可一送出去，就挣来了这么多的钱！

大年二十九下午，牛大头自己开着车回来过年了。自牛大头当上局长后，已连续五年没回过家，这次回来很难得。爹和三娃就张罗着炒下酒菜。牛大头因有言再先，说在城里吃够了大鱼大肉，上几个素菜就行了，很快菜就上了桌。这时，牛大头问起了三娃提回来的两瓶茅台酒的事，爹就满脸的愧疚说自己喝了。牛大头说喝了就喝了，让三娃拎回来就是让你喝的，并说，我的车里还有两瓶茅台酒，今天咱就喝茅台。说着，出门到车上提了两瓶茅台回来了。

牛大头说：“这两瓶茅台酒是咱镇里的王镇长送的，我不要，他执意放下就走了！”说着，就把两瓶茅台酒从外包装袋里掏了出来。

三娃和爹一见就愣住了，这两瓶茅台分明是三娃送给二歪的那两瓶，标签上那孙子画的铅笔字还清晰可见呢！

牛大头一见两人发愣，就说：“咱是喝酒的，不管他标签上写什么！”

爹和三娃这才回过神来，连声说：“是、是。”

一瓶酒下肚，要打第二瓶时，三娃爹说啥也不让打。并说，茅台酒喝不起呀！要知道这可是半年的收成呀！说着就哭了起来！三娃也跟着哭了起来。

牛大头见此,笑了起来:“一瓶酒竟喝醉了你们爷俩!”

(2002 年 11 月 25 日刊登于《河南农村报》、2002 年 12 月 6 日刊登于《漯河日报》)

# 呼叫转移

张庆国刚回到家,牛大头就打来了电话。牛大头说:“张老板,我们现在在帝豪洗浴中心,我有个南方的朋友来看我,你过来陪下,记着带点钱!”话一说完,不等张庆国说什么牛大头就挂了电话。

张庆国收起手机,嘴里不悦地嘟囔道:“这个人咋这样呢?又让我帮他去埋单!”

在一旁坐着的妻子不解地问:“打电话的人是谁呀?他让你埋什么单?”

张庆国没好气地说:“还能是谁,牛大头嘛,县环境保护局的‘一把手’。”

妻子更迷惑:“他当他的‘一把手’,凭啥让咱给他埋单?”

“凭啥?”张庆国瞪了妻子一眼,“你说凭啥?就凭咱开的小造纸厂排污不达标,就得给他埋单!前段时间他天天派人到厂里,逼着要关咱的厂子。没办法我只好通过关系找了他,钱也没少送,他才答应厂子白天停产,晚上开机。可从那以后,他一有客人就给我打电话,今天上午我刚给他结过 8 桌宴席的欠账,这不又来朋友了,让我去埋单,你说烦人不烦人呀!”

妻子说:“要不咱就上一套治污设备,也免得你在他人面前低三下四的,净受窝囊气。”

张庆国穿上鞋子,又狠狠地瞪了妻子一眼:“说得轻巧,一台设备两千多万,你能买得起吗?”

妻子“哦”了一声，不再说什么，一副若有所思的表情。直到张庆国带门的“哐当”声打断了她的思绪。

深夜1点多钟，张庆国回到家里。早已睡着的妻子翻身起来看了看。张庆国虽然喝了不少酒，但思维还是清醒的，对着妻子叹了口气说：“又花了3000多块！”

妻子没吱声。

张庆国边脱衣服边说道：“这也总比让咱的厂子停产强！睡吧，我累了。”说着，就钻进了被窝，一转身给了妻子一个脊背。

妻子没了睡意，在张庆国的呼噜声中，她拿起了丈夫的手机，不停地翻着又不停地看着……

第二天，张庆国没有接到牛大头的电话，这是近段时间以来，张庆国第一次没有接到牛大头电话。

第三天，张庆国仍没接到牛大头的电话，却迎接到了县委陈书记带领的由县信用联社主任、县水利局局长和环保局副局长组成的调研组。

经过一番实地察看后，陈书记拍着张庆国的肩说道：“庆国啊，你们造纸厂的治污设备可以立即上马。这是县信用联社的马主任，他同意给你们发放两千万的贷款，现在就可以办理贷款手续。”

面对天上掉馅饼的好事，张庆国激动得语无伦次：“谢谢县委，谢谢陈、陈书记……”

陈书记笑笑，然后语重心长地说：“今后一定要好好干，多为咱县作贡献！对了，随便告诉你一下，县环保局的局长牛大头已经停职反省了。今后有什么困难直接给我打电话，可别在我跟前耍你的小聪明啦！”

听了陈书记的话，张庆国一脸的茫然，但还是用力点了点头。

两千万的贷款手续办过，治污设备厂家联系过后，张庆国兴冲冲地回到了家里，一见到妻子就高兴地说：“陈书记可帮了咱的大忙了，他联系信用联社给咱担保了两千万贷款，让咱上马治污设备呢！”

“是吗？”妻子见丈夫高兴得手舞足蹈，也异常兴奋地说，“陈书记这忙帮得倒也及时！”

夫妻俩沉浸在喜悦之中，忽然，张庆国像是记起了什么，对妻子说：“陈书记临走的时候，说今后有什么事让我直接给他打电话，说县环保局的牛大头停职反省了，还说不让我在他跟前耍小聪明，我咋弄不明白陈书记这些话是什么意思呢？！”

妻子一听,想了想,“扑哧”一声笑出声来。

张庆国好生迷惑:“你笑什么?”

妻子得意地说:“笑你到现在还不知道牛大头为什么被停职,陈书记为什么说你在他跟前要小聪明啊!”

“为什么?”张庆国急切地问。

“因为,因为我把你的手机的呼叫转移到了陈书记的手机上啦!”说罢,妻子笑得更欢了,连眼泪也笑了出来。

张庆国一听,顿时明白了过来——牛大头一定是给自己打电话要求埋单时,被陈书记接到了,后经陈书记一调查事情就水落石出了。想到这儿,张庆国猛地扑向妻子,双手捧起妻子的脸,狠狠地“啃”了一口说:“你可真够狡猾的!”

因为高兴,张庆国还带了一句脏话。

(2008 年刊登于《民间故事》第 4 期、2007 年 12 月 15 日刊登于《漯河日报》)

# 发财主要靠运气

牛大头靠着从自己亲妹子手里借来的一万块钱作为资本,在幸福镇开了一家面食馆。经过短短几年的发展,穷困潦倒的牛大头竟暴富了,不仅在县城买了一套住房,又在县城开了一家规模更大的面食馆。这时,牛大头就打算把小镇的面食馆转让给他人经营。

一直因牛大头暴富而急红眼的张庆祥,得知牛大头转让面食馆的消息之后,在第一时间就借了自己妹妹的一万块钱,抱着发财的梦想就盘下面食馆。

可让人想不到的是,自张庆祥接下面食馆之后,以前牛大头经营面食馆时的火爆场面不见了,取而代之的是门可罗雀,生意是越来越差。半年下来,面食馆不仅没赚钱到钱,除去成本外还赔了一千多元。

这下可把张庆祥愁坏了,再加上妹妹隔三差五地来到面食馆催要投资借款,让张庆祥更是一筹莫展。

无奈之下,张庆祥就去找牛大头询问经营之道。牛大头没有丝毫的隐瞒,告诉张庆祥:“发财主要靠运气! 我做面食馆生意的前半年也是赔了钱的!”

张庆祥听了牛大头的话,心里便有了底气,觉得自己的面食馆很快也能赚钱了。

然而,又半年过去了,张庆祥的面食馆仍毫无起色。而张庆祥的妹子和妹夫因为一万块钱的缘故,闹得不可开交,甚至到了离婚的地步,最后是在张庆祥的一再劝阻下,才没有离婚。

面食馆经营到了第二年的上半年,生意仍不见好转时,张庆祥再也坐不住了,再次去找牛大头。

牛大头仍和上次一样开门见山地说:“发财主要靠运气!”

张庆祥说:“我觉得我的运气和你差不多,我咋就不能发财呢?”

牛大头一听,“扑哧”笑了:“你和我的运气咋会一样呢?”

“你的面食馆是借自己妹子的钱开的,我也是借自己妹子的钱开的!”张庆祥争论道,“你开面食馆,上半年也是赔钱的,我也一样啊!”

“是是是!”牛大头接着说道,“我开面食馆第一年就是赔着钱的,这一点我和你一样,而我的面食馆第二年我都开始赚钱了呀!”

“是呀,我为什么第二年不能挣钱呢?”

牛大头又笑了,反问道:“在开面食馆的下半年,你妹子和妹夫是否闹离婚了?”

“闹了,而且闹得很凶!”张庆祥实话实说,“就是在我的劝说下才没有离婚!”

“这就对了,从这时起,你的运气就不如我了!”牛大头得意地说,“因为我的妹子和妹夫因为我借的一万元钱的事而离婚了,你的妹子和妹夫却没有离婚!”

张庆祥好生奇怪:“妹子和妹夫离婚不离婚,这和做生意赚钱不赚钱有什么关系?”

“关系大着呢!”牛大头听了孙庆祥的话哈哈大笑,说道,“我的妹子离婚后,很快就结了婚。这个时候,我的运气就来了,所以我的面食馆开始赚钱了，而你却赚不来钱。”

张庆祥听了，更加迷惑不解了。

牛大头更加得意地说道：“我妹子再婚后，嫁给了我们镇的镇长啊！你想呀，我的运气会和你一样吗？！”

张庆祥一听，恍然大悟，连连称道：“我的运气真的不如你，真不如你！”随着，思索了片刻后，说道：“要不，我让妹妹和我妹夫也去离婚？！”

（2012 年 9 月刊登于《民间故事》）

# 主任爱与我聊天

调入新的单位后，面对新的环境，新的面孔，我顿时有些无所适从。多亏主任给了我无微不至的关心和爱护，使我很快适应了新的环境。

我的主任是一位将近五十的老头，姓牛，叫大头，他面慈心善，对人特别热心。我刚进单位，没地方住，牛主任就住在六层高的职工宿舍楼里，跑上跑下给我找空闲的房子。他累得气喘吁吁，满头是汗，却全然不顾，最终给我找到了一间住房。刚去，因没钱吃饭，是牛主任给了我生活费，避免了我饿肚子的处境。而且，牛主任特别爱和我聊天，工作之余，闲暇时间，牛主任总是到办公室或者打来电话，让我去喝茶。我到了他的办公室，他就忙着给我倒茶递烟，让我有种受宠若惊的感觉，更觉得牛主任平易近人。落座后，牛主任开了腔，他说他特别爱和年轻人在一起说说话，这样，他就觉得自己也年轻了许多。我听后只是笑笑。

主任接着说：“听说你当过兵？”

我说：“是的。”

“什么兵？”

“步兵。”我觉得有些不够具体，便随后补充，“是野战军。”

“哦，军营是个大熔炉，特别能锻炼人啊！”

我说:“是的。”

他又问:“你当了几年兵?”

“三年。”

“现在当兵只有两年啊。”

我说:“是的。”

第一次聊天就在这种一问一答中结束了。从第二次开始,我就不再那么拘束了,也能开口问他一些他个人和家庭的情况,看得出牛主任很随和,也特别愿意和我聊天。他甚至给我说了一些不可外扬的“家丑”事。他说他只有一个儿子,但这个儿子特别不争气,天天是不务正业地喝酒打牌,还被判了几年刑。现在长年待在家里,不思进取,且时常无事生非,想给他找个工作,不是单位不愿接受就是他自己嫌工作劳累,不愿干。牛主任说,他为这个不争气的儿子操碎了心,受尽了罪。

我听后觉得牛主任也挺难的,更多的是为他打抱不平,这么好的一个老人,咋就摊上这样一个不争气的儿子呢?便有些同情牛主任。

我们聊的时间长了,单位里的不少人私下里议论纷纷,都说我是牛主任的心腹。对此,我不反驳也不争辩,觉得他们说的话还不够准确,也不够具体,因为我把牛主任当作我的亲人一样对待,他也把我当成自己的亲儿子一样关心和爱护。因此,对于人们的议论我毫不在乎。

我们亲密的关系在聊天中越发显得融洽的时候,却因一次聊天而中断了。那是临近年关的一天,牛主任又叫我到他的办公室去喝茶。我进去时牛主任正在登记发放福利的人员名单,他见我进来,就让我沏上茶,而他仍在纸上不停地写着。我沏好了茶,给他端到桌上,无意间看到,发福利的人员名单中也有我的名字,按说没干够一年的职工,年底是不能发福利的,何况我在这里还没干够一个月呢!于是,我越发觉得牛主任对我关照非常。

我又拿着烟递给主任时,他便停下了手中的活儿,冷不丁地问我:“小柴,有些事你可不能瞒我呀!”

我一听,吓了一跳,以为自己做错了什么事,忙说:“主任,你对我怎么样,我可是心知肚明的,我怎么会瞒你呀!”

“不瞒我就好,不瞒我就好。”主任笑了起来,停了片刻说,“你和柴书记什么关系?”

“柴书记?”我猛地一怔,很快明白过来。主任说的柴书记,是我们县的县委书记,叫柴全义。而我的名字叫柴全卫,也许是人们看我俩的名字相随,就胡猜乱想,觉得我们有血缘关系。于是我对牛主任就实话实说:“我和柴书记根本不认识!”为使他相信,我又补充道,“许多人都认为我和柴书记是兄弟,其实,我们一点关系都没有,柴书记是驻马店人,而我就是本地人,相距甚远,只不过都是柴姓而已!”

主任一听,“哦”了一声说:“是这样的呀! 不少人说你和柴书记是兄弟,原来是骗我的呀!”他当即喝了一口茶,接着说道,“还有件事与你说说,本来今年想给你发一份福利的,因怕他们说闲话,我想就不给你发了!”

“别发了,让别人说闲话对你影响不好!”我体谅主任的难处,就说出了心里话。

“好,好呀!”牛主任说,“还是你通情达理!”说着拿起笔在纸上把我的名字划掉了。

很快,我就从牛主任的办公室出来了,这是我们最短的一次聊天。也是从这次起,牛主任再也没时间和我聊天了,直到今天我也没有弄明白,那天我在牛主任面前究竟说错了什么话。

(2005 年刊登于《沙河风》第 8 期)

# 牛大头出书

我和牛大头认识是经我们主任介绍的。那天,牛大头请我们主任吃饭,主任怕喝酒,就把我带上当“酒缸”去了。

去了之后,我才发现牛大头是“孤军作战”——只有他自己一个人。主任就把我向牛大头作了介绍,说我是著名的小小说作家,有几百篇作品在全国各大报刊发表,现在在电视台当记者。牛大头听了,就把手伸了过来,说:“久闻大名,早就拜读过你的文章,只不过一直没见过面,今天见你真是太荣幸了!”一番话说得我很受用。接着,主任又介绍牛大头,说他是自由职业者,现在在家专门从事散文、随笔创作,已有一部散文集准备出版。牛大头听后笑了笑说:“那部散文集已经出版了,我今天就是向您来汇报的。”说着从他手提袋里掏出了两本书,并兴奋地说道,“这部散文集首次印刷了5000册,如果销售量可以的话,我准备再印它个1万册!”

主任接过书问:“啥时印刷的?”并随即指着书名说:“《牛氏说事》这书名起得好,真是太好了!”

牛大头更兴奋了:“今天五千册书已通过速递公司运到家里了。请两位多指正,多提宝贵意见呀!”

我接过牛大头递过来的书,看着600多页厚厚的一本子,就问:“有几十万字吧?”

“50万字。”

主任说:“大手笔,不简单!”

我随意翻看了一下,发现牛大头的《牛氏说事》像是《李敖有话说》的翻版,粗言秽语随处可见,所不同的是牛大头说的“事”都是家长里短、鸡毛蒜皮的小事。

这时,牛大头又说:“我的《牛氏说事》第二部准备下一个月出版,也有70多万字,先印上1万册。”

主任听了连声说好。我在惊叹他的创作速度的同时,又不无担心地问:“销路没问题吧?”

牛大头笑了:“销路有什么问题!”随后扳着指头讲道:“我姨是某某局的局长,帮我销2000本,我表哥是某某委的主任也答应帮我处理3000册,还有……”

我和主任听了异口同声地说:“有销路就行。”

“不过……”牛大头顿了顿说道,“还得麻烦你们帮我宣传宣传。”

主任当即表了态,由我具体负责采访报道。

第二天上午,我就携带摄像机去了牛大头的家里,二室一厅的房间都堆满了书。我帮助牛大头策划了几个镜头之后,就回了单位。

从这以后,我再没见过牛大头的面,但没隔几天总能接到牛大头的电话,说些不痛不痒的话,可每次通话结束之前,他总会邀请我到他家里去玩。我虽然一而再、再而三地应承下来,却一直也没有兑现。

直到一个月后,我的一个朋友结婚,参加过他的婚礼之后,因为朋友的家就在牛大头家的附近,我就顺路去了牛大头的家里。

当时,牛大头没在家里,而他先前的那些书还原封不动地堆在二室一厅的房间内，本身并不宽敞的房间更显得拥挤不堪。我问牛大头的老婆：“咋不把这些书卖出去呢？放在家里多碍事？”牛大头的老婆无奈地说：“谁不想把书卖出去，可没人要啊！”

我说：“牛大头的姨不是某某局的局长，表哥不是某某委的主任，他们不是答应过帮他卖书的吗？”

“听他瞎吹。”牛大头的老婆显得气愤地说，“他要有这么好的亲戚，这书能一本也卖不出去吗？”

“什么？一本书也没卖出去？”我听了大吃一惊，同情之心油然而生。我就给在学校当校长的高中同学打了个电话，好说歹说才帮牛大头销了50本书。牛大头的老婆对此满是感激，说我真是好人一个。

牛大头知道我帮他销了50本书后，也接连打了几次电话，说要请我吃顿饭来感谢，我一直以工作忙推辞了。但他还一直也不承认他姨和表哥不是局长、主任的事，而是说他们近期太忙顾不过来。

又过了半个月之后，牛大头再次给我打电话时，语言却显得吞吞吐吐的。直到我劝他有事直说时，他才为难地说想让我帮他个小忙。我说只要我能办到就一定帮助，牛大头这才说：“我的1万册《牛氏说事》第二部散文集下午速递公司就要送回来了，现在家里没地方了，能帮我找个地方存放吗？！”还说这是他的燃眉之急！……

（2010年9月2日刊登于《河南工人日报》）

# 长寿村的长寿事儿

今年的九九重阳节来临之前，我们电视台就着手策划了一系列的关于老年人生活的节目，借此营造“敬老爱老关心老年人”的浓厚氛围。但各组记者采访的侧重点也各不相同，比如我吧，因为我有多次采访我市长寿村——沟李村的经验，这次领导仍然叫我去采访沟李村的老寿星们的长寿之道。

沟李村位于我市最西南角的位置,距离市区有近200公里之遥,也是我市唯一的山区地带。前些年因为地理位置偏僻、交通不便,沟李村很少被外人知晓。几年前,由于我无意间的一次采访,发现沟李村这个只有三四百人口的小山村,竟然有十多位百岁老人,新闻播出之后,引起社会的强烈反响,使得不少人纷纷慕名前往,打探该村老人们的长寿秘诀。

最终,沟李村这个长寿村名扬全市,经济收入也得到了长足的发展。

领导把采访工作安排之后,我就带着实习生小王马不停蹄赶往了沟李村。一到沟李村,我们也没有顾上休息,在村主任牛大头的带领下,就直奔刘香妮老人的家里。

刘香妮今年已经110岁了,但她眼不花、耳不聋,身体还十分的硬朗,也是沟李村年龄最大的老寿星。

正在准备做午饭的刘香妮,一看到我就高兴地叫了起来:“采集者,你又来了呀!”

“是呀,大娘,我今天又来采访您呀!”

“你这个采集者,每年都采访我,你也不嫌烦呀!”说罢,哈哈大笑起来。笑着她又急忙进了屋里。

刘香妮称叫我为“采集者”,是他们山区的方言发音所致,若翻译成普通话就是“柴记者”了。对于她的称呼,我早已经习以为常了。

刘香妮从屋里出来时,端出了一筐晚秋黄梨,热情地让我们品尝:“这梨既脆又甜,没有杂质,还能生津润肺,可好啦!”

我摆了摆手,把这次采访的目的向她做了说明,她没有丝毫的推让:“不就是让我说说我的长寿之道吗?好,开始吧?”

小王忙架起摄像机对准了她。刘香妮见此,就打开了话匣子:“我能活到110岁,我认为主要原因有两个方面,一是性格要开朗,家事国事天下事,事事不能往心里去。这些大事小事不管什么事不往心里放,性格自然要开朗了。另外一个,我喜欢吃晚秋黄梨,这梨好处可多了,我经常是早、中、晚每顿饭之前都吃上一个,我一直认为我活这么大岁数,与每天都吃晚秋黄梨有着直接的关系!”

我听着刘香妮口齿伶俐、吐字清晰,连声叫好:“不错、不错,一遍采访就成了!”说着,就忙着收拾起了摄像机。

从刘香妮家里出来,我们直接去了沟李村敬老院。敬老院里住着该村的第二大寿星李福根。无儿无女的李福根今年107岁,比刘香妮小3岁,他和刘香妮一样,也是眼不花、耳不聋,而且身体硬朗。但不同的是,李福根嘴笨舌拙,说出话来结结巴巴的,在电视上根本无法播出。

在没见到李福根之前,我就给实习生小王做了交代,对于李福根,只拍摄他的镜头,不对他进行采访。

没想到,小王把李福根在敬老院菜地劳作的镜头取够时,李福根却急不可待地说:"你不让我说一说我活这么大年纪的长寿之道?"

我暗笑道:"你能说得成?"

"说得成!"李福根显得激动地说:"我咋说不成呢! 自从去年你采访我我没说成后,快一年了,我天天都在练习着呢! 等着你再次采访俺呢?"

正当我犹豫不决时,村主任牛大头开口了:"柴记者,你就让他试一试,若说不成,你播出时不用不就得了!"

我一听,牛大头说得有道理,就让小王架起了摄像机。

李福根见我们准备妥当,就一字一句地说道:"我之所以能活到107岁,与我自小就喜欢劳动是分不开的。再一个,我每天喜欢食用一种水果,这种水果就是晚秋黄梨。这晚秋黄梨被我们沟李村村民称为'长寿果'!要不,我们村不会出那么多长寿星啊!"

对于李福根的采访,我不由得拍手称道:"李大爷,今年您说的话,太流利了! 比去年可强多了呀!"

李福根听了我的话,就嘿嘿地笑了起来。

就在这个时候,我发现这次准备要采访的对象们都相继来到了敬老院。正当我大惑不解时,村主任牛大头凑近我说:"我用电话通知他们来的,我想让你来个集中采访,也免得你一家一家地跑,挺累人的!"

我感激地望了牛大头一眼。

紧接着,我和小王对来人一个一个地开始了采访。采访结束时,我猛然发现了一个问题——就是每个采访对象,也就是老寿星们,都把晚秋黄梨牵扯进去了。说白了,沟李村的老寿星们说来说去,他们长寿的之道——就是食用晚秋黄梨,不是晚秋黄梨他们不可能活这么大岁数。

我就问采访对象:"你们能不能不说晚秋黄梨?"

采访对象愣怔住了,反问道:"不说晚秋黄梨,说什么?"

我一时无语。

村主任牛大头见此,忙把我拉到一边语气坚定地说:"他们只能说晚秋黄梨!"

"为什么呀?"我问道:"我记得去年、大前年和大大前年采访时,他们都说喜欢食用小白瓜啊?今年咋都变成喜欢食用晚秋黄梨了呀?"

"这就对了!"牛大头得意地说:"前几年,我们村里家家户户都在山坡上种小白瓜,而现在我们村里改种晚秋黄梨了呀!……"

听着牛大头的话,我想说什么却怎么也说不出来。

只听牛大头接着说道:"我们村老寿星的长寿之道由小白瓜改为晚秋黄梨,是为了宣传需要嘛!你可得理解一下呀!"

那天中午,对酒一直敬畏的我,却醉得一塌糊涂。

## 官场游戏

年底到了,各种检查也就多了起来。为迎接检查,确保单位各项工作能顺利过关,局里专门召开了局长办公会议,研究部署了此项工作。

局长牛大头在会上给我明确了几点工作重点:一、汇报材料要成绩突出,思路清晰,存在的不足和工作不到位的对方,能不汇报就不汇报,尽量避免不足和缺点在材料中出现,并由我亲自撰写。二、工作中存在的硬件不完善不健全的地方,由我负责组织人员及时修补。三、对检查人员的接待工作,由我负责安排运作,一定要让检查人员开心、舒心、省心,高高兴兴、快快乐乐地离开单位。

牛大头的三点要求,无疑是给我压上了重担,想想我们办公室也有两位秘书,三个文员,按说后两点要求,我可以安排安排,而汇报材料让他们写就可以了,但牛大头信不过他们,他私下里对我说:"你办事我放心!"

话都说到这份儿上了,我还能说什么呢?领导的信任值万金,我决不能辜负他的信任。于是我就认认真真地写了起来,成绩要突出,漏洞要避免,成绩不突出或突出不了,我就夸大,就掺杂使假;缺点避免不了,就修饰就掩饰就深埋,要点到为止……就这样,我辛苦了半个多月,牺牲了七个夜晚,十多个汇报材料新鲜出炉了。

当万分喜悦地把自己的杰作打成铅印，准备拿给领导们斧正时，局长牛大头给我打来了电话，只说了一句："你赶快到我办公室一趟！"

我气喘吁吁地走进他的办公室里，看到他正坐在办公桌边，手里拿着一支铅笔在一张稿纸上，写了又划，划了又写，这样反复几次后，才冲我说："给这几位同志，每人提半格，任命他们为所在部门的副职，快去下文去吧！"

我接过牛大头递过来的稿纸一看，就呆住了。末了，不相信地问："这几位咋能提拔呢？"

"咋就不能提拔呢？"牛大头反问道。

"就拿张三来说吧！这个人很不安分，时不时地来个上访，搞得单位的工作常常很被动！"

"我们就是要提倡民主，发扬群众监督作用嘛！他的上访、告状，说明我们的工作没做好，没做到家嘛！"牛大头义正词严地说，"他的上访告状行为，也是为了我们单位更好地发展，促使我们改进工作上的不足和缺点，本意是好的嘛！看问题要一分为二呀！"

"还有王二歪，总爱在下面指桑骂槐地发个牢骚，已影响到了我们单位的安定团结的局面，这样的人说啥也不能提拔重用！他根本没有大局观念！"

"我们要搞'群言堂'，不搞'一言堂'！就要允许他们发出不同的声音，以便使我们当领导的更好地工作嘛！其实，他的举动就是大局观念的重要体现嘛！"

"还有……"

"不要再说了！"牛大头粗暴地打断了我的话，"这是领导班子经过慎重研究后才做出的决定，你执行就是了！"说着就用力地冲我挥了挥手，让我出去。

我被牛大头蛮横不讲理的态度激起了火气，心想，随你们的便吧，提拔重用这些害群之马，单位不乱套才怪呢！到时候让你们后悔都来不及！

要知道，我在单位是被大家公认的"小诸葛"，因我的建议和意见十有八九被局领导采纳而得名，没想到，这次牛大头竟然不理会我的意见，咋能不让人窝火呢！

当即我就拿着名单回办公室交给了张秘书，让她马上下发任命文件。张秘书只看了一眼，就瞪大眼睛不相信地说："主任，任命这几个人为副职，是不是局领导今天吃错了药!”

“让你下文你就下,啰唆个啥!”我没好气地吼道。

吼得张秘书脸一红一赤的。

那几位害群之马拿着新下的文件,个个得意洋洋,一副小人得志的模样,使得我心里的火气一个劲地向上涌,当时,真的想找牛大头好好理论去,但想到为迎接检查的手头工作还没做完就忍住了。

由于前期工作做得扎实有效,安排得周密细致,各检查组对我们的工作均做出了高度的评价,有的检查人员还把我们的汇报材料带走了几份,说要编成学习简报,下发所属各单位,要求他们认真学习呢!

很快,各项检查活动就顺利地结束了。在单位举行的庆功宴上,牛大头一个劲地向我敬酒,说我功不可没,是单位里功臣一个!最后,牛大头凑到我耳边说:“那几个刚任命为副职的人员,明天再下个文件,把他们全给免了!”

我一听,顿时张大了嘴巴,久久没有合上。过了很长时间,我才问牛大头:“牛局长,这样做合适吗?”

“有什么不合适的!”牛大头得意地说:“为了迎接检查,不得已而为之!要不这样,他们几个在上级检查期间非给我惹出点麻烦来不可,那样咱一年的工作不就白忙活了啊!”

(2006 年刊登于《登封文学》第 4 期)

# 酒　友

牛大头爱喝酒,我也爱喝酒,我俩成了酒友,无事常在一起喝酒。

那是一个周末,因一件鸡毛蒜皮的小事,我和老婆吵了一架,老婆一气之下,就领着孩子回了娘家。没有了老婆的唠叨,也没了孩子的喧闹,我便感到了孤独和无聊。我在无聊之中想到了牛大头,一个电话打过去,他很快就赶了过来。

酒友见酒友,自然要喝酒。不知不觉间,两瓶白酒已下了肚,此时,时针已指向了深夜11点。天已不早了,我不想再喝,可已微显醉态的牛大头不依不饶,说他还没喝过瘾。无奈之中,我只好又搬了一件啤酒出来。

边喝边聊,一件啤酒只剩下最后一瓶时,牛大头的手机响了。一接,是他的老婆打来的。他的老婆在电话里怒吼道:"现在几点了? 你咋还不回来?"牛大头唯唯诺诺地说:"我这就回去,我这就回去!"说着,人就直起了身。我一见牛大头要走,忙从他手中夺过手机扔在茶几上:"要走,就把已打开盖的最后一瓶喝完再走!"他一见我不达目的誓不罢休的势头,就只好顺从了。

喝完了最后一瓶酒,见牛大头走路的步伐有些摇摆了,我放心不下,只好送他,直到拦了一辆出租车,我才心安地转了回来。

也许是酒精作用,我瞌睡得要命。就要上床睡觉,手机铃声响了起来,我急忙从腰间掏出手机,铃声瞬间停了,而且手机上也没显示来电。

正当我迷惑不解时,手机铃声再次响起,这次听清楚了,铃声是从客厅传来的。

我走出卧室,见客厅茶几上躺着一部手机正欢快地鸣叫着,顿时,我明白过来,自己夺过牛大头的手机之后,竟忘记还他了。

本来我不想接的,可手机铃声一直响个不停,闹腾得让人心烦,就只好接了。

"你在家吗?"电话那头传来一个女人的问话。

我心想,半夜三更的不在家能在哪? 净说废话! 但嘴上说:"我在家。"

"你老婆在没?"女人忽然压低了声音。

"老婆回娘家了。"我如实回答。

"太好了,真是太好了!"那女人听后兴奋地叫了起来。

我不由得发迷:"我老婆不在家,你'好'什么呢?"

女人又开了口:"你不想我吗?"

"想你? 你谁呀?"我终于说出了心中的疑问。

"连我的声音都听不出来了? 我是王丽啊!"电话那头的女人显得有些生气。

王丽是谁? 我搜肠刮肚也忆不起这个叫"王丽"的女人。

"你咋不说话,我可是想你想得睡不着觉,才给你打电话的!"

"我……我也想你想得睡不着觉!"因酒精作怪,我经不住女人火辣辣的话语,第一次向除我老婆之外的女人说了这么肉麻的话。

"你也想我,那我这就过去陪陪你吧?"

"行,行啊! 你一定要快些!"

女人听后,"咯咯咯"地笑了起来。

挂了电话,我得意地狂笑不止:"你这个傻瓜女人,咱俩素不相识,任你跑到天亮,也休想找到我的住处!"笑罢,我上床安然睡去。

第二天酒醒过来,想起昨晚之事,不由一惊,心里顿时冒出两个字:坏了!

果然不出我所料,当天上午,酒友牛大头家里就传来了出事的消息——据知情人介绍说,今天凌晨有一个叫王丽的娇艳女人闯进了牛大头的家里……牛大头的老婆恼恨之下打伤了王丽,而牛大头又打伤了自己的老婆。最后,牛大头把两个受伤的女人同时送进了医院……

这事被传得纷纷扬扬,闹得满城风雨。很快,牛大头副局长的职务就被免掉了。牛大头免职的当天,就气汹汹地来到我家,把我骂得狗血淋头,体无完肤了。

对此,我感到委屈,可毕竟事实存在,已由不得我不承认了!

(2003 年刊登于《沙河风》第 3 期)

## 咱也装回醉

那是星期六的一天晚上,我刚吃过晚饭,就接到了同事牛大头打来的电话,让我赶紧带 1000 块钱赶到聚仙楼酒家。我忙问为什么,他说别问那么多,你来就知道了。

说真的,牛大头虽然是我同事,但我俩并没有深交,相互之间也没有太多的了解,但我却有一副乐于助人的热心肠,当即就怀揣 1000 元钱,急匆匆地向聚仙楼酒家赶去。

当我走进他所说的包厢时，除了满桌的狼藉和正一个劲地抽烟的牛大头外，已别无他人。牛大头一见我就急切地说：“你来得真快呀！带钱了吗？”得到肯定的回答后，他不等我问话，就说出了事情的原因。

原来，今天下午牛大头正在朋友家里玩牌，正玩得起劲时，有几个熟人约他去喝酒，当时他极不乐意，可听说不让他埋单后，他当即赶往了聚仙楼酒家，就昏天黑地地和他们猜枚、划拳——很快，约他喝酒的几个熟人个个出现了醉态，且醉话连篇，走起路来摇摆不定。随着，又一个个相继去了卫生间。当时，牛大头毫不在意，可去了半个小时后，仍不见人回来，到前台一问，说同他喝酒的几个熟人早已离去。问起埋单情况，前台说，几个熟人临走时留下话，让牛大头埋单。牛大头一听这才慌了，因为他兜里只有百十块钱，根本无法埋单。再说，他和聚仙楼酒家的老板也不熟悉，无法赊账，便给我打了电话。

牛大头对我的举动心存感激，一再表示结了账，我们一起到他家去拿钱。我听后二话没说，就和他一起到前台去结账了。一算账，他们共花费1050 元，老板也非常客气，说收 1000 元钱算了，我当即掏出了兜里的 1000 元递了过去。

我们要走时，牛大头出于关心，问了同他喝酒的几个人的醉酒程度。老板说，那几个人根本没有醉酒，是为了逃避埋单才装醉溜走的。还说是他亲耳听到，牛大头的几个熟人中的一个对另几个人说，我们几个装醉，提前离开让牛大头来付款的话。

牛大头一听，当即就火了，说：“狗日的，咋没一个好东西呢，怪不得他们没喝多少酒就醉呢，原来是骗老子埋单呀！”

我忙劝他，说：“人走了就算了，既然是他们不够朋友，下次就不和他们在一起喝酒了。”

牛大头虽然嘴上连连说是，但看得出，他对那几个骗他的人，心里是窝了一肚子火儿。

我俩一起来到他的家里，牛大头随即吩咐他老婆去打酒买菜。我以时间太晚为由予以拒绝，他却不依，说我第一次到他家来，不喝几杯过意不去，并说了我看不起他之类的言语。见此，我也不好说什么。

一瓶酒没有喝完，牛大头就出现了醉意——舌头发僵，说话没先前清楚了。这时，我的手机响了起来，是老婆打来的，让我回家睡觉，牛大头老婆也劝他别再喝了,让他早点休息,并说明天还有事要办。

牛大头一听,便笑了起来,说:“你嫂子已等不及了,赶紧睡觉吧!”并对他老婆说道:“快去铺床吧!我兄弟今晚上和你睡床上,我自己一人睡沙发。”

我一听,脸红了起来,知道牛大头喝醉了酒,就和牛大头的老婆打了个招呼,就匆匆地夺门而逃了。因为,牛大头还一个劲地说醉话:你嫂子铺好床了,你快去之类的话。

但离开牛大头的家没走多远的路,我发现手机没在腰里,我想一定是我老婆给我打电话时丢在了牛大头的家里。于是,我就返了回来,刚到牛大头的家门口,就听到牛大头以得意的语调对他老婆说:“那些狗日的装醉骗我埋单,我就不能装回醉骗他吗?等到了明天,我说啥也不承认他帮我付了饭钱!”

他老婆说:“你要这样做,我看你以后咋混人。”

“混人?”牛大头理直气壮地说,“那几位都不怕,我怕啥?”

我听这话,便有种进退两难的感觉。

（2005 年刊登于《沙河风》第 8 期）

## 讨奖券

我从邮局刚刚取到 500 元稿费回到家,就接到了同事牛大头打来的电话,说是就在我家楼底下,同事们为我又发表一篇文章祝贺来了。

还能说什么呢?人家已到家门口了。我一边下楼迎接,一边吩咐老婆做饭炒菜,备酒狂欢。谁让咱是单位的秀才,隔三差五地发表一些豆腐块让人眼馋呢!

很快,老婆的几个菜就炒好了,可喝什么酒起了争执。牛大头想喝白的,孙超人想喝啤的,而张国庆却想喝葡萄酒。最后,还是我一锤定音:“客随主便，今天就喝白酒！”说完，就匆匆地下楼买酒去了。

到了小区门前的超市，服务人员十分的热情，极力推荐了一种新购进的白酒，说是商家为了促销，每瓶酒盒里均有款额不等的奖券，这些奖券随时到店里可兑换成人民币使用。我听了，一时心动，就买了一箱。

回到家，打开第一瓶，还真像超市服务人员所说的那样，就发现了一张10元券。牛大头、孙超人、张国庆见了便起哄，说是下一瓶酒由他们来打，比比谁的运气好，我便点头答应了。

一瓶酒下肚，第二瓶牛大头争着打开了，一看就乐了：酒盒里发现了50元的奖券。牛大头高兴地说：“我的手气可比你柴大官人手气好吧！来，喝酒，赶快喝了，好打第三瓶！”

第三瓶酒是由孙超人打的，酒盒里面也发现了50元的奖券。孙超人高兴坏了：“我的运气真不错，若是今天打牌的话，一定能赢！”说着就自斟自饮了一杯。

四个人喝了三瓶酒，我们都有了醉态，但心里也十分清楚，再喝下去就会喝高了。于是，牛大头、孙超人和我就建议，酒不再打了，也不再喝了。可张国庆不愿意了，说：“你们都得了奖券，只有我没得，这样不公平！酒喝不喝是一回事，酒打不打又是另一回事！”说完，不顾众人的反对，就打开了第四瓶。

让人没有想到的是，第四瓶酒盒里也发现了一张50元的奖券。欣喜若狂的张庆国，拿着奖券站起身就往门外走，嘴里还不停地嚷着：“我比你们几个人的运气也不差！走，到我们家打麻将去！”

牛大头和孙超人听了，也一起响应，站起来就跟着张国庆走了。因为我对麻将一窍不通，就只好任他们去了。

这时候，老婆从卧室走了出来。一见茶几边上的酒瓶，瞪着眼就问：“你们在酒盒里发现的奖券呢？”

我扫视了一下茶几，也没发现奖券，就明白过来：“是不是他们把奖券都拿走了？”

“他们吃咱的菜，喝咱的酒，还拿咱的160元奖券，这怎么行！”老婆气呼呼地说道：“我去找他们讨回来去，他们也太没出息了！”我想拦却没拦住她，想想张庆国家离我们小区也不远，就没有硬拦。

10分钟过去了，老婆没有回来；30分钟过去了，老婆还没有回来。直到1个小时过去时，我才着急起来。想给老婆打电话，但她的手机丢在了床头柜上,想直接去找她,又怕遭牛大头他们几个奚落,说我小气,说我不够意思,为了几个奖券竟让老婆去讨要。一时间,我如热锅上的蚂蚁,在室内团团转了起来。

老婆出去的时间越长,我发现自己上门找老婆的勇气也越大。就在我准备着出门时,老婆回来了。我一见就问:"160 元的奖券讨回来了?"老婆有气无力地说:"奖券 160 元讨回来了,可他们几个硬拉着打麻将,让我输了 360 元!"

我一时无语。

(2011 年刊登于《喜剧世界》第 5 期)

# 迟到人员名单

幸福镇中学校长牛大头前两天到省内有名的先进学校"取经"回来后,感触很深。他参观的学校和他所在的学校规模一样大,生源一样多,可升学率比他的学校就强多了,他们每年的升学率达到 95% 以上,而他所在的学校却一直没有超过 50%。真是不比不知道,一比吓一跳呀!为此,牛大头决定借鉴他们封闭式的管理经验来管理自己的学校。

牛大头首先从门卫抓起,要让他们尽职尽责地严格控制进出人员。因此,他一下车,就马不停蹄地走进学校门卫室,向他们交代了两项新的任务:第一,上课时间,外来人员一律不得入内;第二,迟到、早退的学生一定要登记备案,坚决杜绝随意外出。特别是第二条,牛大头一连交代了数十遍,直到门卫说了多次"校长你放心吧",他才离去。

第二天上午一上课,牛大头就站在自己的办公室窗台边,目不转睛地望着大门口,他要看一看门卫对自己交代的事情落实得怎么样了。不足半个小时的时间,就有十多位学生迟到,看得出门卫对交代他的工作非常认真负责,全都让迟到的学生进行了登记。牛大头见此,这才放心地离开。

下午，牛大头组织召开了全体师生大会，他在会上讲述了他参观学习期间的所见所闻和心理感受，并结合实际分析了本校存在的问题。最后，他一针见血地指出，咱们学校主要是管理上不去，才造成了升学率不高的问题。接着，牛大头说，他在参观学习期间，那所学校根本不存在学生迟到和早退的不良现象，而我们学校呢，我今天在办公室观察了半个小时，竟有十多位学生迟到呀！比比人家，看看咱呀，同志们，我们一定要加强管理呀！说到这里，牛大头心血来潮地对坐在身旁的总务处主任说，你到门卫室，把今天迟到的人员名单拿来，我要在大会上公布公布！

总务处主任急匆匆地走了，很快又急匆匆地赶了回来，把迟到学生名单递到了牛大头手中。牛大头清清嗓子，大声说道："现在我把今天迟到的学生给大家予以公布，总共 10 个人，他们今后若再迟到，一定要严肃处理！"说着就念起了名单：

一(2)班的有阿杜，二(1)班的有那英，三(4)班的有孙悦，三(12)班的有刘德华，三(21)班的有刀郎……

这时会场上有了嬉笑声。

"笑什么笑，有什么好笑的！"牛大头严厉地吼道。但底下仍有笑声，牛大头气呼呼地提高了声音，又接着念道："还有三(9)班的毛主席！"话音一落，会场一下子沸腾了……

与会人员个个笑得前俯后仰的，有个学生还大声喊道："那么多歌星还不够呀！让我们伟大的领袖毛老人家也来我们学校上课呀！"

(2006 年 10 月 10 日刊登于《漯河广播电视报》)

# 紧急会议

幸福县明天上午 8 点要召开全县 2008 年度工作表彰大会，为保证此次会议开得圆满成功，县长牛大头专门召集相关人员对会议筹备工作进行了详细具体的安排。安排妥当后，牛大头临起身离开会议室时，对宣传部长叮嘱道：“安排通知记者的事，这次就交由你们宣传部门负责吧！一定要确保记者准时参加！”

宣传部长听后二话没说，就满口应承下来，当即就给宣传部常务副部长打电话。在拨打电话号码时，宣传部长就明白过来，以往县里重大活动需要记者参加时，总由县政府办公室通知，这次县长却点名要宣传部通知的原因所在了——前不久，县里召开了全县招商引资百日会战动员会，记者是由县政府办公室负责通知的。可当天，会议召开了半个小时了，也没有见到记者的身影。为此，县长就在会议上大发雷霆，不点名地对政府办公室进行了批评，要求他们一定要改进工作作风，端正思想态度，树立大局观念和意识，并责令相关责任人员写出书面检讨，以观后效。此事，在全县上下引起了极大的轰动。

为避免此类现象的发生，宣传部长在给常务副部长打电话时，就把会议时间提前了半个小时，说：“明天全县 2008 年工作表彰大会，由你负责安排通知记者，要求他们务必于 7 点半以前赶到政府二楼会议室。”

常务副部长接了电话后自然不敢怠慢，当即给新闻科长打了电话。因为县长在招商引资百日会战动员会上因记者来迟而发火的事，他还清晰地记得。当他给新闻科长交代通知记者参加时，也把时间提前了半个小时：“你现在就安排通知记者，明天早上 7 点以前务必赶到县政府二楼会议室！”

新闻科长挂了电话，就急忙给县广电局长打了电话，同样，他把记者参会时间也提前了半个小时，说是明天 6 点半以前要求记者赶到县政府二楼会议室。

广电局长接了通知就给单位主管宣传的副局长打了个电话，让他安排记者，也把时间提前了半个小时。副局长就给电视台台长打电话安排记者，同样把时间提前了半个小时。电视台台长随后给新闻部主任打了电话，再次把时间提前了半个小时，新闻部主任就给副主任打电话又一次把时间提前了半个小时，副主任又给时政记者组组长打电话，更是把时间提前了半个小时。

最后，电视台新闻部时政记者组组长给记者打电话时，也提前了半个小时：“孙超人吗？明天早上 3 点半，你要准时赶到县政府二楼会议室参加一个会议。”

孙超人听了就好生奇怪地反问道:“这么早就参加会议啊？是什么会议呀?”

时政记者组组长想都没想,就答复道:“早上3点半就去参加会议,你说这是什么会议？我敢保证这不是一般的会议,一定是紧急会议!”

孙超人听了,不再说什么。为了不耽误参加县里的“紧急会议”,当天早上3点钟他就起了床,赶到政府二楼会议室时,时间不多不少正好是3点半。他在会议室门口整整等了4个半小时,幸福县2008年工作表彰大会才开始了……

# 单位轶事

牛大头沏上一杯龙井茶,刚放在嘴边,电话铃响了,是门卫室打来的。门卫说:“有一个叫牛大山的乡下老汉要找您,您见不见?”

“让他稍等一下,我马上下去!”

牛大头作为单位的“一把手”,是很少下楼迎接客人的,不说他身宽体胖,走起路来直喘气,就凭他唯我独尊的个性,不是特别重要的领导,很难见到他下楼迎接客人的。而这次,一个乡下老汉的到来,让牛局长亲自下楼,可见此人大有来头。门卫自然不敢怠慢,一改先前板着的面孔,换上了灿烂的笑容。这时牛大头气喘吁吁地来到了门卫室,冲乡下老汉惊喜地叫道:“大哥,你咋来了？来也不说一声,好让我派车去接你!”

乡下老汉说:“那样,会给你添多大的麻烦啊！搭车也挺方便的。我这次来……”

“走,走,走,有什么事到我办公室再说!”牛大头说着就拉着乡下老汉的手上了楼。

乡下老汉叫牛大山,是牛大头的堂兄。这层关系并不能使牛大头对他如此恭敬,而是因为他们俩之间有着更深一层的关系:

牛大头上小学时,父亲病逝,丢下了他和母亲孤儿寡母艰难地生活,可想他们的日子是多么的艰难。几次因为没有钱交学费,学校就提出了让牛大头退学,尽管牛大头的学习成绩非常好。牛大头面对这个四壁皆空的家,无奈之下,只好退学。正在这时,牛大山来了。牛大山虽然是牛大头的堂兄,但他和牛大头父亲的年龄差不了几岁,牛大山不顾老婆要死要活的反对,给牛大头送来了学费。当时,牛大头的母亲哭着给牛大山跪了下来。

牛大山忙把牛大头的母亲扶了起身,说:“婶,只要有我牛大山,我就是砸锅卖铁也要供应我弟弟,不仅上小学、中学,还要上大学!大头是个聪明又用功的孩子呀!”

牛大山果然没有食言,一直供应牛大头到大学毕业找了工作,但他也付出了巨大的代价,两个女儿没上完中学就辍学回家了。

牛大头如今当了官,但对牛大山的恩情常挂在心头,前几年,他刚当了局长就想给牛大山的女儿安排个工作,可牛大山拒绝了,他说:“两个女儿早已出嫁,已成了别人家的人,生活的好坏,就靠她们自己了!”这使牛大头对牛大山的为人更加钦佩了。

牛大头把牛大山领进了办公室就开了口:“大哥,你这次来找我,一定有什么事吧!”

“是……是……是……”牛大山一副欲言又止的样子。

“大哥,咱又不是外人,有什么事你就直说吧!”牛大头开导道。

“我本不想来,是你嫂子非逼我来的!”牛大山有些抱怨地说道。

“什么事呀!你尽管说!”牛大头有些急了。

“是这样的!”牛大山终于开了口,“你那个三娃侄子下学后,一直无事可做,整天在家里喝酒闹事,干些偷鸡摸狗的勾当,你嫂子就想让你给他找个工作,跟着让你管教管教他,免得再惹是生非。他也老大不小了,若再这样下去,只有坐牢的命了!”

牛大头一听笑了,忙给牛大山递了一根烟:“大哥,你还跟我客气什么呀!三娃的事你交给我就是了。这样吧,让三娃明天就来上班!”

牛大山听后高兴地说:“兄弟,真是谢谢你了!怪不得你嫂子说,你是有知识、有文化的人,三娃的事,找你准没错!”

牛大头哈哈笑了起来,说:“大哥,你这么客气干啥呀?走,我们去吃饭,吃罢饭我让司机送你回去,也顺便把三娃接来。”

下午,牛大山的儿子就被小车接来了。牛大头当即就把他安排到单位的门卫室,并鼓励他好好干,有机会再给他调换好一些的工作。三娃倒也听话，并说：“三叔，你放心就是了，侄子不会给你脸上抹黑的！”说得牛大头很是受用。

三娃嘴上虽然这么说，心里却是老大不乐意，想自己在乡下老家时，想睡就睡，想玩就玩，现在倒好，每天都圈在不足 10 平方米的小房子里，活活把人闷死。那天，三娃实在闷不住了，就偷偷溜到大街上玩，因为第一次外出他也没敢去多长时间，可回来后，单位倒也没有发现他私自外出。有了第一次，就又有第二次、第三次、第四次……连三娃也记不清楚是第几次私自外出了，回来时，正见牛大头怒气冲冲地站在门卫室门口，一见他就火冒三丈地问：“你到底干什么去了？走，到我办公室去！”

在办公室牛大头狠狠地把三娃训了一顿，训过之后，三娃才知道牛大头发火的原因。原来，单位王副局长的自行车在门卫室附近停放时竟被人偷走了，他自然就告到了牛大头那里，说单位十多年了没丢过一件东西……这些话，牛大头脸上挂不住。三娃挨训也在所难免了。

牛大头消了火气之后，掏出 300 块钱递给三娃：“给王副局长买辆新自行车赔他！”

三娃接过钱却说：“三叔，我不想再干门卫这活儿了，每天闷得要死！”

“你不干门卫，你干啥？现在单位里也没有什么好的岗位。”

“咋没有，单位的供应的活儿就不错，要不，我干供应算了！”

“你想得挺美！”牛大头强压心头的火，“人家老孙干得好好的，也没出什么问题，咋能说换人就换人呢？”

“你是局长，你说了算，咋不能换呢？”

“我若换了他，单位的干部职工会咋想？再说，老孙是王副局长的岳父，这样会造成领导班子不团结嘛！”

三娃听了牛大头的话就气了：“我就干供应，不让我干，我就回乡下找我爹去！”

牛大头见此，想发火，但想到牛大山对自己的恩情，就忍气吞声、好言好语地把三娃重新劝了回来：“好、好、好，三叔答应你，不过……”

“不过什么？”三娃急问。

“你得帮我找个……否则师出无名呀……”

三娃听了牛大头的一番话，当即就伸出大拇指：“三叔，你真行！你可比我爹强百倍，俺爹才是个榆木疙瘩，死也不开窍！”

“不可胡说，你爹是个老实人。”

当天晚上,正逢三娃休班,单位仓库的房门被人撬了。牛大头得知后就责令仓库管理员老孙清查失窃物品数量。清查后得知,满仓库的物品,贼人只偷了两个电暖器。

牛大头对清查结果非常吃惊,不相信地问老孙:“真的只丢了两个电暖器吗?”老孙肯定地说:“真的只丢了两个电暖器。”牛大头就说:“不幸中的万幸呀!”

一周后,正好轮三娃值班,睡到半夜,人却被一泡尿憋醒了,正当他迷迷糊糊撒完尿,却看到一个鬼鬼祟祟的身影正在仓库门前面徘徊。三娃顺手抄了一个木棍,蹑手蹑脚地走了过去,趁黑影正全神贯注撬门,他一棍子就冲黑影打了过去,当即就把贼人打翻在地了。

警察很快就把贼人带走了,经过审讯,该贼竟是上次撬仓库的贼,并也承认他上次偷了电暖器,但数量只有一个,因为他说两个他根本拿不住。

消息传到单位里,牛大头就找老孙谈了话,老孙见此,也正好承认自己想浑水摸鱼捞一个电暖器的事。事情败露,只好乖乖写了检讨,并把仓库的钥匙交给三娃。

三娃当上供应的当天,就十分高兴地向爹报喜。他一五一十地把牛大头为了让他干供应,专门设计圈套让老孙跳的事,毫无遗漏地向牛大山做了汇报。其目的很明确,就是让爹好好感谢三叔,若没有他的计谋,自己不可能这么快干上供应。牛大山听后,什么也没有说就挂了电话。但他很快打的赶到了牛大头的单位,找到三娃后二话没说拉起就走,还说:“三娃,你就是在家种一辈子地,也千万别跟着你三叔了!”牛大头见了,就问:“大哥,我刚给三娃调了个合适的工作,你咋又让他回去呢?”

牛大山当即就哭了起来:“我把三娃交给你,想让他跟着你这个文化人受教育!可你,你教会了他什么!教会了他玩阴谋诡计了呀!我好后怕啊……”话没说完,就拉着三娃的手回乡下老家去了。

留下牛大头一个人,呆站着不知所措。

(2006年2月10日刊登于《漯河日报》)

# 幸福村里出能人

幸福村地理位置偏僻，交通不便，是省里出了名的贫困村，然而就这样的一个村子，改革开放二十年来村民的经济收入没有多大的起色，但“能人”却层出不穷。

远的不说，近的也不谈，就说一说先前的“大能人”牛大头。牛大头是我家近门的二叔，他特有能力，是全村公认的“上能通天，下能入地”的神通人物。只要村民有解决不了的无论大小事情，找到了他均能给你及时解决、处理，结果总能让你满意，使你不能不佩服他的能力。

村民牛黄的儿子牛宝考高中差5分不能进入重点中学，牛宝为此又哭又闹，说若不能上重点高中，就辍学不上了。为此可愁坏了牛黄老两口子，他俩只生了这个宝贝儿子，本指望他能出人头地，好使这些年俩人的心血不能白费。但要使儿子上重点高中，对这老两口来说比登天还要难啊——重点高中有明文规定，对达不到录取分数线的考生，每差一分交5000元，差了5分，这可是25000元呀。对于整天在土里刨食、靠天吃饭的牛黄老两口来说，一辈子也很难挣到那25000元，因此，全村跑遍了，亲戚全走完也没借到一分钱。牛黄老两口本想让儿子认命时，有人提醒牛黄：你何不找一找牛大头？说不定他有办法。牛黄家和我二叔无亲无故，他犹豫了几犹豫，最后看着宝贝儿子牛宝想死不活的样子，牙一咬就提了一袋红薯和一兜芝麻叶去了城里。

俗话说亲不亲故乡人，虽然牛黄家和我二叔不沾亲不带故的，但我二叔还是很热情地接待了牛黄老两口子，并领着他们进了城里最豪华的大酒店吃了顿饭。这是牛黄老两口做梦都不敢想的事，为此激动得都流出了滚烫的热泪。

吃罢饭后，牛黄就把事情向我二叔说了，二叔听后二话没说就拿起了手机，当即拨了一个号码，通后，二叔说：“我有一个侄子，与你们学校的录取分数线相差了5分,你看能不能接收啊!”电话那边立马上传来:“行呀、行呀,没问题,开学时让他来就是了!”

就这样,二叔一个电话就解决了牛黄家的25000元的大问题,使得牛黄回到村后一个劲地宣扬我二叔,说他是我们村里的“大能人”。

村长赵二狗的儿子和邻村的姑娘谈对象,谈了两年后,姑娘就嫌他游手好闲、不务正业,要与他吹灯。赵二狗的儿子对此恼羞成怒,一气之下,在一个伸手不见五指的夜晚一把火把姑娘家的房屋点着了,幸亏姑娘的家人跑得及时,要不非要闹出人命案不可。但姑娘家的财物被烧了精光,公安部门出面,把赵二狗的儿子抓走了,据说要判几年有期徒刑。牛大头无奈之下找了一趟二叔,很快人就被放了出来。这让赵二狗以后再见到我们家的人时,比见到他亲爹还亲的表情时常展现。

总之,我二叔牛大头为我们村不少村民办了不少好事,他被我村村民称为“大能人”是当之无愧的。

当然,我二叔牛大头所做的以上事情,我是在退伍回来后听村民说的,我并没有亲眼见到,但我想全村一千多口人都这样说了,这让我不能不信。

我退伍的那年正是全国掀起“下岗分流,减员增效”的高峰时期,因此,我虽然分配到了一个单位,可单位以人员已满为由拒绝接收,我只好找主管分配工作的单位领导,他们也一个劲地直摇头,说大势所趋,无能为力,让我等等再说。这一等就是一年半,我当兵前买了商品粮户口,村里已把我的地充公了,而我又没工作可干,全靠年迈的父母来养活,心里老不是滋味,时常黑着脸。爹和娘见了,知道我的心病所在,也整天唉声叹气的。后来,我就想到了二叔牛大头,就把心中的想法给爹说了,爹听后愁云顿消,一个劲地抱怨我说,你咋不早些给我说呢?娘知道后也欢天喜地说,我娃只要找到了好工作,婚姻大事也就迎刃而解了!

第二天,我和爹高高兴兴地去了城里,心想牛黄和我二叔无亲无故,二叔还请他们去了大酒店,而我爹和二叔可是一个爹生的,我们来了,去饭店吃饭是少不了的。我们上午就赶到了,中午时,二叔牛大头只让我二婶给我和爹做了面条吃,甚至连个菜也没给我们炒。更让我生气的是,当爹给他讲了我的事让他帮忙时,他竟一口回绝了。这时,爹的泪就出来了,哭着说:“二哥啊,我就这一个儿子呀!他是你的亲侄子,你不帮他谁帮他呀!”

二叔一脸平静地说:“三弟呀!你说的这些,我都知道,可你三弟真的没有能力了呀,比不得前几年了呀!”

我一听，顿时火了，心想别人家的事你能帮，而自己家的事倒不帮助，你算什么二叔？当即，我就拉住爹的手："爹，咱走！别再求他了，从今往后，我就没他这个二叔!"

说着拉着爹的手就走，二叔疾步赶了过了，挡着我们的去路，连声说道："我真的无能为力了呀！我去年就退了啊!"

"退什么?"我不由得好奇地问道。

"我去年就从县长的位置上退了下来了啊!"二叔的话语显得有些无奈。

在回去的路上，我一直在想：没权没位就没了能力了，二叔也就不可能成为我们村里公认的"能人"了。

不久，我就知道我的想法是对的，因为，在我们村，二叔"能人"的称号很快就被村民转赠给了赵二狗。如今的赵二狗当上了镇长，在我们小镇呼风唤雨，"能人"的称号不给他能给谁呢?

# 牛大头之死

我从没有想过让牛大头去死的。

牛大头这个人物在我的作品中出现了近百次，每次打开电脑，手指就能很轻巧地、很随意地打出"牛大头"这三个字。更主要是我听信了他人的意见，等发表了一定数量的作品后，就出一本牛大头系列小小说集的。因此，我从没想过牛大头的死，也一直不会让牛大头去死的。

几天前，我给当编辑的老师送稿子，老师说："别再用牛大头这个人物了，久了，只会让读者产生视觉疲劳。"

我听了大惊。细想觉得也是，我的小小说作品虽然每篇都以牛大头为主线，但篇与篇之间没有关联，若读者篇篇连贯着读，会让人有种"丈二和尚摸不着头脑"的感觉：这篇文章中牛大头是局长，那篇文章中牛大头成了经理，而下一篇文章中牛大头又成了村主任、村长什么的啦。为了对读者负责,我只好忍痛割爱,这才决定让牛大头去死的。

当我有了让牛大头去死的念头之后,我才发现,想让牛大头去死的不止我一个人,最起码还有孙超人也乐意让牛大头去死的。

牛大头是局长,孙超人是副局长。孙超人在副局长的位子上干了四五年了,他早就想着尽快“扭副为正”呢!因为这一点,孙超人还不会那么歹毒地让牛大头去死的。究其原因是,孙超人的小姨子在大学毕业前,岳母就给孙超人下了死命令,说无论如何也让小姨子安排到他们单位的局办公室工作。对此,孙超人毫不犹豫地、非常自信地答应了。孙超人自信就自信在他是主管办公室的副局长,他想自己安排个把人是没有什么问题的。然而,当他小姨子大学毕业分配工作时,孙超人就找牛大头谈办公室人员的调入问题。出人意料的是,一向认为办公室人员严重缺编的牛大头,竟然改口说办公室人员已经超编,任何人不能再进了。孙超人没办成岳母下达的任务,丢失了面子,加之又遭到妻子的嘲笑,说他屁家不当还立什么“军令状”等等。妻子非常难听的话,使孙超人窝了一肚子火,更让他可气的是,牛大头在说办公室人员超编的情况下,竟又私自安排了一名人员进了办公室,而这人据说是牛大头的小姨子。孙超人得到证实之后肺都要气炸了,心中自然涌起了愤愤的不平,而且还勾起了孙超人强烈的“扭正”欲望,就有了让牛大头死的念头。可看着牛大头身体健壮如牛,孙超人让牛大头死的愿望,也只能是心理活动了。

心里虽有想法,有看法,但孙超人表面上仍一如既往地紧密配合着牛大头的工作。而牛大头呢,也和先前一样,单位里迎来送往的,他每次总要带上孙超人。孙超人能喝、善饮。

那次,县电视台到单位为牛大头拍专题片。这是县里的工作安排,牛大头在上半年的招商引资工作中成绩显著,招引资金两千万元,位居全县各单位之首。县里决定对他进行大力宣传,希望借此也调动其他单位招商引资的积极性。

当时,县电视台来了两位记者,一位矮胖,一位高瘦。矮胖者腰围超过了裤长,高瘦者像麻秆一样。两人忙碌了一整天,取满了牛大头工作和生活中的镜头后,已是晚上吃饭时间。两人要走,牛大头执意拦住了,喊上孙超人一起去了县城最豪华的聚仙楼酒店。

俗话说,无酒不成席。他们自然要喝酒,并形成了二对二的格局。虽然牛大头和孙超人“酒精(久经)考验”,可两位记者也是身经百战。因此,酒战持续到晚上 12 点才结束。牛大头被喝得趴在酒桌上昏昏睡去，其他人也喝得东倒西歪了。当牛大头的司机把记者送回家之后，经过和孙超人的一番喊叫后，牛大头才睁开蒙眬的眼睛。

临上车，牛大头却心血来潮地让司机和孙超人坐到车子后面座位上，他要亲自驾驶。任孙超人和司机如何相劝，牛大头仍执意开车，两人无奈，只好遂了他的意。

小城的夜晚正逢大雨天气，路上根本没有行人和车辆。牛大头开起车来非常得意，时不时还问孙超人和司机，自己的驾驶技术如何。孙超人和司机异口同声称赞他。牛大头听了更加得意，踩踏油门的脚也更加用力，车速也越来越快。孙超人和司机就劝阻他别开“英雄车”，牛大头一不留神，也许是酒精起了作用，车一下子撞到了十字路口的大转盘上。由于车速太快，车当即因大转盘的阻力弹回，翻了几下后才停了下来。车里顿时一片死一般的沉寂。

也不知过了多久，司机第一个从变形的车身里钻了出来，急忙打开司机座位的车门，看见牛大头正趴在方向盘上，已昏死过去，头上有几个窟窿，不停地往外冒着血。司机就掏出了手机，要拨打急救电话时，孙超人也从车里爬了出来，一把夺过司机手中的电话说：“我来打，我来打！”

孙超人打了很久也没把急救电话打通，就恼怒地骂道：“这是什么破玩意！”然后，就把手机狠狠地摔到地上，说：“我今天没带手机，你用牛局长的手机打！”司机就向牛局长的腰间摸去，可摸到后发现，牛大头的手机套里却没了手机，这下，两个人才着急起来。离这里最近的医院也有十多里远呀！而且，他们今天行驶的路是县里新修的，附近根本没有人家。最后，司机只好步行去了医院。当救护车赶到事故现场时，牛大头因失血过多已停止了呼吸。医生说：“若早 3 分钟，伤者也不会有生命危险的！”

牛大头就这样死了。

牛大头死后不久，孙超人就被任命为单位的局长。孙超人被任命为局长的当天，他的妻子无意中发现，他竟把一部八成新的手机丢进了下水道里。妻子好生奇怪地问：“怎么把手机丢掉了？”他说：“手机不是我的，是别人的。”妻又问：“别人是谁？”他不说，而且他一直也没再告诉妻子，他丢掉的那部手机是谁的。

也许永远是一个谜了。